Blinde Verführung

EDEN SUMMERS

Kapitel Eins

Alana Shelton holte tief Luft und machte es sich in ihrem Sitz bequem. Eine ihr unbekannte Welt glitt am Fenster vorbei, während ihr Flugzeug auf dem Flughafen von Richmond, Virginia, ausrollte.

Endlich war sie frei, allein: Die Unabhängigkeit war zum Greifen nah, auch wenn ihre Hände in ihrem Schoß momentan noch verräterisch zitterten. Ihre Aufregung machte sich im unregelmäßige Pochen ihres Herzens und den leicht klebrigen und verschwitzten Handflächen bemerkbar. Sie wartete schon viel zu lange auf den heutigen Tag. Hatte so verdammt lange davon geträumt, frei aufatmen zu können.

„Hatten Sie keinen angenehmen Flug?"

Sie blickte zur Seite und lächelte den neben ihr sitzenden älteren Mann an. „Doch, eigentlich schon."

Über den Wolken zu schweben war belebend. Alle um sie herum schienen die Aussicht als selbstverständlich hinzunehmen. Sie hatten keine Ehrfurcht vor der winzigen Häusern da unten oder den unendlichen Kurven der kaum erkennbaren Straßen.

Der Mann grinste sie an – und dieser für sie gänzlich

ungewohnte Anblick brachte ihren Herzschlag komplett aus dem Takt. Sie sollte nicht mit ihm reden, sich nicht unterhalten, fast so, als wären sie Freunde – aber das Gespräch mit ihm verschaffte ihr ein wohliges Gefühl. Seine unaufdringliche Plauderei hatte ihr geholfen, sich bei ihrem ersten Flug in der ungewohnten Umgebung zu entspannen. Und das war eine große Sache, wenn man bedachte, dass es ihr seit ihrer Geburt verboten gewesen war, mit Vertretern des anderen Geschlechts zu sprechen.

Wenn ihre Mutter hier wäre, würden die Zurechtweisungen kein Ende finden. *Sprich nicht mit ihm. Vertraue niemals einem Mann.* Ehrlich gesagt, wenn ihre Mutter hier wäre, hätten die Flugbegleiter schon vor einiger Zeit Beruhigungsmittel verteilen müssen. Die Frau, die Alana an einem ruhigen und abgeschiedenen Ort in Monument, Colorado, großgezogen hat, war auf Männer nicht wirklich gut zu sprechen. Alana war sich sicher, dass die örtliche Polizeidienststelle auf ihrer Plakatwand etwas in der Art angeschlagen hatte:

Wenn Sie einen Schwanz haben, meiden sie diese Frau besser.

Es war nicht leicht, die Tochter einer Männerhasserin zu sein. Es machte keinen Spaß, gänzlich auf männlichen Umgang verzichten zu müssen. Aber sie hatte keine andere Wahl. Wenigstens nicht, bis Alana das nötige Selbstbewusstsein gewonnen hatte, um ihre eigenen Entscheidungen zu treffen und die Welt allein in Angriff zu nehmen.

„Brauchen Sie Hilfe mit Ihrem Gepäck?", fragte er.

„Nein, danke." Das Flugzeug kam zum Stillstand und mit ihm auch die Abfolge von kleinen Landschaftsausschnitten, die durch die Fenster wie Schnappschüsse gewirkt hatten. „Ich werde von einer Freundin abgeholt."

Ihre beste Freundin, Kate, war die einzige Frau, die auch nur die geringste Ahnung von Alanas streng reglementierter Erziehung hatte.

Sie löste ihren Sicherheitsgurt und knetete ihre Hände, um die Anspannung zu bekämpfen. Sie war entschlossen, sich ihren Kurzurlaub nicht von dem düsteren Weltbild ihrer Mutter verderben zu lassen. Sie würde einen Neuanfang wagen. Zumindest soweit es ihre Nervosität zuließ.

Es war nicht ihre Entscheidung, Männern aus dem Weg zu gehen. Sie konnte es kaum erwarten, sich mit dem anderen Geschlecht im Detail auseinanderzusetzen. Mit den guten und den bösen Jungs. Den unheimlichen und den aufregenden Exemplaren. Egal, wie entschieden ihre Mutter Menschen ohne Eierstöcke verbal niedergemacht hatte, Alana hatte sich ihre Unvoreingenommenheit bewahrt. Insgeheim, natürlich.

Es war der Reiz des Unbekannten. Das Tabu, gegen die Regeln zu verstoßen.

Nach wenigen Minuten ging die Kabinentür auf und die Passagiere stiegen aus. Es war unwirklich. Die Büchse der Pandora öffnete sich. Endlich hatte sie die Chance, ihre Hemmungen fallen zu lassen, ohne dass ihr ständig jemand über die Schulter sah. Seit sie ein kleines Mädchen war, hatte sie diesem Tag entgegengefiebert und jetzt, da er eingetroffen war, wusste sie nicht, ob sie schreien, sich übergeben oder betrinken sollte, um das überwältigende Gefühlschaos in den Griff zu kriegen.

„Danke ...“, setzte sie an, als der Mann neben ihr aufstand.

Seine Augenbrauen zogen sich zusammen. „Wofür?“

Gute Frage. Wofür dankte sie ihm? Das Gespräch? Die Erleuchtung? Er hatte nichts weiter getan, als nett zu ihr zu sein; und doch war ihre flüchtige Unterhaltung für sie weltbewegend gewesen. Es hatte nur einiger Worte bedurft. Hier und da ein Lächeln. Und damit hatte dieser Mann sie absolut davon überzeugt, dass man das andere Geschlecht nicht fürchten musste.

Zumindest nicht jeden Mann.

Sie war nicht naiv. Der Himmel wusste, wie viele Male sie ins Wohnzimmer gerufen worden war, um eine weitere Nachrichtensendung über Gewalt gegen Frauen anzuschauen. Und die Erfahrungen ihrer Mutter hätten bei den meisten Menschen Albträume hervorgerufen. Sie wollte unvoreingenommen sein, mehr nicht.

„Dafür, dass Sie sind, wie Sie sind." Die Dankbarkeit schnürte ihr die Kehle zu und sie fischte ihre Tasche unter dem Vordersitz hervor.

E schmunzelte. „Ich hoffe, Sie haben Spaß in Richmond, Alana."

Dann war er weg; einfach so, als habe er nicht gerade ihr komplettes Leben auf den Kopf gestellt.

Sie ließ sich zurück in ihren Sitz fallen und begann mit ihrer speziellen Atemtechnik. Tief ein, langsam aus. Sie wurde von unerfreulichen Emotionen überwältigt, wobei Schuldgefühle im Vordergrund standen. Ihre Mutter war Zuhause in Monument und warf sich bei dem Gedanken an ihr einziges Kind allein in dieser riesigen und beängstigenden Welt wahrscheinlich Valium ein.

Du schaffst das.

Sie raffte sich auf, folgte der Menschenschlange den Gang hinunter und schwor sich, jeden einzelnen Augenblick zu genießen, egal, wie sehr sie dieser Adrenalinschub geschlaucht hatte. Nichts konnte dem Grinsen schmälern, das sich auf ihrem Gesicht ausbreite, als sie den Flughafenschildern in Richtung der Gepäckausgabe folgte.

Überall waren Leute. Männer schleppten Koffer, Kinder büxten ihren Eltern aus, Frauen stolzierten in Kostümen oder aufreizenden Outfits vorbei, die für Alana undenkbar waren. Außerdem gab es hell beleuchtete Geschäfte mit strahlend lächelnden Verkäuferinnen. Es war wie Disneyland. Zumindest für sie.

„Endlich", sagte eine vertraute weibliche Stimme

hinter ihr. „Ein dreifaches Hoch auf den entflohenen Häftling.“

Alana blieb wie angewurzelt stehen. Fremde starrten sie an, die Sicherheitsbeamten richteten sich auf und das Unbehagen, ausgelöst durch die auf sie gerichtete Aufmerksamkeit der Menschenmenge, machte sich als unangenehmes Prickeln im Nacken breit. Hoch und runter. Hoch und runter. Ihre Gefühle waren einziges Durcheinander, aber sie war entschlossen, das hier durchzuziehen, egal, was passierte.

Sie fand sich mit ihren hochroten Kopf ab und drehte sich zu Kate um. „Du schaffst es einfach immer, dass ich mich unwohl fühle, kaum dass mein Flugzeug gelandet ist.“

Kate lachte und riss Alana in ihre Arme, bis diese nach Luft schnappte.

„Du musst deine Befreiung feiern.“ Kate trat zurück um Alanas Gesicht unter die Lupe zu nehmen. „Das Gefängnisleben hat seine Spuren hinterlassen.“

Alana lachte höhnisch. „Dieser Urlaub ist alles andere als eine Befreiung. Du weißt, ich kann kommen und gehen, wann es mir passt.“

„Tja, aber trotzdem hast du es nie getan.“

Richtig. Es war nicht einfach, eine Mutter zu verlassen, die am Rande einer psychischen Erkrankung stand. Diese Reise würde nicht ohne Folgen bleiben. Die Leine würde nach ihrer Rückkehr kürzer werden, das Halsband enger. Aber sie würde es aushalten, aus Liebe zu der Frau, die sie großgezogen hatte.

„Keine Männer, keine Partys, keine Aufregung“, fuhr Kate fort. „Es ist eigentlich eher die Hölle als ein Gefängnis.“

„Es gibt viele Menschen, denen es schlechter geht.“

„Rede dir das nur schön immer ein.“

Kate strahlte sie an, als sie auf das rotierende Gepäckband zugingen, auf dem die Koffer ihres Flugs lagen. Kates Lächeln war zu fröhlich, zu ansteckend, so, als ob sie wirklich die Befreiung einer Kriegsgefangenen erlebt hätte.

So schlecht war Alanas Jugend nun auch wieder nicht gewesen. Nicht nur ... OK, es war wie in einer Diktatur und geprägt von Angstmacherei, na und? Sie würde mit allem fertig werden, komme was wolle. Obwohl ihr in den meisten Lebensbereichen Erfahrung fehlte, hatte sie sich dennoch zu einem starken und aufgeschlossenen Menschen entwickelt.

Sie konnte ihre Leidenschaft für Fotografie verfolgen und sich voll und ganz auf den Aufbau einer vielversprechenden Karriere konzentrieren. Ihre Mutter hatte immer unterstützt und gefördert. Sie gönnte ihrer Tochter den Erfolg, solange dieser rein gar nichts mit männlichen Wesen zu tun hatte.

„Hier, halt mal." Sie drückte Kate ihre Handtasche in die Hand. Ihr Koffer war im Begriff auf dem Band an ihnen vorbeizuziehen, als ihn gerade noch am Griff packte und auf den Boden hievte. Sie hatte ihre gesamte Garderobe eingepackt, was nicht viel war. Es gab keine hübschen Kleider, keine tief ausgeschnittenen Oberteile oder hautengen Jeans. Alles, was sie besaß, sah ähnlich aus wie die schwarze Hose und das locker fallende T-Shirt, das sie anhatte.

„Können wir einen Ausflug zu einem Einkaufszentrum einplanen?" Sie warf einen Blick auf ihren Aufzug und verglich diesen mit dem engen Rock und dem nicht minder engen Trägertop, das Kate trug. Zurückhaltung war nicht Kates Stärke.

„Darauf kannst du wetten. Wir verwandeln dich im Handumdrehen vom Mauerblümchen in einen Hingucker."

„Deine Direktheit ist so aufmunternd", murmelte sie.

Kate war der ultimativ schlechte Einfluss. Das personifizierte Selbstbewusstsein in Gestalt einer überaus aufreizenden Bilderbuchblondine.

„Ich nenne die Dinge eben beim Namen. Und diese Klamotten sind ganz sicher nichts für heute Abend."

„Heute Abend?"

Kate grinste. „Das erfährst du früh genug, mein Herzblatt."

Sie gingen durch die sich automatisch öffnenden Türen zum Ausgang und traten hinaus in das ihr so unbekannte Richmond. Alles war ungewohnt – die Menschen, die Umgebung, das Hochgefühl. Sie war dabei, Neuland zu betreten und das fühlte sich anders an als alles, was sie je erlebt hatte.

Jeder Mann, der ihren Weg kreuzte, wurde von ihr begutachtet. Nicht nur die gutaussehenden, sondern auch die abgerissenen und ungepflegten Exemplare. Sie versuchte, sie zu durchleuchten, irgendwie herauszufinden, ob sie die Guten von den Bösen unterscheiden konnte. Ein Mann lächelte sie an und das Kribbeln, das sich auf ihrem Körper ausbreitete, ließ sie ebenfalls auflachen.

„Das ist meiner." Kate zeigte auf einen roten Kleinwagen und zog die Schlüssel aus ihrer Tasche.

Der Kofferraum sprang auf, der Koffer wurde verstaut und Sekunden später sah Alana durch die Windschutzscheibe eine Stadt näherkommen, die sie noch nie gesehen hatte.

„Kann die Party losgehen?"

Ihr Herz flatterte aufgeregt wie ein Schmetterling. „Ich bin bereit, mir ist schon ganz schlecht vor Aufregung."

Sie klammerte sich an ihrem Sicherheitsgurt fest, um sich ein Stück weit zu erden. Sie wusste nicht einmal, was sie sich unter einer Party vorstellen sollte. Sie war ahnungslos. Ihr diesbezüglich mageres Wissen kam von Ferngesprächen mit Kate, die es ausgezeichnet verstand, die Details ihres sagenhaften Lebens in den schillerndsten Farben auszumalen. Angefangen bei der berauschenden Wirkung von Alkohol, über das Hochgefühl beim Sex bis hin zum Liebeskummer – solange sie denken konnte, hatte Alana all diese Dinge indirekt durch ihre beste Freundin erlebt. „Was hast du geplant?"

Kate beugte sich rüber und öffnete das Handschuhfach. „Nur das hier." Sie ließ einen Umschlag in Alanas Schoß fallen und konzentrierte sich wieder auf die Fahrbahn.

„Was ist das?"

„Tickets für den Beginn deines Lebens."

Alana runzelte die Stirn. „Und das bedeutet was?"

„Eine Chance, deine Eierstöcke von der perfekten Stimme eines wahren Sexgotts in Wallung bringen zu lassen."

„*Kate.*" Sie öffnete den Umschlag und zog zwei Tickets heraus. Der Text darauf war eindeutig. Die Veranstaltung begann heute Abend um 21 Uhr in einem Hotel, das sie nicht kannte. „Ich wüsste es gerne etwas genauer."

„OK, OK. Ich habe zwei Eintrittskarten für den heute Abend stattfindenden Privatauftritt von Reckless Beat gewonnen. *Hier.* In Richmond. Der Ort, an dem alles angefangen hat."

„Ist das was Besonderes?"

Kate äffte sie nach. „Was Besonderes? *Was Besonderes!* Mädchen, ich hätte deine Nieren auf dem Schwarzmarkt verkauft, um an diese Tickets zu kommen. Reckless Beat ist der Grund, warum ich ständig Batterien nachkaufe muss."

„So genau wollte ich das gar nicht wissen." Alana umklammerte die Tickets und versuchte, die aufflackernde Nervosität in den Griff zu bekommen. Ein Konzert. Ein echtes Livekonzert. Von Männern, die obendrein zum Einsatz von Sexspielzeug anregten. „Ich weiß, wer die sind, ich bin nur nicht sicher, ob ich bereit bin für diese Art der ... Interaktion."

Kate zog ihre Augenbrauen hoch. „Das bist du. Das ist genau die Art von Männern, vor denen dich deine Mutter immer gewarnt hat und du wirst keine Minute ihres fantastischen Auftritts verpassen."

Na super. „Ich könnte mir nichts Besseres vorstellen." Ernsthaft betrachtet war dies wahrscheinlich der beste Einstieg, den sich Alana überhaupt nur hätte wünschen konnte. Egal, wie beängstigend die reale Welt auch sein mochte, sie wollte sich nun kopfüber ins Leben stürzen. Nicht nur das, sie wollte es schmecken, riechen, formen und auskosten.

Sie würde sich nicht mehr länger hinter dem von ihrer Mutter errichteten Schutzwall verkriechen.

Kate griff nach Alanas Hand und drückte sie. „Ich weiß, du bist panisch, aber glaub mir, du wirst an diesem Wochenende einen Heidenspaß haben."

Panisch? Ja. Kurz davor, sich in Kates schönem kleinen Flitzer zu übergeben? Ja, das auch. „Ist das ein bestuhltes Konzert?" Eines, wo sie sich an ihrem eignen Platz den Rest der Welt ein wenig vom Leib halten könnte.

„Süße, du wirst so dicht an fremde Menschen gedrängt stehen, dass du Gefahr läufst, deine Unschuld noch einmal zu verlieren."

„Super." Ihre Stimme klang gepresst und verriet ihr Unbehagen. „Klingt genauso toll wie beim ersten Mal."

„Vertrau mir." Kate drückte erneut ihre Hand. „Das wird eine unvergessliche Nacht."

„Daran habe ich keinen Zweifel." Sie atmete ganz tief aus und konzentrierte sich auf die Umgebung. Es gab kein Zurück mehr. Das hier war genau das, was sie gewollt hatte. Das, wofür sie gebetet hatte. „Solange du deine batteriebetriebenen Hilfsmittel diskret einsetzt und ich nicht zuhören muss."

Kate grinste. „Heute Abend komme ich hoffentlich

ohne Spielzeug aus. Ich habe vor, mich mit einem Original zu vergnügen."

Oh mein Gott. „Tja, dann sollten wir wohl keine Zeit verlieren." Sie schluckte, um ihren plötzlich trockenen Rachen zu befeuchten. „Wir müssen shoppen gehen. Sofort."

~

Mitchell Davies stimmte die letzte Gitarre für das Programm des heutigen Konzerts und überreichte sie dann wieder dem Tontechniker.

„Danke, Tim."

Der andere Mann quittierte das mit einem Nicken. „Bist du diesmal startklar?"

„Ja." *Und wie.* Er konnte den Adrenalinkick und seinen dadurch beschleunigten Puls kaum erwarten. Heute Abend würde großartig werden. „Ich bin bereit."

„Sicher?" „Ich hab keine Lust, das wegen deiner Zwangsneurose *nochmals* machen zu müssen."

„Das klingt, als ob ich dich unaufhörlich nerven würde." Was sollte das denn jetzt? Es gab nur mal vor jeder Vorstellung ein Ritual, das einfach sein musste. „Und außerdem bin nicht neurotisch."

Blake, der Gitarrist von Reckless Beat, der ein paar Meter entfernt saß, prustete los.

„Jetzt, komm. Es war nur eine allerletzte Kontrolle", murmelte Mitch.

Tim zog eine Augenbraue hoch. „Eine nach der anderen, gefolgt von einer weiteren."

Na gut. Sie hatte bereits gestern Abend geprobt und den Sound für ihr neues Album perfekt getroffen. Aber, um nicht durchzudrehen, musste Mitch seine Babys einfach doppelt und dreifach checken, um sicherzustellen, dass über Nacht niemand an den Saiten herumhantiert hatte.

Wenn es um Liveshows ging, war er paranoid; und dieser Auftritt schien wichtiger zu sein als die Konzerte vor Tausenden von Fans.

Zum ersten Mal überhaupt trat Reckless Beat mit einem neuen Album vor den treuesten Fans der Band in einem ganz intimen Rahmen live auf. Sie waren noch nicht einmal in einem Stadion. Die Bühne, auf der er gerade stand, befand sich am anderen Ende eines Hotelsaals im Herzen von Richmond, Virginia. Er würde den Frauen, die ihre Höschen auf die Bühne warfen, tatsächlich ins Gesicht sehen können. Nicht, dass er sonderlich begeistert davon war, dass sie sich auf diese Weise ihrer Unterwäsche entledigten. Er zog es vor, sie einer schönen Frau persönlich von den Beinen zu streifen, sobald sie backstage oder in seiner Hotelsuite war.

Aber er hatte auch nicht wirklich was dagegen. Vorspiel war Vorspiel; und es wäre geradezu unhöflich, eine Frau auszusortieren, nur weil sie bereit war, das Ganze in Gang zu bringen, obwohl sie nicht sicher sein konnte, überhaupt zur Party eingeladen zu werden. Es brauchte Mut, jemanden seine getragene Unterwäsche vor die Füße zu werfen; erst recht einem Prominenten, der dich vor Tausenden von Leuten vorführen konnte.

„Wo sind die anderen?“ Er sah kurz zu Blake rüber, der mit den Achseln zuckte.

„Ryan war vor Sonnenaufgang hier“, antwortete Tim. „Sagte, dass er nicht schlafen konnte.“

„Mit anderen Worten, seine Frau hat ihn aus dem Bett geschmissen“, war Blakes Interpretation.

Mitch warf ihm einen verärgerten Blick zu. Das Letzte, was Ryan jetzt brauchen konnte, war das die falschen Leute Dinge mitbekamen, die sie nichts angingen. Keiner verstand, was in dieser verfahrenen Ehe abging, nicht mal das Ehepaar selbst.

Und trotzdem, egal, wie chaotisch sich Ryans Ehe auch

entwickelte, sie erschien noch immer erstrebenswerter als diese Wundertüte namens Singledasein. In manchen Nächten wachte Mitch neben einer absoluten Traumfrau auf, während er sich in der nächsten fragte, wie er an so eine Furie geraten war. Darüber nachzudenken, wie oft er schon angeschrien, gefesselt, gebissen – an Stellen, die kein Wohlbehagen auslösten – und verflucht wurde, war wirklich unerfreulich.

„Ich bin sicher, es geht ihnen gut." Er wandte sich der Rückseite der Bühne zu und gab sich ganz der euphorischen Vorfreude auf den Auftritt hin. Seans Schlagzeug war bereits aufgebaut, der Platz eines jeden Bandmitglieds mittels Kreuzen auf dem Boden markiert und der übliche Kabelwirrwarr mit Klebeband am Boden befestigt, damit er nicht mitten in der Show stolperte und den Boden küsste.

In ein paar Stunden würden sich Menschen gegen das Metallgeländer vor der kleinen improvisierten Bühne drängen. Schreie würden den Raum und seinen Brustkorb zum Beben bringen und seine In-Ear-Monitore ihn hoffentlich davor bewahren, vorzeitig taub zu werden. Männer würden die aufgeheizte Stimmung ausnutzen und sich an die empfänglichen Groupies heranmachen. Und weniger robuste Frauen würden ohnmächtig werden.

All das in nur wenigen Stunden.

Wenn das kein göttliches Leben war, was dann?

„Können wir jetzt gehen?" Blake trat neben ihn. „Ich muss hier raus, bevor der Adrenalinkick einsetzt."

„Gute Idee." Mitch wandte sich wieder dem Saal zu und stellte sich den leeren Raum mit einer ekstatisch tanzenden Menschentraube vor. „Wir sollten in der Suite abhängen oder uns aufs Ohr hauen oder so."

Schlafen wäre perfekt, aber völlig undenkbar – dafür war er bereits zu aufgeregt. Der Druck, Hunderte von Menschen glücklich machen zu wollen, machte jeden

Gedanken an Schlaf zunichte. Ohne Medikamente oder Alkohol ging da nichts.

„Oder so? Ist das eine Anmache, Kumpel?" Blake zog seine Augenbrauen hoch.

„Sehe ich aus, als wäre ich scharf darauf, deinen kleinen Schwanz in meinem Arsch zu spüren?" Er ignorierte das Gelächter seines besten Freunds und verabschiedete sich von Tim. „Bis später."

„Hoffentlich nicht früher, als absolut notwendig."

„Hoffentlich", zischte Mitch. War es möglich, sich zu gut vorzubereiten? Vor allem, wenn es um Musik ging? Er war nicht zufällig einer der begehrtesten Leadgitarristen der Musikbranche geworden. Im Gegenteil. Der sogenannte Kontrollzwang war zwingender Bestandteil seiner Genialität.

Er sprang von der Bühne und kletterte über das Sicherheitsgeländer, um zum Ausgang des Saals zu gelangen. „Kommst du?", rief er Blake zu.

„Klar."

Zusammen durchschritten sie schweigend den Raum und blieben an der Tür stehen. Er wünschte, er hätte so viel Glück wie seine anderen Bandkollegen, die zu Hause bei ihren Liebsten waren. Jedes Mal, wenn sie an den Gründungsort der Band zurückkehrten, wohnten Ryan, Mason und Sean bei ihren Familien, während er sich nonstop mit dem sarkastischen Charme von Blake, seinem Seelenverwandten, abfinden musste.

Sein bester Freund war ein Arschloch. Das netteste Arschloch auf diesem Planeten. Aber dennoch ein Arschloch. Bei dem tätowierten, stereotypischen Rocker wurde einfach jede Frau schwach, was bedeutete, dass sich stets eine unersättliche Gruppe sexhungriger Frauen in der Nähe aufhielt. Im Gegensatz zu Mitch, der sich mit Baseballmütze und dunkler Sonnenbrille gut in der Masse tarnen konnte, fielen Blakes Tattoos einfach immer und überall auf. Wenn sie zusammen abhingen, schauten sie sich in ihrer Hotelsuite entweder endlos viele Wiederholungen im Fernsehen an oder hielten überflüssige Gitarrenproben ab.

Er machte die Tür des Ballsaals vorsichtig ein paar Zentimeter auf und war erleichtert, als er einen Mitarbeiter ihres Sicherheitsteams vor sich erblickte.

„Ist die Luft rein?"

Steve nickte ruckartig mit dem Kopf. „Die Schlampen haben sich alle draußen versammelt."

„Schlampen?" Blake stieß die Tür weit auf und sah das neueste Mitglied ihrer Security-Mannschaft finster an. „Du solltest aufpassen, dass Leah so was nicht mitkriegt. Sonst kassierst du einen ordentlichen Tritt in den Hintern."

Kein Witz. Leah, ihre Bandmanagerin, würde jedem den Arsch aufreißen, der die Fans von Reckless Beat respektlos behandelte. Sie war eine so hübsche zarte Person, doch hinter dem Lächeln und der Professionalität verbarg sich eine Raubkatze – mitsamt Krallen, scharfen Zähnen und irrem Blick. Wenn sie wollte, konnte diese Frau selbst Masons Ego zerstören, war kein leichtes Unterfangen war.

„Wenn es quakt wie eine Ente, watschelt wie eine Ente und scheißt wie eine Ente, dann ist es eine verdammte Ente." Steve verschränkte seine Arme über seinem aufgepumpten Brustkorb. „Ich nenn' die Dinge nur beim Namen."

„Nett." Blake klang genervt. „Wo genau kommt dieser Kerl her?"

Vor dem Eingang des Hotels wurden Schreie laut. Schrille Missklänge, die sie alle zusammenzucken ließen.

„Mist." Überall waren Frauen, eine Menge dicht zusammengepferchter Körper hinter einer Mauer aus Sicherheitsleuten. Sie hielten Schilder. Bilder. Poster. Einige winkte nur wild mit den Händen, um Aufmerksamkeit zu erregen.

„Sieht so aus, als ob meine Fans angekommen sind. Ich frag mich, wo deine sind." Er stieß Blake in die Rippen und wich schnell dem tätowierten Arm aus, der auf ihn zukam. Das führt nur dazu, dass die Frauen noch lauter kreischten.

„Du weißt doch gar nicht, was ein Fan ist; es sei denn, sie beißt dir in den Hintern." Blake kicherte. „Ach, stimmt ja, das hat die Letzte getan, oder?"

Diese Frau hatte einen Knall gehabt. „Offensichtlich gehörte das zum Vorspiel", murmelte er.

„Offensichtlich war das total gestört", erwiderte Blake.

Der kollektive Hype um die beiden war nicht mal im Ansatz mit dem unkontrollierbaren Wahnsinn zu vergleichen, der bei Masons Erscheinen in der Lobby losbrechen würde. Es gab weit und breit kein Paar Eierstöcke, das dem Charme des Frontmanns von Reckless Beat widerstehen konnte. Das galt auch für Männer, wie Mason am eigenen Leib erfahren musste.

„Erklär mir noch mal, warum wir ein intimes Konzert geben." Blake starrte durch die deckenhohen Fenster, seine Stirn in Sorgenfalten gelegt. Die Frauen brachten die Publikumsabsperrung zum Schwanken und rüttelten mit Bärenkräften daran. „Ein Konzert, bei dem wir uns in die unmittelbare Nähe von ausgehungerten Frauen begeben."

„PR, mein Freund." Mitch klopfte seinem Freund auf die Schultern und peilte den Aufzug an. PR war der Deckmantel für jede der durchgeknallten, lebensbedrohliche Aktionen, die sie jemals gestartet hatten. Das galt auch für den heutigen Abend.

Kapitel Zwei

„KOMM SCHON." Kate zog Alana am Arm. „Beeil dich."

Eine Menschenmasse füllte den Raum vor ihnen, die meisten von ihnen dicht gedrängt in dem kleinen Bereich vor der Bühne. Sie blieb stehen, das stundenlange nutzlose Einkaufen hatte ihren Bedarf an zwischenmenschlichen Kontakten bereits gedeckt. Das Tragen aufreizender Klamotten war ganz offensichtlich keine Phase ihrer Befreiung. Noch nicht. Andererseits reichte Kates Freizügigkeit locker für sie beide.

„Du willst ja wohl nicht hier hinten stehenbleiben, oder?" Hier hinten, wo die Menschen sich nicht aneinander rieben wie bei einem Paarungsritual im Discovery Channel.

„Kommt nicht infrage." Kate zerrte sie energisch am Handgelenk, um sie fügsam zu machen und führte sie durch die klaustrophobische Enge der Menschenmenge. Sie würde wetten, dass selbst in den Stoßzeiten der New Yorker U-Bahn nicht so viele Menschen die Intimzone eines anderen verletzten wie jetzt gerade in diesem Raum. Es war chaotisch und brachte sie vollkommen aus dem Konzept.

Rechts links, rechts links bahnten sie sich ihren Weg durch die menschlichen Hindernisse, bis sie ihr Ziel erreicht hatten – die erste Reihe, die sich wahrscheinlich bald in ein Moshpit verwandeln würde.

Sie hätte nie gedacht, dass sie es tatsächlich bis zur Absperrung schaffen würden, aber irgendwie schlängelte sich Kate durch das Gedränge und kam dabei mit jedem einzelnen behaarten, verschwitzten Mann in Berührung. Ihr bester Freund war wohl Moses, nur anstelle des Meeres konnte sie mit einer Handbewegung die Groupies teilen.

„Das ist es also?" Alana musste schreien, um den Gesprächslärm zu übertönen.

Klar, sie könnte sich jetzt zurück nach Hause wünschen, an den Ort, an dem sie noch nie den Wunsch verspürt hatte, einen G-String zu tragen, aber sie war nicht bereit, ihr Abenteuer aufzugeben. Noch nicht.

Sie torkelte im Rhythmus der Masse, wodurch sie mit den Hüften gegen die Sicherheitsabsperrung geschleudert wurde, die die Fans von der intimen Hotelbühne trennte. Der Schmerz, der sie jedes Mal durchfuhr, wenn ihre Knochen mit dem Metallgeländer in Kontakt kamen, hielt sie trotz der Strapazen der Reise und der stundenlangen Rennerei durch das Einkaufszentrums wach. Sie fühlte sich eher wie achtzig anstatt Ende zwanzig und das Zittern ihrer müden Muskeln erfasste ihren ganzen Körper. Ohne das Adrenalin in ihren Adern wäre sie schon vor einer ganzen Weile zusammengeklappt.

„Das wird genial", schrie Kate aufgeregt neben ihr, auf Zehenspitzen hüpfend, obwohl ihre Füße in schwindelerregend hohen Schuhen steckten. Ihre Freundin lächelte wollüstig, wackelte vielsagend mit den Augenbrauen und widmete ihre Aufmerksamkeit wieder dem Vorhang, welcher die Bühne verdeckte.

Kate wiederholte, was für ein Glück sie hatten, Tickets für die Uraufführung des neuen Albums von Reckless Beat bekommen zu haben – eine Veranstaltung, für die Leute Unsummen bezahlen würden, wenn die Tickets tatsächlich zum Verkauf stünden. Die Bandmitglieder, und ohne Zweifel auch ihr PR-Manager, hatten beschlossen, das große Ereignis mit einer kleinen Auswahl ihrer treuesten Fans zu teilen ... oder den durchgeknalltesten Spinnern, je nachdem, wie man sie bezeichnen wollte. Und mittendrin Alana, ihr Körper eingequetscht zwischen Kate, einem Mann mit einer schrecklichen Vokuhila und einer Frau, deren Stimme dem trillernden Sopran von Mariah Carey Konkurrenz machte.

Die etwa Tausend Fans starrten gebannt auf den Vorhang, alle mit demselben verklärten Grinsen. Ein Lächeln machte sich auch auf ihrem Gesicht breit. Nicht, dass der Vorhang eine besondere Ausstrahlung gehabt hätte. Es lag daran, dass der ganze Saal von einer ansteckenden Euphorie ergriffen war.

Die zwei Sicherheitsleute, einer an jeder Seite der Bühne, waren die Einzigen, die ernst dreinblickten. Aufrecht, mit über den massigen Brustkörben gekreuzten Armen beobachteten sie aufmerksam die Menge. Sie konnte es ihnen nicht verübeln. Bei der Mischung aus Hard Rock und leidenschaftlichen Liebesliedern würden die Emotionen im Saal von einem Extrem ins andere schwappen.

Reckless Beat war für intensive Rhythmen und emotionale Texte bekannt. Die weiche, eindringliche Stimme des Leadsängers hatte sogar ihr Herz mehr als einmal zum Klingen gebracht – und sie hatte die Musik nur im Radio gehört.

„Willkommen, Reckless Fans. Kann die Party losgehen?" Die Stimme des männliche Ansagers dröhnte aus unzähligen Lautsprechern.

Schreie und Rufe vermischten sich zu einem lauten Dröhnen, das in ihrem Kopf widerhallte. Das Vibrieren des Klangs in ihrer Magengrube löste eine Gänsehaut aus. Sie unterdrückte den Drang, ihre Ohren zuzuhalten und lachte unkontrolliert, während Kate ihre Hand ergriff und fest drückte. Ihre Körper wurden härter gegen das Geländer gestoßen während sie auf und ab hüpften, weil die begeisterten Fans hinter ihnen um eine bessere Position wetteiferten.

„Ich kann euch nicht hören", stichelte er aus seinem Versteck.

Das Getöse wurde lauter und der Trubel weckte ihre Lebensgeister. Vielleicht würde sie das Konzert doch durchhalten, ohne einzuschlafen. Scheinwerfer tauchten alles in gleißendes Licht, strahlten den Vorhang an und ließen vier dahinter stehende Silhouetten erkennen.

„Na gut, dann will ich euch nicht länger warten lassen", sagte die Stimme mit einem Schmunzeln.

Der Vorhang hob sich wenige Meter von Alanas Händen entfernt, schwebte langsam nach oben und gab den Blick auf die braungebrannte und muskulöse Pracht der Bandmitglieder von Reckless Beat frei. Die Vier waren so nah, dass sie sie fast anfassen konnte. Der Leadsänger stand mit dem Mikrofonständer in der Mitte der Bühne, mit je einem Gitarristen zu seiner Linken und seiner Rechten. Wenn sie sich zu der neben ihr stehenden Mariah Carey hinüber lehnte, konnte sie im Hintergrund den Schlagzeuger sehen, der mit geübten Bewegungen seine Drumsticks durch die Luft wirbelte.

Sie hatte keine Ahnung, wie sie hießen. Sie kannte lediglich zusammenhanglose Textpassagen von einigen ihrer größten Hits. Aber als der verführerische, sexy Leadgitarrist anfing, die Saiten zart zu liebkosen, war es um sie geschehen. Er beäugte die Menge unter seinen dichten Wimpern hervor. Seine Lippen verzogen sich zu einem verwegenen Grinsen, während er sein kirschrotes Instrument souverän bearbeitete.

Der erste Song ging in der Hysterie der Fans unter. Sie schnappte einzelne Textfetzen auf. Ein Lied über Liebe oder Verlust, sie war sich nicht sicher und es war ihr auch egal. Ihr Herzschlag passte sich dem Rhythmus des Schlagzeugs an, ihr Körper zuckte im Takt der Bassgitarre und die Stimme des Leadsängers legte sich auf ihre Haut wie warmer Honig.

Als Teenager hatte ihr ihre Mutter verboten, auf Konzerte zu gehen. Jedes Mal, wenn sie nur das Gelände verließ, gab es einen Vortrag und missbilligende Blicke. Das tat weh und als trotziger Teenager rebellierte sie bei jeder Gelegenheit. Im Laufe der Zeit lernte sie, ihre Isolation zu akzeptieren und zu verstehen, warum sie notwendig war. Jetzt war sie mit dem zufrieden, was sie hatte. Ihr Zuhause war ein Zufluchtsort für misshandelte Frauen. Ein ruhiges und manchmal sehr emotionales Umfeld, das ihre Mutter geschaffen hatte, als Alana noch ein Kind war.

Sie schloss die Augen, legte ihren Kopf in den Nacken und gab sich ganz der Musik hin. Da die Fans nach und nach beschlossen, das Konzert zu genießen, konnte sie den Text ausmachen.

„Kiss me one last time. Let me taste the love on your lips …“

Jemand hinter ihr schubste sie und riss sie aus ihrer Träumerei, während sie sich am Geländer festklammerte. Wenn sie noch näher an das Geländer kam, würde sie quasi draufsitzen. Bemüht, die ständigen Rippenstöße und das Schubsen zu ignorieren, blickte sie auf die Bühne und bemerkte, dass der Leadgitarrist in ihre Richtung sah. Seine Finger bewegten sich in komplizierten Mustern über die Saiten und dennoch war sein eindringlicher Blick auf die Stelle fixiert, wo sie stand.

Ihr Herz geriet aus dem Takt, als er sie so anstarrte. Dann wurde sie von der Realität eingeholt: Seine Aufmerksamkeit musste einer anderen Person gelten. Entweder

Kate mit den schönen, blonden Haaren und kaum verhüllten Brüsten oder einem der zahlreichen heißen Feger, die dicht neben ihr die Hüften schwangen. Es war albern zu denken, dass er an ihr interessiert sein könnte.

Und wer weiß? Vielleicht stand er ja auch auf eine schicke Vokuhila und wilderte im eigenen Revier. Was aber eine verdammt Schande wäre. Diese überbordende Sinnlichkeit an das eigene Geschlecht zu verschwenden, wäre echt nicht fair. Für einen flüchtigen Moment strahlte sie ihn an und wünschte sich, er würde sie mit diesen wunderschönen braunen Augen verschlingen – und nicht jemand anderen.

Um die Vorstellung davon, wie es wäre, wenn seine erfahrenen Hände aufreizend über ihren Körper wanderten, abzuschütteln, wandte sie sich dem Leadsänger zu. Er war so vertieft, dass seine Stirn angespannt war und seine Hände umschlossen behutsam den Mikrofonständer. Sie konnte verstehen, warum er Frauen umhaute. Er war eine absolute Augenweide – blonde verstrubbelte, leicht gelockte Haare, einen Dreitagebart, dessen Kratzen Frauen um jeden Preis auf ihrer Haut spüren wollten sowie attraktive Gesichtszüge, die so gar nicht zu der verruchten Stimme passten, die aus seinem Mund kam.

Sie hörte jedes seiner von Herzen kommenden Worte, doch vor ihrem inneren Auge tauchte der Gitarrist auf. Der Gedanke an seinen verführerischen Mund war so reizvoll, dass sie ihn nochmals anschauen wollte. Sie zögerte kurz, richtete dann aber ihren Blick wieder auf ihn. Sein Kopf war gesenkt, seine Konzentration galt ganz dem schönen Instrument in seinen Händen. Seine Beine, die in einer Jeans steckten, wippten im Takt und sie hatte das Gefühl, er spielte die Musik nicht nur, er lebte sie. Atmete sie.

Sein dunkelbraunes Haar war schulterlang – wie es sich für einen echten Rockstar gehörte – und glänzte im

Scheinwerferlicht. Sein schwarzes, enganliegendes Hemd spannte sich über seiner Brust und seinen Muskeln. An seinem Kinn konnte man einen Bartschatten erahnen und obwohl er seine Gitarre in durchtrainierten, männlichen Armen hielt, strahlte sein Gesicht einen eher jungenhaften Charme aus. Allesamt weiche Züge – ein gütiger Mund, glatte Haut und sanfte Augen.

Sehr, sehr nett.

Sie hatte kein Problem damit, als ihre Brustwarzen in einem ersten Anflug von Erregung kribbelten. Ja, sie gehörte zur Gattung der sexuell Unterversorgten. Aber sie war beileibe nicht die Erste, die drauf und dran war, einem der Bandmitglieder zu verfallen. Die Frauen um sie herum hatten diesen Zustand schon vor einer Weile erreicht.

Sie ließ ihren Blick an seiner schlanken Taille hoch gleiten, über das Hemd mit dem weißen, unleserlichen Schriftzug, vorbei an dem Mund, bei dessen Anblick sie unwillkürlich ihre Lippen befeuchtete, hin zu den Augen, die sie jetzt direkt ansahen.

Die Zeit blieb stehen. Sie erstarrte und merkte, wie ihr die Röte ins Gesicht stieg. Sie biss sich auf die Lippen, um das sich breitmachende Lächeln zu unterdrücken und scheiterte kläglich. Warum sich nicht über eine durch Schlafentzug ausgelöste Halluzination freuen? Sie würde nie mit ihm sprechen oder ihm nah genug kommen, um seinen gestählten Körper zu berühren. Von daher konnte sie wenigstens ihrer Fantasie freien Lauf lassen und genießen.

Lächelnd wiegte sie ihre Hüften und tanze für ihn. Auch wenn sie keine begnadete Tänzerin war, tat sie trotzdem so, als habe er nur Augen für sie und niemanden sonst. Vielleicht gehörte dieser Moment ihnen und dies war der erste von noch vielen unschuldigen Flirts an diesem Wochenende.

Kate stieß sie in die Rippen. *„Mitch starrt dich an.“*

Alana schüttelte ungläubig den Kopf. Es gab es keinen Grund, warum er an ihr interessiert sein sollte – außer sie hatte irgendwas Komisches im Gesicht kleben. Andererseits verriet wahrscheinlich auch ihre mangelnde Hysterie, dass sie hier nicht wirklich hingehörte. Die Verlosung der Tickets hatte sich nur an eingefleischte Fans gerichtet. Wenn Kate ihr kein Ticket abgegeben hätte, würde Alana zu Hause sitzen und wüsste noch nicht einmal, wie die Bandmitglieder eigentlich aussahen.

„Red keinen Blödsinn", schrie Alana zurück und stieß ihre Freundin gutmütig mit der Hüfte an.

Kate beugte sich näher. „Sieht für mich aber so aus." Sie drehte ihren Kopf ruckartig in Mitchells Richtung und Alana, die es Kate gleichtat, ließ ihren hungrigen Blick wieder auf sein Gesicht fallen.

Sie merkte, dass diesmal ihre Grübchen zum Vorschein traten. Ihr Mund wurde trocken und es fiel ihr schwer, den Blickkontakt zu halten. Er war so verdammt begehrenswert und sein Blick versengte jeden Quadratzentimeter ihrer Haut. Dann zog er einen Mundwinkel hoch zum süßesten Grinsen, das sie je gesehen hatte.

Um eine Kicherattacke zu vermeiden, lenkte sie sich ab, indem sie eingehend den Schlagzeuger, den Sänger und die Bühnenbeleuchtung inspizierte. Sie musste einen klaren Kopf bewahren, sonst würde sie sich später nicht an den Auftritt erinnern können.

Die letzten Töne des Liedes verklangen und die Menge brach in lauten Jubel aus. Sie lachte und ihr war schwindlig von der ganzen Aufregung und Hysterie.

„Danke, Leute. Ihr seid *echt der Hammer*." Der Leadsänger schrie die letzten Worte heraus. „Gefällt euch das neue Album bis jetzt?"

Alana war taub. In ihren Ohren klingelte es nur noch.

„Ich werte das als ein Ja."

Als sie ihren Blick auf die Bühne lenkte, stellte sie fest,

dass Mitchell sie wieder anstarrte. Sie lächelte und hielt sich die Ohren zu. Als er mit einer entschuldigenden Mine und einem Achselzucken reagierte, kreischte sie fast so laut wie die Groupies neben ihr.

Er kommunizierte mit ihr. *Mit ihr.* Sie verstand weder warum noch wieso. Alle um sie herum buhlten um seine Aufmerksamkeit, während sie nur rot wurde – und trotzdem ruhte sein Blick unverwandt auf ihr.

Der Leadsänger räusperte sich. Einmal. Zweimal. „OK, OK. Wir haben's kapiert." Er lachte und es wurde ein wenig leiser. „Wir machen jetzt eine Pause und sind in zwanzig Minuten zurück, um den Rest des Albums vorzustellen."

Ein betörendes Lächeln umspielte Mitchells Lippen und entfachte ein Feuer in ihr. Er zog den Gitarrengurt über seinen Kopf. Sie unterdrückte den Impuls, ihrem erhitzten Gesicht Luft zuzufächeln, während er sich umdrehte und einem der Bühnentechniker seine Gitarre übergab. Sogar von hinten war er makellos. Breite Schultern, eine schlanke Taille und den knackigsten Hintern, der ihr je untergekommen war.

Er drehte seinen Oberkörper herum und ließ seinen Blick teilnahmslos über die erste Reihe schweifen. Als er die Stelle erreichte, wo sie stand, hielt er inne. Er zog einen Mundwinkel hoch und zwinkerte ihr zu, bevor er sich umdrehte, um die Bühne zu verlassen.

Sie blinzelte einmal ... und ein zweites Mal. Die Welt um sie herum trat in den Hintergrund, während sie den Moment nochmals durchlebte und sich fragte, ob sie den Hauptgewinn in Sachen Adonis gezogen hatte. Sie merkte nicht einmal, dass der Vorhang fiel oder sich keine Körper mehr an ihr rieben.

„Meine Güte, Alana." Kate packte sie an den Schultern und schüttelte sie. „Mitchell Davies hat dir zugezwinkert."

Alana schluckte. „Ich ... ich ...“

Was sollte sie sagen? Es sah tatsächlich so aus, als habe er genau das getan. Allerdings hatte sie mit solchen Dingen keine Erfahrung. Ihre intimen Erlebnisse mit Männer beschränkten sich auf drei einzelne Nächte; sie hoffte, das ungeschickte Gefummel, Rumgestocher und das klebrige Gefühl eines Tages zu vergessen.

Sie konnte die ganze Aufregung um Sex nicht nachvollziehen. Sie hatte es versucht: Aller guten Dinge waren *nicht* drei. Seitdem herrschte eine große Dürre. Sie hatte sich inzwischen sogar an ihren enthaltsamen Lebensstil gewöhnt, denn die Vorstellung, mit einem weiteren Mann ins Bett zu gehen, rief bei ihr keine große Begeisterung hervor. Es hatte sich wirklich nicht gelohnt, sich dafür aus dem Frauenhaus hinauszuschleichen.

„Er hat dir hundertpro zugezwinkert.“ Kate hüpfte von einem Bein aufs andere. „Mist, ich muss pinkeln. Hältst du mir meinen Platz frei?“

Alana nickte und klammerte sich am Geländer fest. Wow. Auf einen Typen zu stehen machte einen echt schwindlig. Als sie Teenager waren hatte Kate versucht, ihr den Nervenkitzel eines Flirts per E-Mail zu erklären, aber Alana hatte dieses Gefühl nur durch Filme oder Bücher aus zweiter Hand erlebt. Mit der Realität nicht zu vergleichen. Sie hatte viel verpasst, weil sie zu Hause unterrichtet worden war.

An das Geländer gelehnt senkte sie den Kopf und machte lange, tiefe Atemzüge, um sich zu beruhigen.

„Entschuldigen Sie.“ Alana hob ihren Blick vom Boden, in der Erwartung, dass die männliche Stimme jemandem in ihrer Nähe galt.

Zwei Männer standen ihr auf der anderen Seite der Absperrung gegenüber. Einer war von der Security und hatte bis eben an der Vorderseite der Bühne gestanden. Der andere war ihr unbekannt und trug eine Jeans, eine

Baseballkappe und ein weißes T-Shirt, auf dem „Reckless Beat Crew" stand.

Der Typ von der Security schenkte ihr keinerlei Beachtung. Er beobachtete das Publikum, ließ seinen Blick hin und her wandern. Der andere Mann lehnte sich zu ihr rüber, bis das Schild der Kappe fast ihr Gesicht berührte. Sie behielt den stämmigen, mürrisch wirkenden Mann im Auge, während sie sich nach hinten lehnte, weil der andere Typ ihr immer näher auf die Pelle rückte.

„Sehen wir uns später hinter der Bühne?"

Seine tiefe Stimme streichelte über ihre Haut und ein wohliges Kribbeln breitete sich auf ihrem ganzen Körper aus. Als sie ihren Blick intensiver auf die von der Kappe etwas verdeckten Augen richtete, stockte ihr der Atem.

Mitchell Davies.

Ihrem Mund entfuhr ein kehliger Laut und sie starrte ihn an; das war leider alles, wozu sie noch in der Lage war. Ein strahlendes Lächeln breitete sich auf seinem Gesicht aus und winzige Lachfältchen umrahmten seine tiefbraunen Augen. Auf der Bühne, im grellen Scheinwerferlicht, sah er umwerfend aus. Seine unmittelbare Nähe bewirkte einen trockenen Mund und feuchte Hände. Selbst sein Geruch zog sie magisch an, eine Mischung aus Jasmin und Sandelholz.

„Ist das ein Ja?" Er grinste.

~

Mitch beugte sich zu der dunkelhaarigen Schönheit rüber und atmete ihren blumigen Duft ein. Er wandte ihr sein Gesicht zu, darauf bedacht, sich vor neugierigen Blicken zu schützen. So weit, so gut. Niemand hatte den Rockstar in der Menge bemerkt.

Es war für ihn oder die anderen Bandmitglieder nicht ungewöhnlich, Groupies einzuladen, nach der Show hinter die Bühne zu kommen. Bis vor etwa zwölf Monaten war es die Norm gewesen. Nun waren sie der willigen Damen etwas überdrüssig geworden. Leider blieb bei ihrem Lebensstil wenig Raum für etwas anders und sie waren schließlich keine Mönche.

Er zog es vor, Frauen auf die altmodische Art und Weise ins Bett zu bekommen: flirten und verführen. Aber manchmal, wie jetzt, musste ein Bedürfnis eben schnell befriedigt werden. Nun, man konnte nicht wirklich von einem Bedürfnis reden, es fühlte sich eher wie Zwang an, ein unersättliches Verlangen, die zarte Haut der vor ihm stehenden Frau zu berühren.

Eigentlich war es ja die Aufgabe der Bühnentechniker, die Fans anzusprechen. Sich in die unmittelbare Nähe einer Horde kreischender Frau zu begeben, war nicht gerade eine seiner intelligentesten Ideen. Er wusste aus Erfahrung, dass das erste Körperteil, nach dem sie griffen, *nicht* der Arm war, und auch, dass sie nicht sanft zupackten. Heute Abend brachte ihn seine Neugier jedoch fast um, mit dem Ergebnis, dass er leichtsinnig wurde.

Die ihm gegenüberstehende Frau hatte vom ersten Gitarrenklang an seine Aufmerksamkeit gefangen genommen. Sie stach aus der Masse heraus wie ein Sonnenstrahl, ihre großen Augen und ihr schüchternes Lächeln waren pures Gift für seine Konzentration. Er sah sofort, dass sie keine von denen war, die alles raushängen ließen, um einen Backstagepass zu ergattern. Er war sich sogar ziemlich sicher, dass sie überhaupt kein Hardcore-Fan war. Weder hatte sie gekreischt, noch sich entblößt oder ihr Höschen auf die Bühne geschleudert, als er ihr zugelächelt hatte. Statt ihm, wie er es gewohnt war, verführerische Blicke zuzuwerfen, ließ sie für einen kurzen Augenblick ihre wunderschönen Grübchen aufblitzen und brach den Blickkontakt ab. Der engelsgleiche Anblick packte ihn bei den Eiern und hatte ihn noch immer fest im Griff.

Mit dem Ausflug hinter die Absperrung hatte er sich hauptsächlich vergewissern wollen, dass sie nicht so atemberaubend war, wie sie im Bühnenlicht ausgesehen hatte. Aus nächster Nähe konnten diese Augen unmöglich so strahlen und ihr Lächeln würde nicht so einnehmend sein. Er müsste nur seinen Verdacht bestätigen, um sich dann voll und ganz auf die zweite Hälfte der Show konzentrieren zu können.

Das einzige Problem? Mit jedem Schritt, den er ihr näher kam, wurde sie schöner.

Ihm war noch nie eine so umwerfende Frau begegnet. Und er hatte eine Unmenge von Frauen gesehen. Mit Klamotten und ohne.

Es war nicht das funkelnde Grün ihrer Augen, die makellose Haut oder der üppige Mund, den er im Geiste bereits geküsst hatte. Ihre Schönheit lag vielmehr in ihrem Ausdruck, den sich darin widerspiegelnden Emotionen und der Art, wie sie sich gab. Die Schüchternheit stach inmitten einer Schar von Extrovertierten hervor.

Ihre Augen waren riesig, wie die einer Jungfrau in der Hochzeitsnacht. Er konnte ihr den Schock, ihre Aufregung und sogar ein wenig unterschwellige Angst ansehen. Sie war schlicht angezogen – verwaschene Jeans und ein lockeres lilafarbenes T-Shirt, unter dem sich in seiner Fantasie eine tolle Figur verbarg. Und schwarze kniehohe Stiefel. Keine Nuttenstiefel. Nicht solche Stilettos mit Bleistiftabsätzen, wie sie die freundlicheren Fans trugen. Es waren die robusten, eleganten Stiefel einer Frau, die nicht darauf aus war, einen Rockstar ins Bett zu zerren.

Er konnte ihr ja noch nicht einmal ins Dekolleté gucken! Nachdem er seit Jahren auf jede Menge halbnackter Frauen herabblickte, die ihre hüpfenden Vorzüge offenherzig zur Schau stellten, hatte er eigentlich geglaubt, dass sein Busenfetisch erloschen war. Nein. Offensichtlich nicht.

Er wollte einen Blick unter das T-Shirt dieser Frau werfen. Seine Hände an ihrem Bauch hoch wandern lassen, ihre Rundungen mit seinen Händen umfassen und ihre Brustwarzen massieren, bis sie hart waren und vor Erregung schmerzten. Er wollte hinter ihre Unschuld penetrieren, sie flehen hören, sie zu nehmen.

Verdammt noch mal. Er wurde schon steif, wenn er nur daran dachte.

„Ich ...“ Dieses eine Wort entfuhr ihr beim Ausatmen.

Er verspürte den Drang, seinen Mund auf ihre Lippen zu legen, er wollte wissen, ob sie so lieblich schmeckte, wie ihr Äußeres versprach.

Sie räusperte sich und neigte den Kopf, um ihm wieder in die Augen schauen zu können. „Ich weiß nicht –“

Steve klopfte ihm auf die Schulter und Mitch runzelte die Stirn. Noch bevor ein Wort gesprochen wurde, spürte er, dass sich Ärger zusammenbraute und empfand die Berührung als unangenehm.

„Wir sollten besser gehen. Ihr werden gerade von einer Menge Leute beobachtet.“

Mitch nickte dem Leibwächter zu und legte seine Hand auf die zarten Frauenfinger, die auf dem Geländer ruhten. „Ich schicke Steve nach der Show, um dich zu holen. Wir können zusammen was trinken. Uns kennenlernen.“ Er verwendete den Standardspruch, den er auch seiner Crew auftrug, um Backstagepässe zu verteilen. Nur dieses Mal klappte es nicht. Anstatt ihn in freudiger Erregung anzustarren, wurden ihre Augen groß wie Untertassen.

Sie schüttelte den Kopf und musste sichtbar schwer schlucken. „Ich glaube nicht –“

„Oh mein Gott. Mitch, ich liebe dich.“ Wie eine wild gewordene Horde Trampeltiere drängten Fans nach vorne, wodurch die Schönheit immer härter gegen das Geländer gedrückt wurde.

Ihr Gesicht war schmerzverzerrt, und auch wenn er unbedingt ihren Namen wissen wollte, es war Zeit zu gehen. Um ihretwillen. Steve packte ihn an der Schulter und schob ihn zur Seite. Die grünen Augen sahen ihm nicht hinterher, als er den Rückzug antrat. Sie konzentrierten sich auf das Geländer, von dem sich mit vor Anstrengung angespannten Armmuskeln abzustoßen versuchte.

„Mist." Er machte große Schritte und fing schließlich an zu joggen. Je früher er aus dem Blickfeld der Fans verschwand, desto eher würde sie sicher sein. Er winkte dem Publikum zu, bevor er hinter die Bühne und in das private Zimmer trat, wo sich der Rest der Band bereits entspannte.

Bevor Steve folgen konnte, drehte sich Mitch um und versperrte ihm den Eingang. „Geh nachschauen, ob sie verletzt ist."

Der Leibwächter sah ihn finster an. „Ich bin sicher, dass sie in Ordnung ist."

„Das ist super. Deine übersinnlichen Fähigkeiten beruhigen mich ungemein." Mitchs Lächeln war alles andere als freundlich. „Aber du gehst trotzdem zurück, um nachzugucken."

Steves Oberlippe zuckte. Wortlos drehte er sich auf dem Absatz um und stürmte davon.

„Arrogantes Arschloch." Mitch knallte die Tür zu und wirbelte herum: Alle starrten ihn an. „Was ist? Den müssen wir rausschmeißen. Mir reicht's."

Ihre Managerin, Leah Gorman, nahm sein schwarzes T-Shirt vom Sofa und warf es ihm zu. „Ich weiß. Ich habe den Jungs gerade erzählt, dass sich heute Abend jemand über ihn beschwert hat. Eine Frau behauptet, er habe sie grob angefasst und droht mit einer Klage."

Er stöhnte auf und zog das Shirt mit dem Aufdruck ‚Crew' aus, bevor er sein eigenes wieder überstreifte.

„Ich werde nach dem Auftritt mit ihm reden“, sprach Leah weiter. „Mach dir keine Sorgen, er wird nicht wieder mit euch arbeiten.“

„Er sollte mit *niemandem* jemals wieder arbeiten. Der Kerl ist ein Idiot“, kam von Sean aus der Ecke, während er sich mit einem der Drumsticks am kurzrasierten Kopf kratzte.

„Und, war sie auch aus der Nähe so ein heißer Feger?“ Mason zog fragend eine Augenbraue hoch und sah ihn an. „Von meinem Platz aus am Mikro sah sie zu puppig aus.“

Mitch zuckte mit den Schultern und schlenderte zum Couchtisch, um sich ein Wasser zu nehmen. „Sie ist ganz in Ordnung.“ Er wollte nicht, dass sie wussten, wie perfekt sie hautnah aussah. Das würde nur dazu führen, dass die gesamte Band sie während der zweite Konzerthälfte anstarrte. „Wenn sie Glück hat, spendiere ich ihr nach der Show einen Drink.“

Die vier Männer lachten ihn aus und Leah lächelte.

Scheiß auf sie. Warum sollte er nicht auch mal so egoistisch sein wie Mason. Obwohl das bei ihrem Lead-sänger weniger eine Rolle als eine angeborene Charakter-eigenschaft war.

„Du bist so leicht zu durchschauen wie die Unterwä-sche von Britney Spears.“ Ryan schmunzelte noch immer.

Während er seine Flasche aufdrehte, warf Mitch dem Rhythmusgitarristen einen finsteren Blick zu. „Sie trägt keine Unterwäsche, Schwachkopf.“ Er nahm einen Schluck von seinem Wasser und machte sich auf weitere Demütigungen gefasst.

„Genau.“ Mason und Sean antworteten zeitgleich.

Er trank weiter an seinem Wasser zeigte ihnen den Mittelfinger.

„OK, Jungs, noch fünf Minuten. Dann geht's weiter.“ Lea blieb in der Mitte des Raums stehen. „Ich kümmer mich um das Problem namens Steve. Ihr macht einfach mit eurer sagenhaften Show weiter. Die Fans sind völlig begeistert."

Dreißig Minuten später stand er wieder auf der Bühne, die Hälfte des zweiten Sets lag hinter ihnen. Sein Körper stand unter Strom, bedingt durch eine gesteigerte Wahrnehmungsfähigkeit, die Liveauftritte vor Publikum stets auslösten. Genau hier und jetzt – das war es, wofür er lebte, was er mehr liebte, als alles andere – das Hochgefühl, wenn das Publikum an seinen Lippen hing.

Der heutige Abend war besser als sonst. Sie waren ganz nah dran an ihren größten Fans. Es war was ganz anderes, als vor gefüllten Stadien zu spielen. Er war nur wenige Meter von den Menschen entfernt, dank derer Reckless Beat eine weltweite Sensation geworden war. Allerdings blieb er immer wieder bei einem bestimmten Gesicht hängen. Er konnte sich nur halbherzig auf die Musik konzentrieren, weil in der anderen Hälfte seines Schädels ein Kopfkino lief, in dem der hoteleigene Wellnessbereich und spärliche Bekleidung vorkamen.

Er sah wieder in ihre Richtung, wie er es alle zwei Minuten tat, in der Hoffnung, auch nur eine zarte Andeutung ihrer Grübchen zu erhaschen. Ja, da waren sie. Er war fest entschlossen, die tiefen Mulden mit der Zunge zu erkunden und sie zum Stöhnen zu bringen; er wollte, dass sie seinen Namen ausrief.

Er stellte sich vor, wie ihre Augen glitzerten, wenn er ihren Widerstand brach. Wie ihr Atem immer schneller würde und sich ihre Finger in seine Haut krallten. Er würde nicht ruhen, bis er sie erobert hatte. Es gab keinen anderen Weg, das auf seiner Brust lastende Schweregefühl loszuwerden.

Er wurde auf die neben ihr stehende vollbusige Blondine aufmerksam, die mit ihren Armen vor dem Gesicht der Schönen herum fuchtelte. Er runzelte die Stirn, als sie erst auf sein Mädchen deutete, heftig mit dem Kopf nickte und dann auf den Ausgang zeigte.

Auch ohne der Gebärdensprache mächtig zu sein war er sich ziemlich sicher, dass ihre Gesten so zu deuten waren, dass auf ihn später ein heißes Date wartete. Er signalisierte durch Kopfnicken, dass er verstanden hatte und konzentrierte er sich auf sein anstehendes Lieblingssolo. Als Masons Stimme verhallte, trat er vor, baute sich vor seiner zukünftigen Eroberung auf und spielte vor ihr. Für sie.

Seine Finger glitten über die Saiten, schlugen souverän die Noten an, während Sean auf das Schlagzeug einhämmerte und Blake und Ryan ihn mit ihren Gitarren begleiteten. Beim Klang des letzten Akkords trat er zurück und fing ihren Blick ein. Ihr Gesicht schien von einem überirdischen Leuchten erfasst und ein beeindrucktes Lächeln umspielte ihre Lippen. Sein Blut geriet ins Stocken, weil er diese faszinierende Reaktion hervorgerufen hatte.

Als das letzte Lied begann, waren seine Handflächen feucht und er hatte absichtlich aufgehört, in die Richtung der Frau zu schauen. Er wollte sie. Unbedingt. Er schob seine ungestüm aufwallende Libido auf den Nervenkitzel der Jagd. Er wusste, dass sie keine leichte Beute sein würde.

Höschen und BHs säumten die Bühne und nichts davon gehörte ihr. Sie hatte mit offenem Mund beobachtet, wie die Teile an ihr vorbeiflogen, so, als wären die Fans von Reckless Beat sexsüchtige Irre. Vielleicht waren sie das auch.

Seine Frau war ohne jeden Zweifel puritanisch. Bei dem Gedanken, ihr diesen unschuldigen Ausdruck ganz gemächlich auszutreiben, regte sich sein Schwanz. Die Vorstellung, sie im Aufzug ohne Wenn und Aber ranzunehmen machte ihn dermaßen an, dass er sich auf die Backe biss, um sich zu beruhigen.

Solche Gefühle hatte er noch nie für ein Groupie

empfunden. Bisher war es immer ganz einfach gewesen: Das Publikum bot sich an und er hatte freie Auswahl. Die Frauen bildeten sich ein, in die Bandmitglieder verliebt zu sein oder sehnten sich nach dem Kick, mit einer Berühmtheit zu vögeln. Er konnte sich nicht vorstellen, dass sich diese Frau so verhalten würde. Vielleicht würde sie ihm sogar einen Korb geben.

Bei dem Gedanken musste er schmunzeln. Die Jagd konnte beginnen.

Als das letzte Lied mit einem Lichtblitz endete, zog sich Mitch den Gitarrengurt über den Kopf ging direkt zu seinem Gitarrentechniker. Er legte sein Baby in die kompetenten Hände des Mannes und gesellte sich zum Rest der Band, der jetzt vom geschlossen Vorhang verborgen war. Sie stießen sich gegenseitig mit der Schulter an und klopften sich auf den Rücken, um den gelungenen Auftritt zu feiern.

„Haut ihr sofort ab?" Mitch erhob seine Stimme, um die anhaltende Schreie der Masse zu übertönen, und richtete seine Aufmerksamkeit auf Mason, Sean und Ryan, die bald zu ihren Familien nach Hause gehen würden.

„Ja, Leah sagte, die Security wüsste Bescheid und die Autos stünden bereit." Mason wischte sich den Schweiß von der Stirn. „Bist du bereit für den Sprint zu deinem Zimmer?"

Mitch sah Blake an und zog fragend eine Augenbraue hoch. Sie hatten schon vor Monaten gemeinsam beschlossen, nach dem Konzert für ein paar Tage in der Stadt zu bleiben. Die Veröffentlichung des Albums sollte von einem richtigen Medienrummel begleitet werden; und gab es einen besseren Ort für den Beginn ihrer Werbetour als Richmond, Virginia, der Stadt, in der Reckless Beat entstanden war?

„Von mir aus können wir." Blake fuhr sich durch seine

abstehenden schwarzen Haare und zuckte zusammen. „Ich muss duschen."

„Na dann mal los. Ich werde mir eine Riesenportion von Mutters gutem Essen reinziehen, bevor ich mich aufs Ohr haue." Sean rieb seinen nicht vorhandenen Bauch. „Keiner kocht besser als Mutti."

„Klingt gut", fügte Ryan hinzu. „Ich werde so lange zu Kreuze kriechen, bis meine Frau mich zurück ins Bett lässt."

Sean schnaubte und zog Ryan seine Drumsticks über den Hintern. „Viel Glück, Kumpel. Das wirst du nämlich brauchen."

„Fick dich." Ryan schlug die Sticks weg. „Du solltest vorsichtig sein, Sean. Wenn sie mich rausschmeißt, wachst du vielleicht neben mir auf."

Ryans Beziehung zu seiner Frau hatte sich im Laufe der Jahre verschlechtert. Die Ehe, einst geprägt von Liebe und Leidenschaft, hatte dem ständigen Druck der Öffentlichkeit nicht standgehalten. Statt strahlender Gesichtern und Gelächter gab es jetzt abfällige Bemerkungen und Sexentzug.

„Angesichts meiner Durststrecke in letzter Zeit würde ich dich wahrscheinlich nicht mal rauswerfen", Sean stieß Ryan sanft in die Rippen und steuerte auf die Stufen zum Privatbereich hinter der Bühne zu.

„Triffst du dich noch mit dem heißen Feger?" Es war Mason, der fragte, und Mitch dabei in den Arm knuffte.

„Ja. Ich habe Steve gesagt, er soll sie nach der Show holen."

„Steve?" Mason runzelte die Stirn. „Leah hat ihn rausgeworfen, schon vergessen?"

Scheiße. Das hatte Mitch vergessen.

Er wandte sich wieder dem Vorhang zu, hinter dem sich das Publikum verbarg. Er konnte da jetzt auf gar keinen Fall rausgehen. Seine körperliche Unversehrtheit war ihm lieb und teuer und er wollte seine Haut nicht den Krallen dieser Raubkatzen aussetzen.

„Schick einen von der Crew, um sie zu finden", schlug Mason vor. „Hey, Tim."

Der Gitarrentechniker sah von den Bühnenlautsprechern auf und blickte ihn fragend an.

„Kannst du Mitch einen Gefallen tun?" Mason sprach weiter, als ob Mitch das nicht alleine konnte.

„Klar." Tim wischte seine Hände ab und kam zu ihnen rüber. „Wie kann ich helfen?"

„Das ist eine Frau", antwortete Mitch eifrig – er stockte und räusperte sich, bemüht, seine Begeisterung zu verbergen. „In der ersten Reihe. Große, hellgrüne Augen, lange braune Haare. Sie trägt eine Jeans und kniehohe Stiefel."

Tim starrte ihn regungslos an.

„Sie stand neben einer Blondine mit großen Titten", fügte Mason hinzu.

„Ahh." Tim nickte. „Ich erinnere mich an die Titten."

Mitch runzelte die Stirn. „Wie auch immer. Kannst du jetzt bitte die Tante mit den Titten suchen gehen und sie zusammen mit ihrer Freundin in meine Hotelsuite bringen?"

Tim grinste und schlug die Hacken zusammen. „Mit Vergnügen." Kaum gesagt, bewegte er sich auf den Vorhang zu und verschwand dahinter.

„Super." Er war voll und ganz auf einen Kerl angewiesen, der sich nach der Art Aufmerksamkeit sehnte, die die Fans von Reckless Beat allen im unmittelbaren Umfeld der Band schenkten. Mitch war davon überzeugt, dass Tim direkt ins Foyer schlendern und für Fotos posieren würde, statt nach der Frau Ausschau zu halten. Es wäre auch nicht das erste Mal, dass sie jemanden dabei erwischten, wie er Kleidung mit gefälschten Autogrammen von Reckless Beat verhökerte.

„Ich würde nicht allzu große Hoffnungen auf ihn

setzen." Blake klopfte ihm tröstend auf die Schultern. „Er ist ein bisschen unberechenbar."

Mitch spürte einen Kloß im Hals. Seine Chancen gingen gegen Null.

Er bemühte sich, seine Schultern nicht hängen zu lassen und folgte Mason und Blake in das Backstagezimmer. In dem kleinen Raum wurden sie von einer lächelnden Leah und einer Horde Sicherheitspersonal erwartet.

„Tolle Arbeit, Jungs." Sie machte einen Schritt nach vorne und küsste jeden im Vorbeigehen auf die Wange. „Igitt. Ihr braucht alle eine Dusche."

„Kann es sein, dass du das nach jedem Auftritt sagst?" Blake feixte und umarmte sie ungestüm.

Mitch nahm diese Zugneigungsbekundung nur am Rande wahr und trat von einem Fuß auf den anderen. Sie mussten erst einmal nur heil und ungeschoren an ihren Fans vorbeikommen. Er wollte einfach nur weg ... egal, wohin, zusammen mit der Süßen mit den unschuldigen Augen.

„Oh, igitt, Blake." Leah versuchte, ihn wegzuschieben.

Blake hob ihren zarten Körper hoch und wirbelte sie herum, bevor er sie auf ihre Füße stellte. Als er sie losließ, trat sie zurück und schüttelte ihren Kopf in gespielter Empörung.

„Wir bringen euch jetzt nach Hause." Sie strich ihr Kostüm glatt und sah sich im Raum um. „OK, Ryan, Mason und Sean, ihr werdet zu den Autos auf der Rückseite des Gebäudes begleitet. Macht euch darauf gefasst, dass überall Leute stehen. Auch wenn nur Tausend Fans in den Saal reingepasst haben, steht meiner Meinung nach ganz Richmond da draußen, um einen Blick auf euch zu werfen. Es wird ein Tollhaus werden."

Danach sah sie erst Mitch, dann Blake an. „Ich habe vier Männer abgestellt, die euch nach oben bringen werden und bis morgen früh zu eurer Verfügung stehen. Außerdem gibt es noch das Sicherheitspersonal des Hotels, falls es notwendig werden sollte."

Als sie aus dem Zimmer begleitet wurden, ließ er seinen Blick durch die Halle schweifen; er hoffte, in der Menschenmasse, die den Ausgang des Veranstaltungsraums belagerte, ein vertrautes Gesicht zu erkennen.

„Kannst du sie sehen?", fragte Blake und blieb neben ihm in der Mitte der Lobby stehen.

Mitch war peinlich berührt. Er fühlte sich wie ein Fan, der für einen flüchtigen Blick alles tun würde. Sie war nur eine Frau. Eine unschuldig wirkende, makellose Frau, aber trotzdem nur eine Frau. Er musste sich zusammenreißen. „Nee. Vielleicht ist sie an der Bar."

Er heuchelte Gelassenheit, obwohl sich seine Kehle zusammenschnürte. Von der Blondine und ihrer Freundin war weit und breit nichts zu sehen. Jetzt konnte er nur noch hoffen, dass Tim sie gefunden hatte.

Er drehte sich auf dem Absatz um und sie gingen die Treppen zu ihrer gemeinsamen Suite hoch. Mitch beeilte sich, als erster unter die Dusche zu kommen, um sich den Schweiß vom Leib zu schrubben. Er tat alles dafür, seinen Adrenalinspiegel hochzuhalten. Sobald sich sein Herzschlag beruhigte, würde sich der dösende Teil seiner Anatomie aufrichten und nach Beachtung verlangen. Und er hatte nicht die Absicht, heute Abend selbst Hand anzulegen.

Seine Dusche dauerte nur wenige Minuten. Genügend Zeit, um sich zu waschen. Fertig. Er zog hastig seine Boxershorts und eine helle Cargohose an und knöpfte ein dunkelblaues Hemd zu. Als er aus dem Bad kam, rubbelte er seine Haare mit dem Handtuch trocken und hoffte insgeheim, dass Tim mit der Frau in der Suite wartete.

Er musste ihren verdammten Namen herausfinden.

„Ich entnehme deinem enttäuschten Gesichtsausdruck,

dass ich bin nicht die einzige Person bin, die du hier vorfinden wolltest?" Blake saß mit seinem Laptop auf den Oberschenkeln auf dem Sofa. Der Bassgitarrist machte keinen Schritt ohne dieses Ding.

„Ja. Ich dachte, dass Tim sie vielleicht hoch gebracht hat. Vielleicht hat er sie nicht gefunden. Oder sie war nicht interessiert." Er versuchte die Enttäuschung abzuschütteln.

„Tja, Kumpel, sieht so aus, als müsstest du heute Abend mit mir vorliebnehmen." Blake nahm das Laptop von seinen Schenkeln und stand auf. „Ich zieh mir was Vernünftiges über und dann gehen wir zusammen runter. Kann nicht schaden, mal die Lage zu sondieren." Er klappte das Gerät zu und legte es auf dem Couchtisch ab. „Es sei denn, wir werden von einer Horde übereifriger Groupies belästigt."

Mitch gab ein halbherziges Schnauben von sich. Bei dem Gedanke an seichten Sex mit einem überdrehten Fangirl drehte sich ihm fast der Magen um. Sein Kopf war bereits auf eine bestimmte Eroberung eingestellt. Er wollte nur vermeiden, dass Blake mitbekam, wie sehr er interessiert war. „Klingt wie ein guter Plan B."

Kapitel Drei

ALANAS BEINE ZITTERTEN, als auf dem Bürgersteig vor dem Hotel aufgeregt hin und her lief.

„Es ist doch nur ein Drink, Al." Kate stand am Wiesenrand und starrte sie an, während sie immer wieder auf und ab ging. „Wenn du da jetzt nicht reingehst und dich mit ihm triffst, wirst du es für den Rest deines Lebens bereuen."

Es stimmte, dass das schon jetzt die aufregendste Nacht ihres Lebens war. Die Gelegenheit, einen der weltweit berühmtesten Gitarristen zu treffen, würde nie wiederkommen, schon gar nicht, wenn sie weiterhin im abgeschiedenen Frauenhaus ihrer Mutter leben würde.

„Aber was wäre, wenn ..." Ihr geisterten unzählige Was-wäre-wenn-Fragen durch den Kopf. Was wäre, wenn er mehr als nur einen Drink erwartete? Was wäre, wenn er ihr Nein nicht akzeptierte? Was passierte, wenn die ganze Band dort wäre und sie wie eine Flasche Limo auf einem Kindergeburtstag herumgereicht werden sollte?

Sie hatte den Überblick verloren, wie viele aberwitzig kleine Höschen während des Konzerts auf die Bühne geflogen waren. An einem Punkt hatte Alana sich Sorgen gemacht, dass am Ende der Show das ganze Publikum nackt sein könnte. Und keines der Bandmitglieder hatte dem auch nur die geringste Beachtung geschenkt. Es war wohl keine Seltenheit, dass sie getragene weibliche Unterwäsche geschenkt bekamen.

„Was wäre, wenn *was passiert*?“ Kate trat energisch mit dem Fuß auf. „Ich bin doch dabei. Es ist ja nicht so, als könne er dich zwingen, Dinge zu tun, die du nicht willst. Deine Mutter hat dich einer Gehirnwäsche unterzogen mit dem Ergebnis, dass du jeden Mann für einen Schurken hältst. Und damit liegt sie größtenteils auch richtig, aber du kannst dich nicht dein ganzes Leben hinter ihren schlechten Erfahrungen verstecken.“

Alana stieß einen frustrierten Stoßseufzer aus und ballte ihre Fäuste. Kate hatte recht. Sie musste sich abhärten. Ihre Freundin mobbte sie nicht, sondern versuchte lediglich, die Verwirrung und Unsicherheiten auszuräumen, die Alanas Mutter ihr seit ihrer Geburt eingetrichtert hatte. Herrgott noch mal. Sie wusste schon, wie man einen Angreifer abwehrte. Ihr Pfefferspray steckte fest neben ihrem Handy in der Hostentasche und sie wären in einem gut besuchten Hotel mitten in der Stadt. Was konnte schon schiefgehen?

„Also gut.“ Sie atmete tief aus. „Lass uns gehen.“

„Wurde auch Zeit“, murmelte Kate und ging auf den Hoteleingang zu.

Alana würde das durchziehen. Sie würde in die Lobby marschieren und nach einem – im Vergleich zu allen anderen Männern, denen sie je begegnet war – unfassbar attraktiven Star Ausschau halten und versuchen, ihm nicht auf die Schuhe zu kotzen. „Was ist, wenn er mich gar nicht sehen will?“

„Oh Mann, das darf doch echt nicht wahr sein.“ Kate

drehte sich um und legte ihr die Hände auf die Hüften. „Du machst Witze, oder?"

„Er hat vorhin gesagt, der Typ von der Security würde mich abholen, aber er ist nicht gekommen. Vielleicht hat er seine Meinung geändert."

Kate rang sichtlich um Fassung. „Mitchell Davies ist eine Rocklegende." Sie zog ihre Augenbrauen hoch. „Er ist der personifizierte Sex. Er bringt meine Eierstöcke zum Seufzen. Und du stehst hier seit zwanzig Minuten und führst dich auf wie eine Fünftklässlerin. So viel Angst wegen eines Mannes, mit dem jede vernünftige Frau da drinnen schon längst Trockensex hätte." Kate lächelte sie gequält an. „Du wirst da jetzt reingehen. Du wirst ihn total umhauen und das Hotel nicht verlassen, bis ich es dir erlaube."

Immerhin war sie verbal über der Gürtellinie geblieben.

Alana nickte langsam. „Ohh-kay."

Sie betraten nebeneinander die mondäne Lobby und gingen an dem geschlossenen Café und den kleinen Gruppen von Fans vorbei, die das Hotel noch nicht verlassen hatten. Keine Spur von Mitchell oder den anderen Bandmitgliedern. Mit jeder Sekunde wünschte sie sich mehr, ihn zu finden; und wenn es nur wäre, um sein aufreizendes Lächeln ein allerletztes Mal zu sehen – und seine Augen. Seine Augen waren der Wahnsinn.

Nachdem sie fünfzehn Minuten gesucht hatten, blieb Alana seufzend ein paar Meter vor den Eingangstüren stehen. „Er ist weg und das Gleiche gilt für den Typen von der Security von vorhin." Sie ließ ihren Blick ein letztes Mal durch den Raum schweifen, bevor sie sich wieder Kate zuwandte. „Ich glaube, es ist Zeit, das hier zu beenden."

Kate sah auf ihre Uhr und zuckte mit den Schultern.

„Ja. Es ist schon eins. Lass uns nach Hause gehen, dann bekomme ich noch ein paar Stunden Schlaf, bevor ich zur Arbeit muss.“

Kaum hatte Alana zwei Schritte in Richtung Ausgang gemacht, stellten sich ihre Nackenhaare auf.

„*Hey.*“ Die laute männliche Stimme kam von der anderen Seite der Lobby.

Sie wusste, wem diese Stimme gehörte, noch bevor sie über ihre Schulter blickte. Ihr Klang war unverkennbar, obwohl sie bisher nur ein paar Worte gewechselt hatten. Sie blieb wie angewurzelt stehen, während Kate sich wieder umdrehte. Das hocherfreute Lächeln, das sich im Gesicht ihrer Freundin ausbreitete, lähmte Alanas Körper. Sie war völlig benommen. Erstarrt.

„Er ist es“, flüsterte Kate, ohne ihre Lippen groß zu bewegen.

Alana nickte langsam und schluckte die aufsteigende Übelkeit runter. Sie konnte Gelassenheit vortäuschen. Sie hatte nicht viel Erfahrung, was Gespräche mit Männern anging. Um ehrlich zu sein, hatte sie in den letzten zwölf Monaten mit genau fünf männlichen Wesen gesprochen. Aber sie würde das schaffen.

„Fang an zu atmen, bevor du ohnmächtig wirst ... und lächle. Du machst das schon.“ Kate tätschelte ihre Schulter und gab ihr einen kleinen ermutigenden Schubs in seine Richtung.

Alana drehte sich auf ihren Zehenspitzen um, während die Sekunden qualvoll verstrichen. Er kam auf sie zu und trug noch immer die gleiche Kappe, hatte sich aber umgezogen. Ein Bild von Gelassenheit und Selbstbewusstsein, gepaart mit natürlichem Charme. Ihre Blicke trafen sich. Verharrten. Als er sie mit glänzenden braunen Augen und einem frechen Grinsen anstarrte, schmolz sie dahin.

Und er war nicht allein.

Neben ihm ging ein weiteres Bandmitglied, der Gitarrist mit den rabenschwarzen, stacheligen Haaren und den tätowierten Armen. Seine Augen waren schwärzer als die Nacht, dunkel und verführerisch, aber beim Anblick seines übermütigen Grinsens musste sie lächeln.

„Da sind Blake und Mitch.“ Der Schrei kam aus einer Gruppe von fünf Frauen, die sich im Vorraum des Veranstaltungsraums aufhielten.

Beide Männer ignorierten den Vorfall einfach. Erst da bemerkte sie, das hinter ihnen vier weitere Männer schlenderten, die die Rockstars mit ein wenig Abstand beschützten.

Blake winkte den hyperventilierenden Frauen zu, die von den Sicherheitskräften des Hotels aufgefordert wurden, sich zurückzuhalten. Er beugte sich zu Mitchell rüber und sagte ihm etwas ins Ohr, bevor er die Richtung änderte und zu der größer werdenden Menge hinüber spazierte.

Alana richtete ihre Augen wieder auf den Mann, der sie atemlos machte und jetzt nur noch wenige Meter entfernt war; sein Blick war so eindringlich, dass sie schlucken musste. Er verschlang sie mit den Augen, sein Blick streichelte ihren Körper vom Kopf bis zu den Zehen. Sie war sich nicht sicher, wie er das machte, aber sie spürte seinen Blick auf ihrer Haut, was wiederum ihre Nerven aufs Extremste reizte.

„Hey.“ Seine weiche Stimme löste ein Kribbeln aus – im Brustbereich und auch viel tiefer.

„Hallo, Mitch.“ Kates Stimme klang aufgeregt und schrill.

Alana sah ihre Freundin an und fragte sich, ob Kate bewusst war, dass sie rumzappelte wie ein Kind im Zuckerrausch. Für ihr Stirnrunzeln kassierte sie einen bösen Blick. Kate machte mit ihrem Kopf ruckartige Bewegungen in

Richtung Mitchell und wies Alana wortlos an, den weltberühmten Musiker zu begrüßen.

Sie entschied sich für „Hallo“ und streckte ihm ohne Nachzudenken ihre Hand entgegen. Gaben sich Menschen heutzutage noch die Hand?

Er warf einen Blick auf ihre Hand und umfasste sie mit seiner eigenen. Seine Finger waren lang und ließen ihre kindlich erscheinen. Aber anstatt ihre Hand, wie erwartet, zu schütteln, führte er sie an seine Lippen und küsste ihre Knöchel. Eine Hitzewelle breitete sich in ihrer Brust aus und es war ein Stöhnen zu vernehmen. Mehr als drei Sekunden vergingen, bis sie erkannte, dass dieses Geräusch aus Kates Mund gekommen war.

„Darf ich euch auf ein Getränk einladen?“ Er hielt ihre Hand fest und fuhr fort, ihr tief in die Augen zu schauen.

Sie warf einen Blick auf Kate, um den Bann zu brechen und versuchte trotz ihrer inneren Unruhe ruhig zu atmen. Sie hoffte, dass er nicht merkte, wie ihre Handfläche zu schwitzen begann.

Kate zog ihre Augenbrauen hoch. „Das liegt an dir, Al.“

„Al.“ Er flüsterte kaum hörbar ihren Namen und das Verlangen, ihn wieder anzusehen, war übermächtig. „Entschuldigung. Ich habe mich den ganzen Abend gefragt, wie du wohl heißt.“

Sie presste ihre Lippen zusammen, um ihre Freude zu verbergen. Mitchell Davies, ein Mann, der besser aussah als menschenmöglich schien, hatte über ihren Namen nachgedacht. Die ganzen Abend.

In ihrem Bauch kribbelte es, Aufregung gepaart mit Angst. Ihre Mutter hatte ihr beigebracht, dass man einem schönen Gesicht nicht vertrauen durfte, und dennoch war sie bei seiner Berührung dahingeschmolzen. Sein Testosteron machte sie wehrlos. Ein Anfänger, der seinen

Meister gefunden hatte. „Alana Shelton", korrigierte sie und jubelte innerlich, weil ihre Stimme nicht schwankte.

Er drückte ihre Hand lange, bevor er sie freigab. „Es freut mich, dich richtig kennenzulernen, Alana."

~

„Jetzt zu den Getränken." Mitch musste sich von diesen kristallklaren grünen Augen ablenken, so etwas war ihm noch nie untergekommen. Sie waren mehr als atemberaubend. Sie waren berauschend. Ihr sanfter Blick betäubte ihn geradezu, er war unfähig, wegzusehen.

„Hey, Mitch", rief Blake, kam zu ihnen rüber gejoggt und begrüßte sie. „Meine Damen", begleitet von einem Winken.

Eine Welle der Eifersucht überkam ihn, als Alana seinen besten Freund strahlend anlächelte und ihre Grübchen zeigte.

„Hi", sie sprach mit einer unendlich sanften und liebenswerten Stimme.

Er schloss für einen kurzen Augenblick seine Augen und hing dem zuckersüßen Klang nach. Er war in Schwierigkeiten. Großen. Riesigen. Scheiß-gigantischen Schwierigkeiten. War es wirklich schon so lange her, dass er in eine Frau verliebt gewesen war? Er warf einen Blick auf Alana und fragte sich, ob es schon jemals ein weibliches Wesen geschafft hatte, sein Interesse so schnell oder so gründlich zu wecken.

„Oh mein Gott. Blake Kennedy. Hallo ... ich bin Kate."

Blake schmunzelte beim Anblick von Alanas Freundin. Sie war das typische, komplett überwältigte Groupie. Sie hatten sich beide an diese Art der Reaktion gewöhnt. Sie hatten gelernt, damit umzugehen und niemals etwas auszuplaudern, was nicht für die breite Öffentlichkeit bestimmt war. Am besten redete man sich ein, dass die Fans in die Musik – und nicht die Bandmitglieder selbst – verliebt waren, obwohl sie beide wussten, dass das eine Lüge war.

Er hatte Schwierigkeiten, Alana in diese Kategorie einzuordnen. Er konnte sich nicht entscheiden, ob ihre schüchterne Art daher rührte, dass sie aufgeregt war, ihn kennenzulernen oder einen ganz anderen Grund hatte. Er hoffte, es war das Letztere. So sehr, dass es ihm beinahe schlecht wurde.

„Alana, ist Blake, der Bassgitarrist von Reckless Beat.“

„Freut mich, dich kennenzulernen.“ Alana reichte ihm ihre Hand und Blake drückte sie fest.

„Mich auch, Alana. Ich würde dir auch die Hand küssen wie mein Freund Mitch hier, aber das könnte unter Umständen gefährlich für mich werden.“

Blake zwinkerte ihm zu und Mitch starrte finster zurück. Der verfluchte Klugscheißer hatte ihn die ganze Zeit beobachtet, als er der Horde Fangirls Autogramme gegeben hatte.

Als Alana ihre glänzenden Augen niederschlug und lächelte, sah er ihre Grübchen aufblitzen. Verdammt, sie war niedlich. Er trat näher, legte ihr seinen Arm um die Schultern und zog sie an sich. Sie erstarrte und ihr Rücken richtete sich kerzengerade auf, als wäre sie kurz davor, aufzuspringen und zu flüchten. Sein Herz blieb stehen. Vielleicht hätte er sie nicht noch mal berühren sollen. Er schaute auf sie herab und hoffe, dass er sich täuschte. „Wie wäre es mit was zu trinken?“

Sie nickte ruckartig und hielt ihren Blick gesenkt.

„Ich geh nach oben.“ Blake winkte zum Abschied mit der Hand.

Mitch musste sich auf die Lippe beißen, um beim Anblick von Kate nicht lauf aufzulachen. Der Gesichtsaus-druck der armen Frau wechselte von cartoonartiger Glückseligkeit zu tiefster Trauer. Er unterdrückte ein Lachen und seinem besten Freund zugewandt deutete er mit einer knappen Kopfbewegung auf die unglückliche Frau, in der Hoffnung, dass er ihn verstehen würde.

„Ähh." Blake sah ihn stirnrunzelnd an und blickte dann auf das fünfte Rad am Wagen. „Ähm." Es folgte eine fragende Geste. „Willst du vielleicht mitkommen und ..." Er zuckte mit den Schultern und sah Kate etwas verwirrt an.

Blake trank nicht. Also konnten sie sich entweder die Klamotten vom Leib reißen oder fernsehen, großartig andere Optionen gab es nicht. Wobei sich Mitch ziemlich sicher war, dass sie gegen die erste Variante nichts einzuwenden haben würde.

Als Alana hörbar einatmete, musste er sich beherrschen, seinen Griff um ihre Schultern nicht zu verstärken, um sie zu beruhigen.

„Ja." Blakes neue Freundin nickte begeistert. „Kommst du ohne mich klar, Al?"

In den Sekunden, die bis zu ihrem bedächtigen Nicken verstrichen, wagte Mitch nicht zu atmen. „Ich werd nicht beißen", flüsterte er ihr ins Ohr.

Seine Worte hatten nicht die erhoffte Wirkung. Statt zu lächeln oder erneut ihre Grübchen zu zeigen, schluckte sie schwer und nickte ruckartig.

Er wurde aus ihr nicht schlau, irgendwie ergaben ihre Puzzleteile kein klares Bild.

Während Blake und Kate zum Aufzug schlenderten, standen sie in der Mitte des Foyers, zwei der Bodyguards nur wenige Meter entfernt. Als sich die Aufzugtüren öffneten, seufzte Alana auf und warf ihm ein unsicheres Lächeln zu. „Ich glaub, ich brauch jetzt diesen Drink."

Er schmunzelte und sah sie unverwandt an. Einzelne Haarsträhnen in einem warmen Braunton umrahmten ihr Gesicht und ihre rosa Lippen waren eine Aufforderung zum Küssen. Er schob das körperliche Verlangen, sie zu schmecken, beiseite und nahm den Arm von ihren Schultern; stattdessen ergriff er ihre Hand und führte sie in Richtung Hotelbar.

„Davies, du Arschloch", schrie eine Stimme hinter ihnen.

Mitch drehte sich um. Ein sichtlich aufgebrachter Steve verfolgte sie. Die beiden Leibwächter schnitten ihm den Weg ab und packten ihn mit eisernem Griff an den Schultern, um ihn aufzuhalten.

„Wegen dir arrogantem Arsch bin ich gefeuert worden!"

Alana schnappte nach Luft. Dieser hilflose Laut weckte seinen Beschützerinstinkt und er trat vor sie, um ihm die Sicht auf sie zu versperren.

„Geh nach Hause, Steve." Der glasige Blick in den Augen des Mannes machte ihn misstrauisch.

„Fick dich." Steve spuckte auf den Boden und zeigte ihm den doppelten Stinkefinger.

Mitch schüttelte angeekelt den Kopf, drehte sich um und nahm Alana an den Schultern, um sie sanft in die Bar hineinzuschieben.

Noch bevor sie die Bar betreten konnten, ließ ihn ein Warnruf seiner Beschützer erstarren. „*Mitch.*"

Instinktiv schirmte er Alanas Rücken ab und warf sich mit ihr nach vorne. Eine große Glasvase flog seitlich an seinem Kopf vorbei, bevor sie mit einem lauten Krachen in die Wand vor ihnen einschlug. Er zuckte zurück, als ihn unzählige kleine Glasscherben wie Nadelstiche im Gesicht trafen. Als er Alana losließ, sank sie zu Boden. Ihr sanftes Wimmern löste seine Schockstarre und brachte ihn zurück in die Realität.

„Alana, bist du verletzt?" Er sah auf sie hinunter, wie sie auf den Knien kauerte, ihr Haar, ihre Schultern und ihr Rücken übersät mit glitzernden Scherben der zerbrochenen Vase.

Mit jeder Sekunde, die sie nicht reagierte, fiel es ihm schwerer zu atmen. Er ließ sich hinter ihr auf den Boden fallen und verzog das Gesicht, als sich die Scherben durch seine Cargohose bohrten. Während er sich schützend über sie beugte, warf er einen Blick über seine Schulter. Seine Leibwächter hatten Steve zu Boden gerissen und drückten ihm ihre Knie in den Rücken.

Als die akute Gefahr gebannt war, ging er vor ihr in die Hocke, wobei das zerbrochene Glas unter seinen Schuhen knirschte. Er starrte auf die zitternden Hände, die ihre Augen bedeckten, und sein Herz begann wild zu klopfen. Da, wo er die Haut ihrer Wangen sehen konnte, waren sie mit winzigen, hellrot blutenden Kratzern überzogen. „Alana?"

Immer noch keine Antwort.

Als er eine Hand auf ihren Unterarm legte, zuckte sie bei der Berührung zurück. Verdammt, was zum Teufel sollte er tun?

„Schatz, sag mir, was los ist." Er pflückte Glasscherben aus ihrem Haar und wischte sie mit der Hand von ihren Schultern. Mit großer Erleichterung registrierte er, dass sie nicht wieder zurückwich. Er musste was tun, um seine wachsende Panik in Schach zu halten, sonst würde er die Situation nur noch verschlimmern.

Ihr Atem kam stoßweise. Sie löste ihre Hände ein wenig von ihrem Gesicht, hob ihren Blick und sah mit unablässig blinzelnden Augen geradewegs durch ihn hindurch. Er stützte ihre Schultern und versuchte, die feinen Glassplitter von ihren Wangen zu pusten. Der Hauch seines Atems rief einen erneuten Schmerzenslaut hervor und sie bedeckte ihr Gesucht wieder mit ihren Händen.

„Mein Gott." Er war hilflos und hatte keine Ahnung,

was er tun sollte. „Alana, bitte, Schatz. Sag mir, was los ist." Er hatte versucht, sie zu beschützen und war gescheitert.

„Meine Augen." Ihre Stimme versagte.

„Ist sie in Ordnung?" Mitch warf einen Blick auf einen männlichen Hotelangestellten, der neben ihnen kniete.

Sie schluchzte lauf auf. „Ich kann nichts sehen."

<h1 style="text-align:center">Kapitel Vier</h1>

EIN HEFTIGER SCHMERZ durchzuckte Alanas Augen. Sie hatte zu langsam reagiert, als die die schwere Vase nur wenige Zentimeter vor ihr an der Wand zerschmetterte. Glasscherben hatten ihr das Gesicht zerschnitten und waren ihr in die Augen geflogen. Und sie hatte den verheerenden Fehler gemacht, die Splitter bei dem Versuch, sie zu entfernen, nur noch tiefer hinein zu treiben.

„Sie braucht einen Krankenwagen", erklang Mitchells Stimme fest und bestimmend neben ihr.

Sie hielt ihre Augen geschlossen und streckte eine Hand aus, um nach seinem Hemd zu greifen. Er reagierte sofort, umfing sie beschützend mit beiden Armen und wärmte sie. Sie brauchte die Sicherheit, die ihr seine Umarmung gab. Den Trost. Zum ersten Mal in ihrem Leben hatte sie wirklich Angst, wobei die Beklemmung noch größer wurde, wenn sie an das unvermeidliche Telefonat mit ihrer Mutter dachte.

Mama, kann ich nichts sehen.

Jedes Mal, wenn sie versuchte, ihre Augen zu öffnen, fühlte sie ein Brennen und alles um sie herum verschwamm zu einem Kaleidoskop von unscharfen

Bildern. Selbst die sanfte Brise der Klimaanlage war unerträglich. Wenn das ein Dauerzustand war, würde sie nicht mehr arbeiten können und damit das bisschen Unabhängigkeit verlieren, das sie sich hart erkämpft hatte.

Alles wäre ruiniert. Ihr Leben. Ihre Zukunft. Ihr Glück.

Plötzlich drang ein Lichtstrahl in die Dunkelheit. Einmal, zweimal, dreimal. Sie zuckte bei jedem Aufflackern zusammen.

„Schafft diese Arschlöcher hier weg. Und ich will, dass jedes einzelne Foto zerstört wird." Mitchells wütendes Bellen ließ sie zusammenfahren. „Tut mir leid, mein Schatz. Ich bringe dich hier in ein paar Sekunden raus." Er drückte sie mit beiden Armen fest an sich und sie gab sich ganz seiner Umarmung hin. „Hat jemand einen Krankenwagen gerufen?"

„Ähm, entschuldigen Sie, Herr Davies. Wenn ihre Augen das Problem sind, wäre sie am besten bei einem Augenoptiker aufgehoben." Die Stimme des Mannes klang jung und unsicher. „Die Krankenhäuser sind nicht darauf ausgelegt, komplizierte Sehstörungen zu behandeln und machen in der Regel nur die Grundversorgung."

„Irgendwie bezweifle ich, dass −", Mitchell ließ sie mit einem Arm los „− um halb zwei morgens ein Optiker geöffnet hat."

Alana lauschte dem Gespräch wortlos, bemüht, ihre hektische Atmung zu beruhigen, damit sie klar denken konnte.

„Meine Mutter ist Optikerin. Ich bin mir sicher, dass sie Ihnen trotz der Uhrzeit gerne helfen wird." Die Stimme des jungen Mannes gewann an Sicherheit; das Vertrauen in die Fähigkeiten seiner Mutter verlieh ihm offensichtlich Selbstbewusstsein.

Alana schüttelte den Kopf und zerrte an Mitchs Hemd. Sie brauchte einen vertrauten Menschen an ihrer

Seite, jemanden, vor dem sie ohne Hemmungen heulen oder an den sie sich bedenkenlos klammern konnte.

„Ich brauche Kate", flüsterte sie und räusperte sich. „Kannst du mich zu ihr bringen? Sie kann mir helfen, meine Augen auszuspülen. Vielleicht wird ja das, was meine Sicht behindert, rausgeschwemmt."

„Würde ausspülen helfen?" Mitchell hatte die Frage nicht an sie gerichtet.

„Glaube ich nicht. Und mit normalen Wasser sowieso nicht." Der junge Unbekannte hatte geantwortet.

Mitchell legte den anderen Arm wieder um sie und zog sie fest an seinen Körper. Sie konnte seine Unruhe spüren, wodurch ihre eigene Angst anwuchs.

„Schaffen Sie sie von den Gaffern weg und finden Sie ihre Freundin. Ich rufe meine Mutter an."

Mitchells Kopf rieb an ihrem Haar, als er zustimmend nickte. „Ich bringe sie in meine Suite. Rufen Sie auf dem Zimmer an, sobald Sie was wissen."

Als er seine Arme von ihrem Rücken nahm, verblasste die Wärme, die sein Oberkörper ausgestrahlt hatte. Starke Hände umschlossen ihre Schultern und gaben ihr nicht nur körperlichen Halt. „Ist das für dich in Ordnung, mein Schatz?"

Sie hielt ihre Augen weiterhin geschlossen und versuchte, ihre Lider nicht zu bewegen, um die Verletzung durch die Fremdkörper nicht schlimmer zu machen. „Ja. Dann kann Kate sich um mich kümmern."

Er hielt sie noch stärker fest. „Ich werde mich um dich kümmern."

Sie atmete hörbar ein, überwältigt von ... allem: seinem Duft, seiner Berührung, seinem Trost. Als er sie dann noch sanft auf die Stirn küsste, war es um ihre Selbstbeherrschung geschehen. Sie schluchzte laut auf und presste ihre Augenlider fest zusammen. Die Tränen brannten unerträglich. Er war einfach zu gütig, zu nett.

Solche Männer gab es doch gar nicht. Männer waren nicht gutherzig oder sanft oder beschützend. Und schon gar solche, die man nicht kannte ... zumindest hatte ihr das ihre Mutter eingeredet.

„Es tut mir leid. Das ist alles mein Fehler. Ich wusste, dich wiederzusehen war zu schön, um wahr zu sein.“

Seine Verzweiflung weckte in ihr den Willen, stark zu sein. Sie hob lächelnd ihr Gesicht und legte eine Hand auf seine Brust, wobei sie seine harten Muskeln spüren konnte. „Es ist nicht deine Schuld. Immerhin werde ich meinen Freuden zuhause eine tolle Geschichte auftischen können.“

War es moralisch vertretbar, eine Lüge zu erzählen, wenn ein Teil der Aussage der Wahrheit entsprach?

Sie glaubte tatsächlich nicht, dass er für diese Situation verantwortlich war, aber sie würde sie ihren Freunde zuhause gegenüber nie erwähnen. Wenn ihre Mutter das jemals herausfände, würde sie vor lauter Sorge der Schlag treffen. Es spielte keine Rolle, wie alt Alana war: Ihre Mutter hatte nie aufgehört, sie wie ein rohes Ei zu behandeln, das ein Mann früher oder später zerbrechen würde.

Mitchell trat näher an sie heran und legte seine Wange an die Ihrige. „Ich hoffe, wenn ich mit dir fertig bin, wirst du eine weitaus bessere Geschichte zu erzählen haben.“

Ihre Haut kribbelte vor Vorfreude und die sich ausbreitende Gänsehaut lenkte sie von ihren Schmerzen ab. Sie war dabei, sich in einen Mann zu verlieben, denn sie nicht kannte und noch nicht einmal sehen konnte.

Als er einen Schritt zurücktrat, erfasste sie ein leichter Schwindel. Sie schwankte und verlor das Gleichgewicht. Innerhalb von Sekunden griffen seine Hände wieder nach ihrem Körper und hoben sie hoch. Sie schrie auf, während ihre Arme rudernd nach Halt suchten. „Was soll das?“

Er ging mit sicheren Schritten los, ihr Gewicht schien ihn nicht im Geringsten zu behindern. „Ich bringe dich nach oben.“

Sie hörte die Leute in der Lobby flüstern, während er sie sicher in seinen Armen hielt und gegen seinen durchtrainierten Oberkörper presste. Ungeachtet ihres Protests trug er sie zum Aufzug; als sie dort ankamen, hatte sie sich entspannt und legte ihre Arme um seinen Hals.

In der Hoffnung, das kratzende Gefühl in den Augen habe nachgelassen, öffnete sie langsam ihre Lider, aber die Beschwerden und die verschwommene Sicht waren unverändert. Angst machte sich breit und sie atmete lautlos tief aus, um die Unruhe in den Griff zu kriegen, die sich wieder in den Vordergrund schob.

„Ich hatte einen Onkel, dessen Augen durch heiße Metallspäne verletzt wurden. Sie verbrannten seine Lider und versengten seine Augenbrauen." Seine Stimme war sanft und beschwichtigend, während der Aufzug nach oben fuhr. „Anfangs schienen die Verletzungen fürchterlich. Ich erinnere mich daran, wie meine Eltern sagten, dass er wahrscheinlich ein Auge verlieren oder erblinden würde."

Alana strich sich eine Haarsträhne aus dem Gesicht, die an ihrer Wange kitzelte. Sie wollte sich nicht von einer Geschichte mitreißen lassen, deren Ende ihr möglicherweise das Herz brechen würde.

„Ein paar Wochen später ging es ihm wieder gut."
Sie seufzte erleichtert.

„Ich war damals klein, aber ich bin mir ziemlich sicher, dass er auch nicht operiert wurde. Deshalb bin ich mir sicher, dass du dir keine Sorgen machen musst."

„Ich hoffe es", flüsterte sie und legte ihren Kopf auf seine Schulter. Abgesehen davon, dass sie ihrer Mutter mit dem Frauenhaus half, machte Alana mit ihrer Kamera atemberaubende Landschaftsbilder und verkaufte sie an eine örtliche Kunstgalerie. Ohne ihr Augenlicht hätte sie keine Möglichkeit mehr, nebenher Geld zu verdienen. Sie war sich ziemlich sicher, dass der Markt für blinde Fotografen eher schlecht aussah.

Der Aufzug signalisierte ihre Ankunft mit einem ‚Ding‘ und sie hörte, wie sich die Türen mit einem sanften Geräusch öffneten. Mitchell stieg aus, ohne auch nur einmal das Gewicht ihres Körpers in seinen Armen zu verlagern. Seine Kraft war erstaunlich.

„Dir ist schon bewusst, dass meine Beine völlig in Ordnung sind, oder?“

Er lachte leise, und der tiefe männliche Klang zauberte ihr ein Lächeln auf das Gesicht. „Ja, schon klar. Aber du musst doch zugeben, dass es eine tolle Heldennummer war, wie ich dich vor allen Leuten in der Lobby ritterlich auf Händen getragen habe?“

Sie lachte laut auf und versetzte ihm einen Schlag auf die Brust.

„Ich wollte schon immer ein Gentleman sein. Ich hatte nur noch nie die Gelegenheit dazu.“

Alana konnte ihn sich gar nicht ungalant vorstellen. In der kurzen Zeit, die sie miteinander verbracht hatten, machte er einen aufrichtigen Eindruck. Offen. Vertrauenswürdig. Alles Eigenschaften, die man laut ihrer Mutter bei einem Mann vergeblich suchte.

„Wer weiß, vielleicht schaffe ich es ja sogar, Lynch in Sachen Popularität für einen Weile den Rang abzulaufen.“

„Lynch?“ Sie runzelte die Stirn und wünschte sich, sie könnte seine Augen sehen, während sie sich unterhielten.

Wieder vernahm sie ein Glucksen. „Du bist kein Fan von Reckless Beat, oder?“

Sie biss sich auf die Unterlippe, unsicher, wie er ihre Ehrlichkeit auffassen würde.

„Ja, das dachte ich mir schon. Du bist nicht wirklich der Typ ‚kreischendes Groupie‘.“ Seine Finger kitzelten ihren Brustkorb und das angenehme Kribbeln, das ihren ganzen Körper erfasste, ließ sie nach Luft schnappen. Vor dem heutigen Abend hätte sie sofort unterschrieben, dass sie nicht zum Typ ‚kreischendes Groupie‘ gehörte. Jetzt im Moment allerdings brannten ihre Lungen und sie verspürte den Drang, ihr Verlangen herauszuschreien.

„Lynch ist der Leadsänger. Mason Lynch. Blake, den ich dir vorhin vorgestellt habe, ist der Bassgitarrist. Der Kerl auf der Bühne mit dem schulterlangen gewellten Haar ist Ryan. Er spielt die Rhythmusgitarre. Dann gibt es da noch Sean am Schlagzeug. Aber, falls du den Typ je treffen solltest, erzähl ihm um Gottes Willen nicht, dass ich seinen Nachnamen erwähnt habe. Er hat einen Minderwertigkeitskomplex.“

Er blieb stehen, nahm sie fester in seine Arme und schwang sein Bein nach vorne. Sein Schuh donnerte gegen ein Hindernis, sie nahm an, die Tür der Hotelsuite.

„*Mitchell.*“ Sie versuchte sich aus seinen Armen zu winden damit er sie runter ließ, auch wenn sie sich an diesem Ort sehr wohl fühlte. „Lass mich los, damit du an die Tür klopfen kannst.“

„Alles OK. Blake wird in einer Sekunde die Tür aufmachen ... es sei denn, er arbeitet gerade daran, die Band bei deiner Freundin noch beliebter zu machen.“

„Was meinst du ... oh.“ Ihre Wangen wurden heiß. „Entschuldigung. Ich bin ein bisschen schwer von Begriff.“ Sie war eine Idiotin. Natürlich war sie nicht davon ausgegangen, dass Kate da drinnen Karten spielen würde. Alana hatte die Freuden des Lebens jahrelang durch ihre Freundin aus zweiter Hand erlebt.

Er trat nochmals gegen die Tür.

„In Gottes Namen. Lass mich –“

Sie hörte, wie sich der Türgriff drehte und das Geräusch der Tür, die am Teppich schabte.

„Al.“ In Kates Stimme lag ein Anflug von Panik.

Alana versuchte, ihre Augen zu öffnen, nur um sie Sekunden später wieder zu schließen, als das Kratzen und die verschwommene Sicht zu unangenehm wurden. „Mir geht es gut.“

Mitchell machte einen Schritt nach vorn und das Licht hinter ihren Augenlidern schwächte sich ab. „Es geht ihr nicht gut“, knurrte er und klang auf einmal sehr beschützend und besitzergreifend. „Wo ist Blake?“

„Er ist am Telefon. Kurz bevor du an die Tür geklopft hast, fing das Festnetz an zu klingeln.“

Alanas Körper wurde in der Dunkelheit geschwenkt und gedreht, bis Mitchell sie absetzte. Die Unterseite ihrer Beine berührten einen festen, aber dennoch weichen Untergrund, und sie ließ sich auf dem Sofa nieder. Große Hände tätschelten ihre Knie und sie presste fest die Lippen zusammen, um einen Seufzer zu unterdrücken. Es waren Mitchells Hände. Seine warmen, starken und erfahrenen Hände.

„Kommst du kurz ohne mich klar, Al? Möchtest du was trinken oder was anderes haben?“

Sie schüttelte den Kopf und hoffte, dass ihre Stimme nicht heiser klang. „Mir geht es gut.“

„Ich gehe mal nachsehen, was mit dem Anruf ist. Ich bin gleich wieder zurück.“

Sie nickte und stieß einen tiefen Atemzug aus, als er sich entfernte. Es war dumm und verrückt und albern, und trotzdem vermisste sie seine Stärke jetzt schon. Sie sehnte sich nach seinem Trost.

„Was zum Teufel ist passiert?“ Das Sofa gab nach und Kates Stimme erklang neben ihr.

Wegen des eintretenden Schwindelanfalls presste Alana ihre Augenlider noch fester zusammen und lehnte sich zurück in die Kissen. „Kleine Auseinandersetzung im Erdgeschoss.“

„Kleine Auseinandersetzung?“

Sie spürte, dass Kate ihr Gesicht unter die Lupe nahm und auf sie herabstarrte. Blakes Stimme kam von der anderen Seite des Raums, vermischt mit Mitchells hektischem Geflüster. Da sie zu leise sprachen, als dass sie hätte verstehen können, was sie sagten, vertrieb sie sich die Wartezeit damit, die Geschehnisse im Erdgeschoss Revue passieren zu lassen.

„Darf ich mal sehen?" Sie spürte Kates Atem auf ihrer Wange.

Alana holte einmal tief Luft und versuchte, ihre Augen aufzumachen. Als sie ihre Augenlider öffnete, musste sie wegen des kratzenden Gefühls sofort pausenlos blinzeln, was ihr Unwohlsein nur noch verschlimmerte. Alles, was sie sehen konnte, waren verschiedene Nuancen eines Schattens, der sich nah an ihrem Gesicht befand.

„Tut mir leid", flüsterte Kate. „Ich dachte, du könntest vielleicht was erkennen."

Auf der anderen Seite des Raums quietschte eine Schranktür und Augenblicke später fasste eine vertraute Hand nach ihrer eigenen. „Hier ist ein Schluck Wasser. Kannst du mir das abnehmen?"

Ihre Finger streiften sich kurz, als sie nach dem Glas griff. Diese zarte Berührung setzte jeder Faser ihres Körpers unter Strom. Es war albern. Naiv. Und trotzdem, alles, was sie wollte, war sich an seine Brust zu kuscheln und sich der Hoffnung hinzugeben, dass er alles wieder gut machen würde.

„Die Optikerin ist bereit, dich in zwanzig Minuten zu untersuchen."

Das Schicksal konnte grausam sein. Erst hatte sie gezögert, ihn zu treffen und jetzt wollte sie ihn nicht verlassen. Alana spielte mit ihren Fingern am Glas herum, zauderte, um ein bisschen länger in seiner Nähe zu bleiben. Sie musste sich verabschieden. Ein berühmter Musiker hätte wahrlich Besseres zu tun.

„Kate kann mich hinfahren." Die Worte klangen selbst für ihre eigenen Ohren zögerlich.

„J–“, Kate brach mitten im Wort ab.

Alana wandte ihren Kopf zu Kate, dann zu Mitchell und wieder zurück. Sie kommunizierten wortlos, was Alana gar nicht gefiel.

„Nein, ich bring dich hin.“ Mitchell umfasste mit seiner Hand ihr Knie und sie kämpfte gegen den Drang an, ihre Schenkel zusammenzupressen. In einer solchen Situation gab es mit Sicherheit festgelegte Prioritäten – sexuelles Verlangen führte die Liste wohl kaum an. „Mein Fahrer steht schon bereit.“

Darauf folgte eine weitere unangenehme Stille, nur unterbrochen durch Blake, der sich etwas entfernt räusperte. Sie hätte vor Frust am liebsten aufgeheult, versuchte sogar ihre Augen einen Spalt zu öffnen, um zu sehen, was passierte – aber es ging nicht.

„Vielleicht kann ich hierbleiben und ein kurzes Nickerchen machen, während Mitch dich hinfährt. Ich muss schon bald wieder zur Arbeit, ich könnte etwas Schlaf gut gebrauchen.“

Alana wandte sich Kate zu. Sie hatte das Gefühl, allen zur Last zu fallen und wusste nicht, wem sie sich aufdrängen sollte. Sollten sie ihrem Bauchgefühl und dem faszinierenden Fremden vertrauen, der sich um sie kümmern wollte, oder die sichere Variante wählen, nämlich mit ihrer Freundin zu fahren.

„Sorry, ich habe total vergessen, dass du morgens raus musst.“

„Wenn man es genau nimmt, ist es heute, aber das ist OK. Mir reichen ein paar Stunden Schlaf.“ Eine zarte Hand legte sich auf ihre Schulter und drückte sie.

Alana hob ihr Kinn: Es war Zeit, sich wie eine Erwachsene benehmen. Sie vertraute darauf, dass Kate ihr helfen wollte, die richtige Entscheidung zu treffen; und wenn Mitchell fest entschlossen war, sie zu fahren, wäre es dumm, das abzulehnen. „In Ordnung.“

Sie hielt das Glas in ihrer ausgestreckten Hand und jemand nahm es ihr ab. Mitchells Hand fasste unter ihren Ellbogen, zog sie auf ihre Füße und sein betörender Duft stieg ihr in die Nase. „Ich nehme an, das bedeutet, dass du mir auch beim Waschen und auf der Toilette behilflich sein wirst."

E schmunzelte. „Schatz, ich helfe dir bei was auch immer du tun willst."

Kapitel Fünf

Mitch half ihr beim Aussteigen, indem er eine Hand auf ihren Rücken legte, während seine andere mit der Ihrigen verflochten war. Er hatte sich ganz schön tief reingeritten beim Kampf um die Gelegenheit, sie zur Optikerin zu fahren.

Als Kate signalisierte, dass sie Alana selbst hinbringen wolle, hatte er sie mit gerunzelter Stirn angesehen und den Kopf geschüttelt. Sie starrte ihn fragend an, sagte aber kein Wort. Bis Alana im Bad war. Da packte sie die ganze Fangirl-Theatralik aus.

„Du fühlst dich verpflichtet, ihr zu helfen, nicht wahr?"

Es dauerte ein paar Sekunden, bevor er verstand, wovon zum Teufel sie redete.

„Ich habe dein Interview mit Sandra Waters von vor ein paar Jahren gesehen. Du hast geholfen, das Groupie wiederzubeleben, das in eurem Tourbus eine Überdosis erwischt hatte."

Mitch spannte seine Kiefermuskeln an und zog eine Augenbraue hoch, während sie weitersprach. Das war eines der vielen Dinge, die er an seinem Promistatus hasste. Die Leute dachten, sie würden ihn kennen. Sie glaubten alles, was sie lasen und beurteilten ihn anhand der zahllosen Lügen, die gedruckt wurden.

„Ich erinnere mich an deine beiläufige Aussage, dass du Menschen immer helfen willst. Du sagtest, du fühltest dich verpflichtet, bei ihr zu bleiben, bis sich die Dinge geklärt hätten. Du hast erwähnt, dass du das von deiner Mutter gelernt hast, die sich für wohltätige Zwecke engagiert."

Oh ja, Mitch erinnerte sich auch. Das Ganze war ein PR-Stunt gewesen. Jedenfalls bis zu einem Grad. Eines ihrer Groupies hatte sich in ihrem Bus fast in Jenseits befördert.

Damit sich die Medien nicht darauf stürzten, was für einen schlechten Einfluss Drogen konsumierende Musiker darstellen, hatten sie die Fakten etwas geschönt. Da seine Mutter seit vielen Jahren zahlreiche wohltätige Organisationen unterstütze, machten sie ihn zum Sündenbock und feilten an der Geschichte, bis daraus die aufbauende Story wurde, wie er das Leben eines Fans gerettet hatte.

Zum Zeitpunkt des landesweit ausgestrahlten Interviews stand er noch immer unter Schock, weil er beobachtet hatte, wie eine Frau beinahe an ihrem eigenen Erbrochenen erstickt wäre. Keiner von ihnen hatte mitbekommen, dass Drogen konsumiert wurden. Er war so traumatisiert gewesen, dass er wortgetreu den Text abspulte, den sein PR-Manager vorgeschlagen hatte. Schlussendlich sah es so aus, als habe er mit Leib und Seele barmherziger Samariter gespielt anstatt den überforderten Typen zu zeigen, der er in Wirklichkeit gewesen war.

Aber er konnte Kate nicht erzählen, dass das alles nur Verarschung war, also nickte er.

Genau genommen war es keine Lüge. Zum einen fühlte er sich tatsächlich verpflichtet, Alana zu helfen. Zum anderen musste er herausfinden, warum sie ihm so wichtig war. Warum er nicht wollte, dass sie ihn verließ. Die Tatsache, dass er sich danach sehnte, sie nackt zu sehen und zu hören, wie sie sinnlich seinen Namen seufzte, folgte dicht dahinter an dritter Stelle.

Die Beleuchtung des Optikergeschäfts erhellte die frühmorgendliche Dunkelheit und eine schlanke grauhaarige Frau ging auf die Schiebetüren zu, um sie zu begrüßen.

„Sie müssen Herr Davies und Frau Shelton sein. Mein Name ist Louise Pierce.“

Er lächelte sie an. „Nennen Sie mich bitte Mitch. Und das ist Alana.“ Er hätte ihr gern die Hand gegeben, aber er hatte nicht die Absicht, das warme Bündel in seinen Armen in absehbarer Zeit loszulassen.

„Freut mich, Sie kennenzulernen, Mitch.“ Sie forderte sie auf, einzutreten und verschloss die Tür hinter ihnen. „Wie fühlen Sie sich, Alana?“

Er fasste Alana eng um die Taille, um sie zu stützen.

„Es geht mir gut. Ich mache mir ein wenig Sorgen. Hoffentlich bleiben keine Dauerschäden zurück.“

Louise ging neben ihnen her und half, Alana zum hinteren Teil des Gebäudes zu führen. „Nun, wir werden es uns mal anschauen. Sie können hier draußen warten, Mitch.“

Als seine Arme Alanas Körper freigaben, überkam ihn ein plötzlicher Kälteschauer. Die Frauen entfernten sich in Richtung der ersten Tür am Ende des Flurs. Er hörte gedämpfte Stimmen, als er die mit Brillen gefüllten Vitrinen inspizierte und sich schrittweise dorthin bewegte, wo Alana und Louise sich unterhielten.

„Diese Tropfen helfen, mögliche Hornhautverletzungen sichtbar zu machen. Das kann brennen.“

Mitch hielt inne und wartete auf ein Japsen, einen Fluch, ein Wimmern. Als es still blieb, entspannte er sich ein wenig und setzte seinen Weg den Flur hinunter langsam fort.

„So, jetzt ich werde das Licht ausschalten und mir das Ganze mal ansehen.“

Er ging dichter heran, darauf bedacht, sich lautlos zu bewegen.

„Oh je. Da haben Sie ja einen ganz schönen Schaden angerichtet, hm?“

„Was heißt das?“ Die Panik in Alanas Stimme machte ihn nervös. Noch nervöser, als er es ohnehin schon war. Er wünschte, er könnte da drinnen neben ihr sitzen und ihre Hand halten, aber das war lächerlich, oder? Er kannte sie im Grunde ja gar nicht.

„Ach, Liebes, es ist alles gar nicht so schlimm. Sie haben Kratzer auf beiden Augen, aber keiner ist tief genug, um bleibende Schäden zu verursachen.“

Mitch drückte sich an der Seite des Eingangs herum.

„Sind da noch Glassplitter drin? Es fühlt sich schrecklich an und ich kann meine Augen nicht offenhalten.“

Angesichts ihres Zustands tat ihm das Herz weh – und er hatte keine Ahnung, warum das so war. Diese flüchtigen Augenblicke, als er sie von der Bühne aus beobachtet hatte, waren ihm unter die Haut gegangen und hatten sich unangenehm in seiner Brust festgesetzt. Er wollte ihr helfen. Sie trösten. Mit ihr schlafen. Und seine Seele verlangte, dass das auf der Stelle passierte.

„Nein, es sind keine Fremdkörper mehr vorhanden. Der Schmerz entsteht, wenn Ihre Lider beim Öffnen und Schließen der Augen über die Abschürfungen fahren. Das ist nur vorübergehend. Die Hornhaut heilt schnell.“

Das Licht ging an und Mitch trat einen Schritt zurück, um nicht entdeckt zu werden.

„Jetzt werde ich Ihnen therapeutische Kontaktlinsen einsetzen. Sie legen sich über die Kratzer, damit sie beim Blinzeln keine Schmerzen im Auge haben. Außerdem beschleunigen Sie den Heilungsprozess und verringern das Risiko einer Infektion.“

„In Ordnung." Alana Stimme klang sanft und zögerlich.

„Haben Sie schon einmal Kontaktlinsen getragen?"

Schränke wurden geöffnet und geschlossen, gefolgt von den Geräuschen reißender Pappe und zerrissenem Plastik.

„Nein. Ich hatte noch nie Probleme mit meinen Augen."

„OK, legen Sie Ihren Kopf nach hinten und versuchen Sie, beide Augen aufzulassen, so lange es geht ... da, die Erste ist drin ... und ... auch die Zweite. Wie ein Profi."

Alana kicherte. „Das fühlt sich schon jetzt besser an. Nur mit der Sicht hapert es noch immer."

„Tja, dabei werden sie überhaupt nicht helfen." Ein Stuhl knarrte. „Sie werden jemanden brauchen, der sich für mindestens ein oder zwei Tage um Sie kümmert. Bis die Verletzung beginnt abzuheilen und Sie wieder sehen können."

Ohrenbetäubend Stille erfüllte den Raum. Er steckte seinen Kopf durch den Türrahmen, um noch einmal hineinzusehen. Alana saß auf dem hydraulischen Behandlungsstuhl, die Stirn in Sorgenfalten gelegt, und starrte mit geöffneten Augen vor sich hin. Er hatte fast schon vergessen, wie wunderschön dieses helle Grün war.

Louise, die gerade an ihrem Schreibtisch etwas auf ein Stück Papier kritzelte, hielt inne und blickte über ihre Schulter. „Ist alles in Ordnung, Liebes?"

Alana schüttelte den Kopf und fuhr mit ihren Fingern durch lose Haarsträhnen. „Ich bin nicht aus Richmond und die Freundin, bei der ich wohne, muss morgen arbeiten." Sie senkte ihre Stimme. „Ich bin nicht sicher, wie ich alleine zurecht kommen soll."

Mitch drückte eine geballte Faust gegen seinen Mund, um nicht seine Hilfe anzubieten. Zunächst einmal hatte er hier im Eingang eigentlich nichts verloren und außerdem würde er, wenn er den Mund aufmachte, wahrscheinlich in eine eher langfristige Geschichte verwickelt werden.

„Und was ist mit Ihrem Freund? Ich bin mir sicher, Mitch oder einer seiner Familienangehörigen hätten nichts dagegen, wenn Sie für eine Weile bei ihnen wohnten.“

Es zuckte in seinen Mundwinkeln, als er sah, wie Alanas Wangen tiefrot wurden.

„Er ist nicht mein Freund“, flüsterte sie. „Er ist ...“ Sie biss sich auf die Unterlippe. „Er kann sich nicht um mich kümmern.“

Einen Teufel konnte er. Er konnte unmöglich weiter schweigen, wenn sie vollkommen schutzlos und obendrein auch noch so bildschön war.

„Du kannst bei mir wohnen.“ Er trat in die Mitte des Durchgangs und Louise drehte sich lächelnd zu ihm um. Alana schüttelte den Kopf und erst jetzt bemerkte er die dunklen Schatten der Erschöpfung unter ihren Augen.

„Wir können das im Hotel ausdiskutieren.“ Er nahm das Stück Papier, das Louise ihm anreichte, und las den Namen der Augentropfen, die der Concierge in seinem Auftrag würde besorgen müssen. „Es ist schon nach 3 Uhr. Wir brauchen Schlaf.“

Alana rieb ihre Augenlider und stand langsam auf. „Herzlichen Dank, dass Sie mich mitten in der Nacht untersucht haben, Louise.“

Mitch griff schnell nach ihrem Arm, um sie stützen, als sie von der Plattform des Stuhls hinunterstieg.

„Überhaupt kein Problem. Mein Sohn war mehr als begeistert, dass ich einem seiner Idole helfen konnte.“

„Ich werde dafür sorgen, dass er von der Band etwas als Dankeschön erhält.“ Er sah Louise an, die ihn mit einem strahlenden Lächeln bedachte und führte Alana aus dem Zimmer. Er machte an der Rezeption halt, versicherte sich, dass Alana gut stand, und zog seine Brieftasche heraus. Er entnahm ihr einige Geldscheine, mehr als genug, um einen Besuch zu dieser verrückten Uhrzeit zu begleichen und legte sie auf den Tresen. „Vielen Dank für alles.“

Louise warf einen Blick auf das Geld, dann auf ihn und schüttelte mit großen Augen den Kopf.

Noch ehe sie protestieren konnte, packte er Alana am Ellbogen und führte sie in die kühle Frühlingsnacht hinaus. Als er sie kommen sah, ließ der Fahrer ließ den Wagen an und stieg aus, um die Hintertür zu öffnen.

„Ist alles gut gegangen, Herr Davies?“

Mitch legte seine Hand auf Alanas Kopf, um zu verhindern, dass sie sich beim Einsteigen die Stirn anstieß. „In ein paar Tagen ist sie wieder auf dem Damm.“ Ein paar Tage, in denen er vorhatte, sein Verlangen nach ihr zu stillen und das unsägliche Bedürfnis, eine zerbrechliche Fremde beschützen zu müssen, abzustellen.

Alanas Augen brannten zwar nicht mehr, wenn sie ihre Augenlider bewegte, aber sie konnte es noch nicht ertragen, sie offen zu lassen. Ihre Sicht ähnelte einem unscharfen Foto. Sie konnte hell und dunkel und Farbtöne unterscheiden, aber das war es. Jedes Objekt ging nahtlos in das nächste über, völlig egal, ob es nah oder weit weg war. Alles war verschwommen. Und ihr war schwindlig.

Sie schloss ihre Augen und schmiegte sich inniger an Mitchells Schulter. Sein Arm lag in ihrem Nacken. Die ihr zugewandte Seite seines Körpers, dicht an ihren gepresst, verströmte Wärme und Trost. Sie atmete seinen Geruch ein, zog ihn tief in ihre Lungen und seufzte. Er war wie ein Märchenprinz. Ein gut aussehender, starker und beschützender Märchenprinz; und sie war noch nicht bereit für das Ende des Märchens.

Das weiche, kühle Leder der Rückbank erinnerte sie

an kühles Laken auf einem schönen sauberen Bett. Vielleicht wanderten ihre Gedanken aber wegen des wunderschönen Mannes neben ihr ins Schlafzimmer... Sie wollte ihn nackt sehen. Seinen Körper erkunden, berühren, streicheln und sich daran festkrallen. Sie wollte seine Lippen auf ihrem Mund spüren, nicht auf ihrer Stirn. Seine Finger auf ihren Brüsten, nicht auf ihren Schultern.

Ein ungewohnt verführerisches Lächeln umspielte ihre Lippen und sie spürte das Erwachen eines bislang nicht gekannten sexuellen Selbstbewusstseins. Mit neuentdecktem Mut schlang sie ihre Arme um seine Taille und entspannte sich, als er sich dem nicht entzog. Ihre Sicht auf Männer kam ins Wanken. Alles, was man ihr je erzählt hatte, wurde mit jeder weiteren Minute, die Mitch sie im Arm hielt, Lügen gestraft.

Eine bleierne Müdigkeit drohte sie zu übermannen und alles um sie herum verschwamm. Sie wimmerte ein, zweimal, versuchte, gegen die Übermacht des Schlafs anzukämpfen. Weder hatte ihr Kopf jemals ein angenehmeres Ruhekissen gehabt, noch hatte sie sich beim Einschlafen je schöneren Hirngespinsten hingegeben. Vor ihrem inneren Auge tauchten Bilder seines lebhaften und erregenden Lächelns auf. Sie ließ ganz entspannt zu, dass sich seine Hände um ihren Rücken und unter ihre Knie legten, bis sie schließlich ruckartig wieder zu sich kam.

„Schhh", kam seine Stimme nah an ihrem Ohr. „Ich werde dich jetzt nach oben tragen, du kannst einfach in meinen Armen weiterschlafen."

Seine Worte waren undeutlich und sein Atem kitzelte sie am Hals. Das musste ein Traum sein.

Sie überließ ihren Körper seinen starken Armen und schmiegte sich an seinen Oberkörper, nachdem er sich aufgerichtet hatte. Heute Morgen war sie mit der Angst vor dem Unbekannten aufgewacht. Und jetzt würde sie himmlische Träume von der Umarmung eines Fremden haben.

„Nein“, murmelte sie und blinzelte. „Ich muss wach werden. Kate muss uns nach Hause fahren und ich möchte nicht im Halbschlaf sein, wenn sie das tut.“

„Du gehst heute nirgends mehr hin, mein Schatz.“ Seine Worte waren sanft, duldeten aber dennoch keinen Widerspruch. „In ein paar Stunden wird es hell. Du hast selbst gesagt, dass Kate heute arbeiten muss. Lass sie schlafen und morgen früh klären wir dann alles Weitere.“

Sie erhob keine Einwände. Sie wollte nicht. Sie hatte lediglich aus Höflichkeit angeboten, zu gehen. Besser, man verließ die Arme eines Rockstars, wenn's am schönsten war, anstatt als die blinde Frau in Erinnerung zu bleiben, die nicht loslassen wollte.

Sie schwieg, bis sie seine Suite erreichten. „Bitte setz mich ab.“

Er drückte sie kurz, bevor er den Arm unter ihren Beinen wegnahm. Sie hörte ein klickendes Geräusch, gefolgt von einem Summen, dann das Öffnen einer Tür. Seine Finger legten sich auf ihre Lenden, während er ihre andere Hand ergriff, um sie zu leiten.

„Die Licht ist aus“, flüsterte er. „Kate ist nicht auf der Couch. Sie muss in Blakes Zimmer sein.“

Alana beneidete ihre Freundin um die lockere Art, wie sie mit Männern umging. Kate ging mit ihrem Körper nicht verschwenderisch um, aber sie hatte einfach keine Angst davor, sich lustvoll hinzugeben. Wichtiger noch, Kate liebte Sex.

Alana fand diese ganze Intimitätsgeschichte eher ernüchternd. Vielleicht war es in einer festen Beziehung anders. Im Laufe der Zeit würde ein Mann lernen, die Bedürfnisse und Wünsche einer Frau zu verstehen. Sie hatte trotz ihres fortgeschrittenen Alters bislang mit keinem Partner den großen O-Moment erlebt.

„Hier ist mein Zimmer.“

Noch bevor sie ihren Schock verbergen konnte, hatte sie hörbar nach Luft geschnappt.

„Kein Sorge.“ Seine sanfte Stimme machte ihr eine Gänsehaut. „Ich werde auf dem Sofa schlafen.“

Sofa? Ihre Stimmung kippte von ekstatischer Vorfreude in schleichende Enttäuschung um. Sie war wütend auf sich selbst und auf die Erziehung ihrer Mutter, die der Grund war, dass sie sich selbst einem so sanftmütigen Mann gegenüber ablehnend verhielt. Sie ballte ihre Fäuste und hoffte, dass Mitchell es in der Dunkelheit des Zimmers nicht bemerkte.

Jede andere Frau hätte sich schon längst rittlings auf ihn gesetzt, ihre Brüste entblößt und sich ihm auf dem Präsentierteller angeboten, um von ihm verschlungen zu werden. Sie musste sich und die Komplexe überwinden, die ihre Mutter ihr mitgegeben hatte, und endlich ihre eigenen Erfahrungen machen. Mitsamt allen Fehlern.

„In was soll ich schlafen?“ fragte sie und versuchte sich an einer verführerischen Tonlage. Es musste einen Weg geben, ihr Interesse zu zeigen, ohne sich lächerlich zu machen.

„Ähm.“ Mist.“ Seine Schritte entfernten sich. Durch ihre geschlossenen Augenlider drang ein grelles Licht. „Ich glaub, ich hab noch ein extra T-Shirt und Boxershorts, die du anziehen kannst. Sofern du nichts dagegen hast, meine Klamotten zu tragen.“

Im Augenblick hätte sie nichts dagegen gehabt, seine Haut auf ihrem Körper zu spüren, geschweige denn seine Klamotten.

„Das klingt gut.“ Verdammt, sie hatte echt keine Ahnung vom Flirten. Ihre Handflächen wurden feucht und sie wischte sie diskret an ihrer Jeans ab.

Wem wollte sie etwas vormachen? Mitchell würde sie in ihrem jetzigen zerstörten Zustand sowieso nicht attraktiv finden. Blind, verkratzt, garantiert mit komplett verschmierten Augen. Sie wollte sich gar nicht vorstellen, was mit dem bisschen Mascara geschehen war, das sie morgens aufgetragen hatte. Mit Sicherheit nicht einer ihrer besten Auftritte.

Oh, Gott, was machte sie überhaupt hier?

„Was ist los?“ Seine Hände fassten nach ihren. „Du siehst unzufrieden aus.“

Sie glättete ihre frustrierte Miene und lächelte. „Ich bin müde.“ Und verwirrt. Und bedürftig. Und lüstern.

„Soll ich dir beim Anziehen helfen?“

Ihre Brustwarzen wurden hart und ihr Schoß zog sich vor Erregung kurz zusammen. „Ein bisschen Hilfe wäre schön.“ Sie hätte sich allein anziehen können – schließlich war sie eine erwachsene Frau – aber sie konnte das Angebot, seine Hände auf ihrem Körper zu spüren, unmöglich ablehnen.

Sie wollte all die Dinge fühlen, von denen Kate ihr erzählt hatte. All die Dinge, vor denen ihre Mutter sie gewarnt hatte. Und sie wollte diese Gefühle mit keinem anderen erleben als Mitchell.

Als er einmal tief ausatmete, befürchtete sie, er könne verärgert sein. Er nahm sie an der Hand, führte sie an das Fußende des Betts und half ihr, sich hinzusetzen. Er zerrte ein, zweimal an ihrem linken Stiefel bis er verstand, dass es einen Reißverschluss geben musste, und machte beide nacheinander auf.

„Ich mag deine Stiefel.“

„Wirklich?“ Sie besaß weder viel Kleidung noch viele Schuhe. Eine größere Auswahl war bei ihrem Leben auf dem Grundstück ihrer Mutter unnötig.

„Sie sind sexy, aber nicht nuttenhaft.“

Sie lachte auf, hielt sich aber den Mund zu, um das Geräusch abzumildern. „Du magst sexy, aber nicht nuttenhaft?“

„Ich habe die Schnauze voll von nuttig. Ich habe viel zu Zeit mit nuttig verbracht.“

Sie nickte ernst. „Nun, ich bin *definitiv* nicht der nuttige Typ.“ Wenn er nur wüsste, wie sehr sie das Gegenteil davon war. Er würde sie auslachen.

„Ich weiß.“ Er zog ihr einen Stiefel aus, dann den anderen. „Ich denke, das ist es, was mich von Anfang an zu dir hingezogen hat.“

Ihr Herz stotterte wie ein Auto beim Anfahren, kurz bevor es mit rasender Geschwindigkeit durchstartete. Seine Hände wanderten ihre Waden hinauf, über ihre Knie, und sie atmete scharf ein, als sie ihre Oberschenkel erreichten.

„Deinen Gürtel mag ich auch.“ Er zog sanft am Bund ihrer Hose.

Ihr Brustkorb dehnte sich aus und kleine Panikschübe durchzuckten ihren ganzen Körper. Sie saß auf dem Bett eines Fremden, konnte nichts sehen und war völlig ahnungslos. Was, um Himmels Willen, sollte sie nur tun?

Nein. Reiß dich zusammen. Genieß es doch einfach mal.

Sie saß auf dem Bett einen *Rockstars*, konnte weder seine betörenden Augen noch sein schönes Lächeln sehen und hatte dieses eine Mal wirklich eine Ausrede zum Fummeln. Sie sollte jubeln. Nun, vielleicht nicht darüber, dass sie blind war, aber die Situation an sich war es auf jeden Fall wert.

Bevor der Mut sie wieder verließ, ertastet sie den Saum ihrer Bluse und zog sie sich über den Kopf. Alana hatte ein Kompliment erwartet; nichts ausgefallenes, nur eine nette Bemerkung, wie sie die Männer in den Filmen immer machten.

Es kam nichts.

Sie saß auf dem Rand der Matratze, in nichts als ihrer Jeans und ihrem BH, und er schwieg. Scham überkam sie und sie schlang ihre Arme um ihren Unterleib, um das

Gefühl zu vertreiben. „Kannst du mir dein Hemd geben?“

Mitchell schlief mit bezaubernden Frauen, wunderschönen Frauen, Frauen, die allen Grund hatten, selbstbewusst sein. Es war dumm zu denken, dass ihre Figur Anlass zu Komplimenten gäbe. Nur weil sie stolz auf ihre natürlichen, straffen, vollen Brüste war, bedeutete das nicht, dass er das auch so sehen würde.

Als er ihren Hosenbund freigab, hob sie ihr Kinn, um ihre Enttäuschung zu verbergen. Finger strichen leicht über ihren Unterleib, folgten dem Verlauf ihrer Jeans und bewegten sich zart nach oben, um auf ihrem Bauch zu kreisen. Sie biss sich auf ihre Unterlippe und schluckte.

Bitte, lieber Gott, mach, dass er nicht aufhört.

„Du hast einen wunderschönen Körper.“ Seine Stimme war leise und brachte ihre Haut zum Erzittern.

Große, warme Hände wanderten über ihre Rippen und verharrten am unteren Rand ihres BHs. Noch nie hatte sie jemand so zärtlich berührt – voller Ehrfurcht und Verlangen. Ja, sie hatte Liebhaber gehabt, aber keiner hatte sie je wie ein Kleinod behandelt.

Sie ließ ihren Kopf zurückfallen und gab sich der Wonne hin.

Ihre Schenkel wurden sanft auseinandergedrückt, sein schwerer Körper ließ sich dazwischen nieder, während sich eine Hand zwischen ihre Brüste legte. Er ließ seine Berührung langsam an ihrem Oberkörper, ihrem Hals entlanggleiten und umfasste ihr Gesicht. Obwohl sie seinen Atem bereits auf ihren Lippen spürte, blieb er auf Abstand; das Warten machte sie rasend.

„Ihr solltet die Tür schließen, es sei denn, ihr legt es auf Gesellschaft an.“

Sie rang nach Luft, als sie die Stimme eines anderen Mannes hörte.

Mitchell fluchte.

„Haub ab, Blake.“ Mitchell entfernt sich und sie blieb halbnackt und wehrlos auf dem Bett zurück.

„Das Licht war an. Ich dachte, ich seh mal nach Alana. Es ist nicht meine verdammte Schuld, dass du die Tür aufgelassen hast. Kein Grund mich anzuschnauzen.“

„Mir geht es gut –“

Die Tür knallte zu und das Geräusch erschreckte sie zu Tode.

„Entschuldige. Ich habe nicht nachgedacht.“ Er stieß wütend Luft aus. „Ich bin gar nicht auf die Idee gekommen, dass sie aufwachen könnten. Ich hätte –“

„Das beweist nur, wie nötig du es hast, Kumpel“, stichelte Blake durch die Tür. „Verführst ein Mädchen, das noch nicht mal dein hässliches Gesicht sehen kann.“

Alana presste ihre Lippen fest zusammen, um das aufsteigende Lachen zu unterdrücken.

„Fick dich ins Knie, Blake.“ Mitchells Bein lehnte an ihrem.

„Mach ich.“ Blakes Stimme kam von weiter weg. „Nacht, Alana.“

„Nacht“, rief sie und lächelte.

Etwas berührte sie am Kopf und sie zuckte zusammen.

„Das ist mein T-Shirt.“ Er zog es ihr übers Gesicht und mit tauben Gliedern stecke sie ihre Arme durch die Armlöcher.

Was sollte das denn nun? Waren sie nicht gerade dabei … Himmel, sie war verwirrt.

„Ich mache mir mein Bett auf dem Sofa.“

Sie neigte ihr Gesicht in die Richtung, aus der seine Stimme kam und runzelte die Stirn. „Mitchell?“ Konnte es sein, dass er Blakes Kommentar ernst genommen hatte?

Er ignorierte sie. „Die Boxershorts liegen neben dir auf dem Bett. Glaubst du, du kommst mit dem Anziehen alleine klar?“

Ihr Hals wurde trocken. Sie streckte ihren Arm aus

und tastete, bis sie den seidigen Stoff gefunden hatte. „Klar."

„Ich komme in ein paar Minuten wieder, um das Licht auszumachen." Um mit diesen Worten ging er hinaus, das leise Klappen der Tür bestätigte seinen Abgang.

Bemüht, zu verdrängen, was gerade passiert war, stand sie auf und riss sich die Jeans vom Leib. Sie warf sie zusammen mit ihren Socken und dem BH auf den Boden und zog seine Boxershorts über. Seine Sachen waren viel zu groß und rochen nach ihm, verführerisch und männlich, was besonders ärgerlich war, weil er nicht in ihrer Nähe schlafen würde.

Sie saß wieder auf der Ecke des Betts, als es leise an der Tür klopfte.

„Ich bin angezogen." Obwohl sie sich wünschte, es nicht zu sein.

Die Tür öffnete sich und sie verschränkte ihre Hände in ihrem Schoß, ihre Augen weiterhin geschlossen. Sie versuchte sich Mut zu machen, wartete auf die Gelegenheit ihn zu bitten, dazubleiben, oder sich sogar für eine Weile neben sie zu legen. Sie wollte nicht als die Frau in die Geschichte eingehen, die den berühmten Rockstar genötigt hatte, auf dem Sofa zu schlafen.

„Also gut, ich werde jetzt das Licht ausmachen, damit du schlafen kannst."

„Es gibt wirklich keinen Grund, auf dem Sofa zu schlafen. Ich bin sicher, das Bett ist groß genug für uns beide."

Der Türknauf klickte.

„Wir sind beide müde, Allie. Deine Augen brauchen Ruhe, um sich zu erholen, und ich will nicht riskieren, dich zu stören."

Ein. Korb.

Sie hatte noch nie die Bedürftigkeitskarte ausgespielt. Zu seinem Pech hielt sie heute alle Trümpfe in der Hand. „Aber was ist, wenn ich heute Nacht etwas brauche? Was passiert, wenn ich aufwache und auf die Toilette muss oder ein Glas Wasser brauche?“

Stille.

„Ich will nicht rufen müssen und alle aufwecken.“

Er räusperte sich. „Ich kann hier drinnen auf dem Boden schlafen.“

„Nein.“ Sie schüttelte verärgert den Kopf. „Du kannst im Bett schlafen. Wenn du dir Sorgen machst, dass ich dich begrapschen oder nachts an deinem Haar riechen könnte – ich verspreche, auf meiner Seite zu bleiben.“

Er lachte, lang und laut, und der Klang kam mit jeder Sekunde näher. Sein Gewicht kam wieder zwischen ihren Schenkeln zu liegen, sein Atem auf ihrer Haut.

„Das macht mir garantiert keine Sorgen.“ Seine Finger strichen durch ihr Haar und sie genoss seine zärtliche Berührung. „Du stehst bestimmt noch unter Schock. Und Blake hat recht. Du kennst mich nicht, kannst mich nicht mal sehen. Ich will nicht, das du was bereust, wenn du aufwachst.“

„Es muss doch nichts passieren.“ Ihre Hände fanden die Außenseiten seiner Oberschenkel und wanderten hoch zu seiner Taille. „Schlaf einfach nur.“

Seine Lippen streiften ihre Wange. Wenn ich bleibe, verspreche ich *dir*, dass du keine Sekunde schlafen wirst, weil alles, was ich tun möchte, ist dich zu begrapschen und an deinem Haar zu riechen.“

Kapitel Sechs

MITCH VERSETZTE seinem Kissen einen Schlag und drehte sich zum 85sten Mal auf die andere Seite. Die Verlockung, sie zu küssen, machte ihn nicht nur rastlos, sie machte auch seinen Schwanz steif. Er hatte noch nie zuvor so einladende Lippen gesehen. Im Geiste sah er sie vor sich, sinnlich und voll, glänzend, von ihrer Zunge befeuchtet. Es war richtig gewesen, sich zurückzuhalten. Und heilige Scheiße, wenn er dafür nicht in den Himmel kam, wäre er stinksauer.

Jedes Mal, wenn er sie ansah, war er hingerissen von ihren langen braunen Haaren, ihrem Mund, ihren Grübchen. Aber wenn dann sein Blick auf ihre Augen fiel, zuckte er zusammen. Blake hatte recht. Er musste sich im Zaum halten.

Alana war keine Tussi. Er erinnerte sich daran, wie sie seine Berührung bei ihrer ersten Begegnung erschreckt hatte. Sie war vorsichtig, nicht nuttig – spröde, nicht übermütig. Er konnte das nicht ignorieren. Wenn er sie jetzt küsste und sie in seinen Armen dahinschmolz, könnte er nicht sicher sein, warum sie es zuließ – aus Verlangen, Erschöpfung oder sogar wegen eines Deliriums.

Seine unliebsame Verwandlung in einen Pfadfinder bedeutete nicht, dass er nicht mehr mit schlafen wollte. Er musste mit dem Verführen nur warten, bis sie wieder sehen konnte, mit wem sie schlief. Oder zumindest so ausgeruht war, dass sie klare Entscheidungen treffen konnte.

„Liegst du nicht bequem?“ Ihre Stimme klang sanft und müde.

Er atmete schwer aus. „Es ist bequem genug.“

„Du kannst nicht schlafen, weil du mich begrapschen und an meinen Haaren riechen willst, stimmt‘s?“ Sie schnaubte, und er hätte sich am liebsten selbst erstickt.

Er griff unter die Bettdecke und stieß sie in die Rippen. „Du bist blind und liegst im Bett eines Raubtiers. An deiner Stelle würde ich aufhören, den Bären zu schikanieren.“

Das Geräusch ihres Kicherns brachte ihn zum Lächeln. Ihre Schönheit machte ihn ehrfürchtig. Es waren nicht nur die feinen Gesichtszüge, die sie wie einen Engel erscheinen ließen, sondern auch ihre Einstellung, ihre Unschuld, dass sie ihn zum Schmunzeln brachte. Weder schmeichelte sie ihm noch behandelte sie ihn wie einen Gott. Und das gefiel ihm.

„Du ... machst mir keine Angst.“ Sie klang verwirrt.

„Und das überrascht dich?“

Sie stieß einen langen Seufzer aus und wartete einen Moment, bevor sie ein verächtliches Geräusch von sich gab. „Ich bin anders, Mitchell. Ich bin es nicht gewohnt, unter ... Menschen zu sein. Ich kenne das richtige Leben nicht wirklich.“

Er runzelte die Stirn. „Was meinst du damit?“ Er drehte sich, um sie anzusehen und nutzte die Gelegenheit, näher an sie heranzurücken, bevor er sich auf seinen Ellbogen aufstützte.

„Ich lebe in einem Frauenhaus außerhalb von Monument, Colorado. Meine Erziehung war ... anders. Ich hatte selten die Gelegenheit, in die Stadt zu fahren, und mein Umgang mit Menschen beschränkte sich auf diejenigen, die auch auf dem Grundstück lebten und den ein oder anderen Lieferanten. Von daher dachte ich, dass ich mich an einem ungekannten Ort, umgeben von Fremden irgendwie ... nervöser und unwohler fühlen würde. Und ja, es erstaunt mich, dass das nicht der Fall ist."

Mitch konnte sich die Einsamkeit nicht vorstellen. Er war in Brooklyn, New York, aufgewachsen; als Reckless Beat der Durchbruch gelang, zog er nach Manhattan, um näher bei den anderen Bandmitgliedern und ihrem Studio zu sein. Er wusste nicht einmal ansatzweise, was Natur, Gelassenheit oder Abgeschiedenheit bedeuteten. „Gefällt es dir?"

Sekunden verstrichen.

„Für den größten Teil meines Lebens kannte ich nichts anderes. Ich wurde zuhause unterrichtet, also gab es kaum andere Kinder, mit denen ich spielen konnte. Nach meinem Abschluss habe ich online einen Kurs in Fotografie belegt, und die paar Mal, die ich das Anwesen verlassen habe, um nach Monument oder Colorado Springs zu fahren, war ich nie lange weg."

Er fühlte, wie sich das Bett bewegte, als sie mit den Achseln zuckte. „Aber jetzt fange ich zu denken, dass mir dieser Lebensstil nicht reichen wird."

Sie verstummte und seine Gedanken drifteten von der Schönheit der Natur zur Schönheit ihres Körpers. Er kämpfte mit seiner Libido und versuchte, sich dazu zu bewegen, sich auf die andere Seite zu drehen. Momentan lag Alana direkt vor ihm, ihre Gesichtszüge im Schatten und ihr Haar erstrahlt von den roten Ziffern des Weckers. Er starrte sie an und sein Blick schweifte über das Laken, unter dem sich ihre Brüste und Schenkel abzeichneten und zurück zu ihrem Gesicht. Ihre Atmung veränderte sich, sie atmete länger aus und tiefer ein, bis es nicht mehr zu verkennen war: Sie war eingeschlafen.

Verdammt.

Er ließ sich auf den Rücken fallen und fragte sich, wann sein Schwanz den Wink mit dem Zaunpfahl wohl verstehen und aufhören würde, ihrer Perfektion die Ehre zu erweisen. Mit einem Schnaufen drehte er sich um, verpasste seinem Kissen einen verdeckten Aufwärtshaken und fand sich damit ab, Akkorde, Songtexte oder Baseball-Ergebnisse aufzusagen, bis sein Geist und sein Körper in einen Zustand der Bewusstlosigkeit fallen würden.

Mitch öffnete ruckartig seine Augen und stütze sich auf einem Ellbogen auf, um zu eruieren, was ihn aufgeweckt hatte. Alana lag friedlich neben ihm auf ihrem Bauch und umarmte ihr Kissen.

„Tut mir leid." Kates Stimme lieferte die Erklärung. Sie hatte ihren Kopf durch die Tür gesteckt, ihr Körper war nicht zu sehen. „Ich muss Alana wecken, damit ich nach Hause gehen und mich für die Arbeit fertig machen kann."

Er legte einen Finger an den Mund und ließ sich aus dem Bett gleiten. Als er neben ihr stand, deutete er mit seinem Kopf in Richtung Wohnzimmer. Sie runzelte die Stirn, drehte sich um und ging voran.

„Ich kümmer mich heute um sie", flüsterte er mit schlaftrunkener Stimme.

Kate sah ihn über die Schulter hinweg an.

Er hob seine Hände, um sie am Antworten zu hindern. „Sie kommt nicht alleine klar und ich habe nichts vor. Ruf sie einfach an, wenn du mit arbeiten fertig bist, dann sehen wir weiter."

Sie wandte sich ihm zu und kniff die Augen zusammen. „Sie ist kein Groupie. Sie wird es nicht mögen, wie eins behandelt zu werden."

Er streckte sein Kinn nach vorne, ihre Unterstellung verärgerte ihn. Zumal sie damit recht gehabt hätte, wenn sie über seinen Umgang mit jeder anderen Frau in seiner Vergangenheit sprechen würden. „Ich weiß."

Kate öffnete ihren Mund und machte ihn wieder zu.

„Schau, ich mag Alana und habe nichts dagegen, Zeit mit ihr zu verbringen, solange du bei der Arbeit bist." Er zuckte mit den Schultern, tat gelassen, obwohl er genau das nicht war. „Sie ist sicher hier bei mir."

Sie lächelte kokett. „Ich bezweifle es."

Ja. Er auch. Er würde es allerdings nicht zugeben.

„Also gut." Sie öffnete ihre Handtasche, kramte darin herum und zog eine Visitenkarte hervor. „Hier ist meine Nummer. Wenn es irgendwelche Probleme gibt, rufst du mich an und ich werde versuchen, jemanden zu finden, der mich vertritt."

Er griff nach der mädchenhaft rosafarbenen Karte, aber sie hielt sie fest. „Versprich mir, dass du sie mit Respekt behandeln wirst."

Er gähnte, wuschelte sich mit einer Hand durchs Haar und richtete seinen müden Blick auf sie. „Kein Problem."

Während Kate ihn prüfend ansah, wurde die Falte zwischen ihren Augenbrauen mit jeder Sekunde tiefer, bis sie die Karte freigab und sich mit einem Seufzer abwandte. „Denk dran mir später eine SMS zu schicken, damit ich deine Nummer habe."

Ja klar, das stand auf seiner To-do-Liste ganz oben. Er konnte es quasi kaum erwarten, einem verrückten Fan seine persönlichen Kontaktdaten zu geben.

Er wartete, bis sie weg war, bemüht, nicht mitten im Eingangsbereich einzuschlafen. Nachdem er hinter ihr abgeschlossen hatte, besorgte er sich ein Glas Wasser, ging auf Toilette und schlich auf Zehenspitzen zurück ins Schlafzimmer. Seine Engel lag noch immer friedlich da, ihr Körper nun seitlich in das Kissen gekuschelt. Die Kratzer auf ihrem Gesicht waren nicht mehr so schlimm und auf ihrer schönen Haut kaum noch zu sehen.

Darauf bedacht, sie nicht zu wecken, kletterte er ins Bett. Er starrte sie an, beobachtete, wie ihre Augenlider flackerten und sich ihr Brustkorb hob und senkte. Er hatte versprochen, respektvoll zu sein, und keine Absicht, sein Wort zu brechen. Allerdings war es nicht seine Schuld, wenn Kate den Begriff anders auslegte als er.

Nachdem er sich von seinem inneren Pfadfinder verabschiedet hatte, rutschte er vorwärts und atmete ihren blumigen Duft ein, als er ihr näherkam. Er schmiegte sich an sie, Oberschenkel an Oberschenkel, ihr Rücken an seiner Brust.

Die Löffelchenstellung war ganz gewiss nicht respektlos. Sie waren beide angezogen; es gab keine sexuellen Hintergedanken. Na ja, gut. Sein hart werdender Schwanz war anderer Meinung, aber er hatte den großen Mann im Griff. Er wollte ihr nur nah sein. Ihre zarte Haut und die weichen Rundungen ihres Körpers würdigen. Und ihren Geruch. Dieser süße und unschuldige Duft brachte ihn fast um den Verstand.

Wenn sie aufwachte, würde er seine Nähe einfach auf seine willkürlichen Bewegungen im Schlaf schieben. Bis dahin würde er ihren Nacken liebkosen und inständig hoffen, dass er noch eine weitere Gelegenheit bekommen würde, ihr so nah zu sein. Respektvoll, natürlich.

Alana erwachte allmählich aus einem tiefen Schlaf und schüttelte nach und nach die Benommenheit ab, bis sie wieder ganz da war. Eine wohlige Wärme machte weiterschlafen sehr verlockend, wären da nicht ein steinhartes Kissen und ihr schmerzender Kiefer.

Sie blinzelte und öffnete ihre Augen: Alles, was sie sah, waren ein helles Licht und verschwommene Umrisse. Die einsetzende Panik nahm ihr den Atem. Sie konnte nicht sehen. Warum konnte sie nichts sehen? Sie stieß sich von dem harten Untergrund ab und blinzelte mehrmals kurz hintereinander, um die Trockenheit zu lindern, während ihr Herz in ihr Brust hämmerte.

„Schatz, es ist OK.“

Große Hände griffen nach ihren Handgelenken.

„Ich bin's, Mitch.“

Ihr Herz stolperte und wurde schließlich langsamer, als die Erinnerung an den gestrigen Tag zurückkehrte.

Mitchell Davies.

Zerbrochenes Glas.

Warmer Atem und geflüsterte Zärtlichkeiten.

Sie kniff die Augen zusammen, als ihr bewusst wurde, wo ihre Hände lagen. Oh. Nein. Sie hatte seine Brust zerfleischt.

„Menschliches Ruhekissen, zu Ihren Diensten.“

Sie stöhnte auf und machte sich ruckartig los; am liebsten hätte sie sich unter der Decke verkrochen, damit er nicht sehen konnte, wie sie rot wurde.

„Oh, nein, du bleibst schön hier.“ Starke Arme umfingen ihre Taille und zogen sie zurück in seine Umarmung.

Ihr entfuhr ein weiteres Stöhnen, als sie ihr Gesicht wieder auf seine harten Muskeln legte. „Ich wette, ich hinterlasse einen bleibenden Eindruck.“

Sein Brustkorb bebte vor Lachen. „Ich hatte nichts dagegen das Kuscheln. Allerdings fand ich das Sabbern nicht so toll.“

Sie japste laut auf und setzte sich aufrecht hin. „Das kann nicht sein.“ Sie würde in der nahen Zukunft einiges an Nervennahrung konsumieren müssen, wenn sich herausstellte, dass sie tatsächlich die Brust eines Prominenten vollgesabbert hatte.

Sein Lachen wurde lauter. „Ich mache nur Spaß ... es ist ein Scherz. Du solltest dein Gesicht sehen.“

Alana schlug ihn, hart, und lächelte, als seine Heiterkeit mit einem ‚Umph‘ verebbte. Im nächsten Moment lag
sie auf ihrem Rücken, sein Körper über ihrem, einer ihrer
Oberschenkel zwischen seinen gefangen. Bei seinem
Gewicht blieb ihr kurz der Atem weg, nicht, weil er zu
schwer war, sondern dermaßen anziehend. So verdammt
verlockend. Stark und kraftvoll, aber gleichzeitig sanft, so
wie der Griff, mit dem er ihre Handgelenke über ihrem
Kopf festhielt.

Sie wollte sich ihm entgegenstrecken, nur ein kleines
bisschen Reibung an den Stellen ihres Körpers erzeugen,
die sich so nach Aufmerksamkeit sehnten. Das Verlangen,
herauszufinden, ob ihr ein Mann Lust bereiten konnte, war
so groß, dass es wehtat.

„Das war nicht nett“, knurrte er, woraufhin sich ihre
Brustwarzen aufstellten.

Sein Gesicht verschwamm zu einem verwirrenden
Mischmasch aus Farbe, hell und dunkel, sodass sie ihre
Augen schloss, um ihn sich so vorzustellen, wie sie ihn in
Erinnerung hatte. Seine haselnussbraunen Augen kamen
ihr in den Sinn, seine schulterlangen Haare, die sein
Gesicht umrahmten.

„Du solltest das blinde Mädchen nicht ärgern.“

Etwas Weiches strich über ihre Haut, gefolgt von etwas
Rauem. Seine Wange? Seine Bartstoppeln?

„Und wenn ich‘s wiedergutmache?“, flüsterte er ihr
ins Ohr.

Sie öffnete den Mund, brachte aber vor Aufregung
keinen Ton heraus. Leider hatte ihr Magen gar keine
Probleme, sich Gehör zu verschaffen. Es begann mit einem
leisen Grummeln und wuchs zu einem lautstarken
Knurren an.

„Gütiger Himmel. Hast du einen Löwen verschluckt?“

Sie schluchzte auf und drehte ihren Kopf weg.

„Tut mir leid“, flüsterte er und küsste sie in den

Nacken. „Das wunderschöne blinde Mädchen wird ab sofort nicht mehr geärgert.“

Alana drängte das Lustgefühl zurück, das in ihr zu explodieren drohte. Er war dabei, sie zu verführen. Zwischen ihnen ging es nicht um Liebe oder Gefühle oder eine längerfristige Bindung. Es ging um Befriedigung und Leidenschaft und Lust. Es konnte mit Mitchell keine Zukunft geben und doch hatte sie ein Stück ihres Herzens bereits an ihn verloren; und dieser Teil wuchs mit jeder seiner Berührungen und jedem seiner verführerischen Worte.

„Ich werde uns was zum Frühstück bestellen ... oder zum Mittagessen. Was ist dir lieber?“

Sie öffnete ihre Augen, auch wenn ihr das nicht dabei half, ihre Fragen zu beantworten. „Wie spät ist es?“

Als er von ihr runterging, musste sie einen enttäuschten Seufzer unterdrücken.

„Laut Wecker 12:25 Uhr.“

Verdammt. „Wo ist Kate?“ Sie setzte sich auf, kämmte sich mit den Fingern die Haare aus dem Gesicht und rutschte auf die Seite des Betts.

„Es macht keinen Sinn, aufzustehen. Sie ist schon seit Stunden weg.“ Die Matratze wackelte für eine Weile, anschließend verfolgte sie seinen dunklen Schatten durch den Raum. „Ich werde mich um dich kümmern, solange sie arbeiten muss. Also leg dich hin und ruh dich aus. Ich bin gleich wieder zurück.“

Sie ließ sich zurück in ihr Kissen fallen und hörte, wie sich seine Schritte entfernen. Mittagszeit bedeutete, dass es Stunden dauern würde, bis Kate mit arbeiten fertig war. Fast ein halber Tag, den sie mit dem Mann ihrer Träume verbringen konnte.

Sie starrte an die Decke und bemühte sich, ihr Lächeln zurückzuhalten. Selbst das schlichte Weiß erschien dank ihrer eingeschränkten Sicht verschwommen, aber wenigstens das trockene, kratzige Gefühl hatte nachgelassen. Schmerzen hatte sie keine, nur leichte Beschwerden, die sie in Mitchells Gesellschaft mit Freude ignorieren würde.

Als seine tiefe Stimme durch die Suite waberte, spürte sie Schmetterlinge in ihrem Bauch. Er hatte sie geküsst. Und sie konnte es kaum erwarten, dass er es wieder tat. Dieses Mal auf die Lippen. Sie wollte in seinen Armen ertrinken, seinen Mund verschlingen, seinen Atem atmen.

Da sie auf Toilette musste, rutschte sie aus dem Bett und tastete sich an der Matratze entlang. Von da aus bewegte sie sich mit ausgestreckten Armen, bis sie die Wand erreichte. Sie fuhr mit ihrer Hand über den glatten Putz, bis sie die Tür zu Mitchells Badezimmer fand, in das er sie gestern Abend geführt hatte.

Der Weg zurück zum Bett gestaltete sich schwieriger. Sie hatte sich nicht die Mühe gemacht, beim Betreten des Bads das Licht anzumachen, da sie wusste, dass die Farbschattierungen ihre Sicht nur verschlechtern würden. Von daher bemerkte sie die Ablage nicht, bis sie sie mit ihrer Hüfte rammte.

„Argh. *Scheiße.*" Der Schmerz strahlte bis in ihren Unterleib. Sie umklammerte ihre Hüfte und biss sich auf die Unterlippe.

„Allie, bist du in Ordnung?"

Die liebevolle, vertraute Art, mit der er ihren Namen aussprach, zauberte trotz des Schmerzes ein Lächeln auf ihr Gesicht. Sie wurde nicht von vielen Leute Allie genannt und aus seinem Mund klang ihr Name besonders schön.

„Ja. Alles bestens", schmunzelte sie. „Ich hab beschlossen, eine Rekonstruktion meiner Hüfte durchzuführen." Sie tastete die Ablage mit ihren Fingerspitzen ab, bis sie das Waschbecken fand, um sich die Hände zu waschen.

„Darf ich reinkommen?"

Sie spritzte sich Wasser ins Gesicht und spülte ihren Mund aus. „Ich bin –"

Die Tür ging auf – und das eindringende helle Licht ließ sie blinzeln.

„Ich bin OK, Mitchell."

Sein Schatten bewegte sich in den winzigen Raum hinein und sie konzentrierte sich wieder auf das kühle Wasser, bemüht, nicht zu hyperventilieren. Er stand hinter ihr und sie spürte, wie sich die Wärme seines Körpers auf ihrem Gesäß ausbreitete. Starke Hände legten sich auf ihre Schenkel und wanderten hoch zu ihren Hüftknochen.

„Tut es noch weh?"

Sie schluckte, unsicher, ob sie ihre Erregung weglachen oder besser schweigen sollte. „Ich sagte, es geht mir gut." Sie sprach stoßweise.

Er massierte ihre Hüften, wobei seine Berührung durch den dünnen Stoff der Seidenshorts fast hautnah zu spüren war, was einen Stromschlag durch ihren Schoß jagte. Ihr Kopf fiel zurück auf seine Brust und sie schloss die Augen.

„Heißt das, ich soll aufhören?" Seine Finger folgten dem Bund ihrer Boxershorts, marterten sie mit aufreizenden Streichelbewegungen.

Sie lachte leise. „Das habe ich nicht gesagt."

„Mmm", murmelte er in ihren Nacken und die Vibration machte sich fast schmerzhaft in ihrem Busen bemerkbar.

„Du nimmst es mit der Krankenpflege sehr genau."

Eine Hand glitt von ihrer Hüfte über ihren Bauch und streifte seitlich ihre Brust. Ihr entfuhr ein Stöhnen und sie musste sich auf der Ablage abstützen. Die Finger seiner anderen Hand schoben sich unter den Bund der Shorts, langsam tastend, streichelnd.

Er presste seine Erektion leicht an ihren Hintern und biss sie sanft in den Nacken. „Du wärst nicht der erste, die mich deshalb lobt."

Alana wurde steif und kämpfte gegen die Eifersucht an, die ihr das Atmen erschwerte. Er erstarrte. Nach einer sekundenlangen ohrenbetäubenden Stille legte er seine Stirn auf ihrer Schulter ab. „Tut mir leid. Das war geschmacklos." Er zog seine Hand aus ihren Boxershorts und seufzte. „Ich kann in deiner Gegenwart einfach nicht klar denken."

Sie streckte ihre Hand nach hinten und fuhr ihm mit den Fingern durch seine langen Strähnen. „Kein Thema. Ich war mir zu 89 Prozent sicher, dass du keine Jungfrau mehr bist." Sie versuchte, das Unbehagen mit einem Lächeln zu vertreiben. „Jetzt weiß ich wenigstens genau Bescheid."

Er lachte höhnisch. „Ja, ich bin ganz sicher kein Heiliger. Sich wie ein Hurensohn zu benehmen gehört wahrscheinlich zum Job."

Sie ließ ihre Hand fallen, drehte sich in seiner Umarmung um und blickte in sein Gesicht, das sie in der Dunkelheit verschwommen ausmachen konnte. „Sag so etwas nicht." Sie tastete sich entlang der harten Konturen seiner Brustmuskeln, bis sie sein Gesicht in beiden Händen hielt. „Schäm dich nicht dafür, wer du bist oder was du in deiner Freizeit machst."

Er schüttelte leicht seinen Kopf. „Das habe nicht, oder zumindest nicht bis ..."

Ihr Herz wurde still, wartet darauf, dass er den Satz beendete. Sie wünschte sich, dass er „Du" sagte, egal, wie dumm das nach der kurzen Zeit klingen würde, die sie miteinander verbracht hatten.

„... vor Kurzem."

Sie atmete langsam aus und verbarg ihre Enttäuschung. Seine Hände ergriffen ihre Hüften und sie trat näher an seinen Körper heran. Sie streifte seine Haare hinter seine Ohren, sein Kopf lag an ihrer Stirn. Ihre Wangen brannten vor Verlangen, ihn zu küssen. Sie sehnte sich nach dem Druck seiner Lippen, der Berührung seiner Zunge. Wenn nur sie sehen könnte.

Sie legte ihre Hände in seinen Nacken. „Ich will, dass du mich küsst."

Ihr Herz klopfte wild, die Wucht jedes einzelnen Herzschlags hallte in ihren Ohren, als sie auf seine Antwort wartete. Als es still blieb, schloss sie die Augen und begann leise zu beten.

Seine Hände sanken auf ihren Hintern und umfassten ihn sanft. Die Zeit blieb stehen, als er seinen Kopf nach vorn neigte und sie schluckte schwer in den Sekunden, bis sein Mund sich auf ihre Lippen legte. Der zarte Druck streichelte ihre Lippen wie Seide. Er küsste sie einmal, zweimal, mit jeder Liebkosung fordernder, während er ihren Kopf nach hinten bog.

Sie zog spielerisch an seinen Nackenhaaren und kratzte leicht mit ihren Fingernägeln über seine Haut. Sie wollte mehr. Schmecken, berühren, Leidenschaft. Sie wollte von ihm verschlungen und durch seine ungestüme Verehrung an den Rand des Wahnsinns werden getrieben.

Sie kreiste ihre Hüften gegen seinen Unterleib, rieb sich an seiner Erektion und bog ihren Rücken durch, um die Versteifung zu spüren, die sie so gern anfassen wollte. Er stöhnte tief in ihren Mund, packte kraftvoll ihren Hintern und presste sich an sie. Alle Luft wich aus ihren Lungen und sie japste.

Er gab ihr einen tiefen Kuss und ihre Zungen stießen zusammen, als er sie hochhob und auf die Ablage setze. Als er sich zwischen ihre Schenkel drängte, stieß seine Erektion gegen den dünnen Stoff, der ihr Geschlecht verhüllte. Sie kreiste ihr Becken und zerrte an seinen Haaren, ihr Körper verlangte nach mehr. Er erhörte ihre lautlose Bitte, indem er erneut zustieß und dadurch seinen Schwanz aufreizend an ihrer Klitoris rieb.

Jede Empfindung war neu. Der lustvolle Sex, die leidenschaftliche Intimität. Sie war nicht nervös, verspürte keine Angst. Sie sehnte sich nach mehr. Sie wollte alles lernen, was Mitchell ihr beibringen konnte, egal, wie begrenzt ihre gemeinsame Zeit sein würde.

Das unbändige Sehnen erfasste ihren ganzen Körper, verleitete sie dazu, ihn fordernder zu küssen und seinen Stöße zu antworten. Seine Hand wanderte von ihrem Hintern zur Vorderseite ihrer Boxershorts, vorbei am Bund und in ihren Slip. Sie wimmerte, als er mit seinen Fingern ihre empfindlichen Nervenenden streifte und zuckte heftig, als sie tiefer wanderten und in ihre Muschi eindrangen.

Sie unterbrach den Kuss, rang um Atem und wiegte sich auf seinen Fingen hin und her. „Bitte, Mitchell. Ich will dich in mir.“

Statt zu antworten verschloss er ihren Mund wieder mit seinen Lippen und nahm ihr den Atem. Ihr Geschlecht zerrte an ihm, zog seine Finger immer tiefer hinein, bis sie es nicht mehr aushielt.

Sie drückte seinen Brustkorb weg. „Hör auf. Ich will dich in mir.“

Sie hatte noch nie etwas so sehr gewollt. Noch nicht einmal die Freiheit. Mitchell bereitete ihr mühelos Lust, etwas, bei dem andere Männer völlig versagt hatten.

„Dieses Mal nicht“, flüsterte er und streifte ihre Lippen mit seinem Mund.

Sie wollte sich befreien, ihn anbetteln, in sie einzudringen. Er gab ihr keine Möglichkeit, hielt sie gefangen in dem Kuss. Seine Finger bewegten sich rein und raus und sein Daumen fuhr bei jedem Eindringen über ihre Knospe. Ihre Brüste schrien nach Berührung. Sie wurde von den ersten Anzeichen eines Orgasmus geschüttelt. Sie wimmerte, so nah, kurz davor und bereit, abzuheben.

Aus der Ferne erklang ein Klopfen; sie zuckte zurück, stütze sich mit einer Hand auf der Ablage und mit der anderen auf seinem Oberkörper ab.

„Schhh“, beruhigte er sie, während seine Finger sie weiterhin marterten. „Das ist nur der Zimmerservice. Der kann warten." Er beugte sich zu ihr, seine Wange streifte ihr Gesicht, seine Lippen waren an ihrem Ohr. „Ich werde erst antworten, wenn du kommst."

Sie stöhnte, weil sie ihm das abnahm. Sie schloss die Augen, um das unscharfe Bild auszublenden und konzentrierte sich auf die Erinnerung an sein freches Grinsen, das sie von der Bühne aus taxiert hatte. Er hatte so schöne Gesichtszüge, jungenhafte aber charmant, teuflisch aber verführerisch.

Seine Lippen pressten sich seitlich auf ihren Hals und sie kam ihm entgegen, indem sie den Kopf neigte. Er zwickte sie mit den Zähnen und der Schmerz des Bisses steigerte die Lust zwischen ihren Schenkeln. Sie musste ihre Lippen zusammenpressen, um einen Schrei zurückzuhalten.

Seine Finger bewegten sich immer schneller, immer härter und sein Daumen rieb ihren Kitzler jetzt permanent. Ihr Unterleib füllte sich mit Wärme, ihr Orgasmus baute sich auf und schwoll an, bis er sie überwältigte.

Sie keuchte. Ihr Körper zuckte wild im Takt seines Rhythmus und sie wiegte ihr Becken gegen seine Hand. Sie vergaß alles um sich herum, presste ihren Kopf in seine Schulter und ließ der Ekstase freien Lauf. Nach und nach verebbte das Hochgefühl und sie sank japsend und schwankend auf der Ablage zusammen.

Es klopfte erneut, ob zum zweiten oder zehnten Mal konnte sie nicht sagen.

„Ich mache mal besser auf." Seine Finger entfernten sich und mit ihnen seine Wärme. Sie hörte den Wasserhahn kurz rauschen, gefolgt von einem Kuss auf ihre Wange. Zwei Sekunden später war sie mit ihrem galoppierenden Herzschlag und ihrem Gedankenchaos allein.

Sie konnte sich nicht bewegen, ihre Augen blinzelten ins Leere, während ihr Gehirn angestrengt versuchte, ihre Emotionen zu verarbeiten. Im Laufe der Jahre hatte sie sich Gedanken über ihre Sexualität gemacht, ohne je wirklich zu wissen, ob sie heterosexuell, homosexuell oder lediglich asexuell war. Sie hatte sich immer zu Männern hingezogen gefühlt, von ihnen fantasiert und sie in Zeitschriften und im Fernsehen lüstern betrachtet. Es hatte eben nur beim Sex nie körperlich gefunkt.

Niemand hatte es geschafft, sie so berühren, dass sie Lust empfunden hatte.

Bis jetzt ... jetzt konnte sie gar nicht aufhören, vor Erleichterung zu grinsen. Mitchells wusste, was er tat und hatte das nötige Selbstvertrauen. Sie war sich im Klaren, dass seine Expertise auf einem mehr als gesunden Maß an Erfahrung beruhte. Er wusste, wie man streichelte, küsste, liebkoste ... und es war ihr egal, woher seine Kenntnisse stammten.

Mit ihr stimmte alles und das war das Einzige, was zählte.

Eine Träne fiel ihr übers Gesicht und sie wischte sie mit einem erleichterten Ausatmen weg. Die jahrelange Gehirnwäsche ihrer Mutter hatte sie nicht emotional verkrüppelt. Sie hatte angefangen sich zu fragen, wie sehr sie das Trauma der sie umgebenden misshandelten Frauen beeinflusste. Sie hatte nie den gleichen Hass oder dieselbe tiefsitzende Angst vor Männern empfunden wie ihre Mutter, aber dennoch hielt Alana es für möglich, dass sich die Abneigung in ihrem Unterbewusstsein eingenistet haben könntc.

Ihre Interaktion mit dem anderen Geschlecht war begrenzt, ihre Erfahrungen hatten einen Beigeschmack. Dennoch war sie zu einer Frau herangewachsen, die verstanden hatte, dass es keinen Sinn machte, sich vor den Albträumen anderer Menschen zu fürchten. Sie war weiterhin latent misstrauisch und ließ vorsichtige Zurückhaltung walten, aber der Gedanke, dass ihre Erziehung ihr nicht die Fähigkeit genommen hatte, mit einem Mann zusammen zu sein, machte sie glücklich.

Sie fühlte sich mit jeder Minute mehr mit Mitchell verbunden. Er überschüttete sie mit Aufmerksamkeit, wollte sie unbedingt beschützen, stellte alles auf den Kopf, nur um sich um sie zu kümmern. Und jetzt hatte er ihr etwas geschenkt, was ihr kein anderer Mann hatte geben können.

Ihre Augen fingen an zu brennen und es kitzelte in ihrer Nase. Sie schniefte und schüttelte den Kopf. Sie würde nicht wegen ihres ersten outgescourcten Orgasmus Rotz und Wasser heulen. Nein. Das war lächerlich.

Sie hob ihren Kopf und atmete tief ein. Sie war mit einem ständigen Gefühl der Angst aufgewachsen und jeder Tag, den sie weg von Zuhause verbrachte, zeigte ihr, wie wichtig es war, sich zu befreien und ihr eigenes Leben zu leben. Während sie langsam ausatmete, rutschte sie von der Ablage herunter, zog ihre Klamotten zurecht und machte ihren ersten Schritt in ein neues Leben, das hell erstrahlte ... auch wenn sie es nicht sehen konnte.

Kapitel Sieben

MITCH GAB dem Kellner Trinkgeld und schloss die Tür hinter ihm. Sein Magen knurrte. Er war ausgehungert, aber nicht nur nach etwas zu essen, sondern auch wegen seines unersättlichen Verlangens nach Alana. Als er das Schlafzimmer betrat, kam sie gerade mit ausgestreckten Händen und vorsichtigen Schritten aus dem Badezimmer.

„Vor dir ist alles frei. Wenn du drei kleine Schritte nach vorne machst, landest du auf der Matratze.“

Sie lächelte. „Vielen Dank.“

Er starrte sie an, als sie sich dem Bett näherte. Sie sah in seinen Sachen perfekt aus, lässig mit ihren langen Haaren, die ihr über die Schultern hingen und es war verdammt sexy, wie das übergroße Hemd an ihren Brüsten hing. Er würde das Bild nie mehr aus dem Kopf bekommen. Oder seine Boxershorts anziehen können, ohne an sie zu denken.

„Etwas riecht gut.“

Sein innerer Hurensohn antwortete *das bist du*, aber statt zu flirten sagte er, „Ich hoffe, du bist hungrig. Ich denke, ich habe genug bestellt, um eine ganze Fußball-mannschaft zu verpflegen.“

Sie tastete sich an ihrer Seite der Matratze entlang und setzte sich, als sie ihr Kissen erreichte. „Ich kann nicht glauben, wie schnell das ging. Ich habe noch nicht oft im Hotel übernachtet, aber wann immer ich Zimmerservice bestellt habe, hat es ewig gedauert."

„Ja. Ein weiterer Vorteil des Promi-Lifestyles. Die Leute überschlagen sich meist, um uns glücklich zu machen." Er schob den Wagen näher an das Bett und setzte sich vor sie hin. Er stellte einen Teller nach dem anderen auf das Bett und hob die Speiseglocken ab. Als er zu ihr aufblickte, entdeckte er eine tiefe Falte zwischen ihren Augenbrauen. „Was ist los?"

„Ähm..." Sie rieb ihren Nacken. „Ich überlege nur, wie ich essen soll."

Ein Punkt für Mitch Davies. „Ich werde dich füttern."

Sie ließ die Schultern fallen und biss sich auf die Unterlippe.

„Was?" Er schmunzelte. „Von meinen kundigen Fingern gefüttert zu werden ist keine reizvolle Idee?" Er hatte auf seine Gitarrenkünste angespielt, aber als er sah, wie Alanas Wangen dunkelrot wurden, wurde ihm klar, dass sie seine Aussage anders verstanden hatte.

„So sehr ich es auch genieße, komplett von einem völlig Fremden abhängig zu sein, der zufällig extrem reich und berühmt ist, nein, ist nicht freue ich mich darauf, wie ein Baby gefüttert zu werden." Sie hob ihren Blick von dem gesteppten Bettüberwurf und starrte geradewegs durch ihn hindurch. „Ich kann mir wirklich einen besseren Weg vorstellen, um mich lächerlich zu machen."

Er nahm einen Pfannkuchen vom nächstgelegen Teller, trennte ein mundgerechtes Stück ab und hielt es an ihre Lippen. Ihre Nasenflügel vibrierten leicht und sie schloss ihre Augen mit einem leisen Stöhnen.

„Die riechen göttlich."

Beinahe so gut wie du.

Ihre Zunge schlängelte sich zwischen ihren Lippen hervor, verlockte ihn dazu, ihr etwas ganz anderes hinzuhalten. Er konnte fast spüren, wie ihre Zunge an seinem Schaft entlang glitt, wie sie ihn tief in den Mund nahm und er laut aufstöhnte.

„Bist du bereit?" Er räusperte sich kräftig und berührte ihre Lippen mit dem Pfannkuchen.

Mit damenhafter Höflichkeit öffnete sie leicht den Mund erlaubte ihm so, sie zu füttern. Er beobachtete sie beim Kauen und musste schlucken, als er den Kloß in seinem Hals spürte. Ihre Lippen war so unendlich sexy, üppig und wie für Sinnesfreuden geschaffen. Er konnte seinen Blick nicht abwenden.

Um sich abzulenken, nahm er ein Stück Speck von einem anderen Teller und steckte es sich in den Mund. Nicht einmal der salzige Wohlgeschmack brachte ihn auf andere Gedanken. Alles drehte sich nur um sie. Darum, sie auszuziehen. Darum, sie zu erregen.

Er ging auf die Knie und bewegte sich auf sie zu; ihre Beine berührten sich, als er sich hinsetzte. Er musste sie ein letztes Mal schmecken, damit er das abhaken konnte. Danach würde er essen.

Als er sich über sie beugte, neigte sie ihren Kopf in seine Richtung – sie konnte spüren, dass er sich näherte. Er entschied sich gegen einen sanften und langsamen Vorstoß – seine Lust war einfach zu groß – und begann ohne Vorwarnung, ihre süßen Lippen zu lecken. Sie wich überrascht zurück und ihre Hände landeten auf seinen Schultern.

Er sollte sich zurückhalten. Zurückziehen. Stattdessen öffnete er ihre Lippen mit seiner Zunge und atmete ihr leises, feminines Stöhnen ein. Sie ergab sich seinem Drängen und ihre lustvollen Küsse ließen seinen Schwanz steinhart werden. Er umschlang ihren Nacken und presste sich enger an sie, wobei ihre weichen Brüste an seiner

Brust rieben. Das Verlangen, in sie einzudringen wuchs und der Druck auf seine Eier wurde unmissverständlich.

„Dachte, ich hätte Essen gerochen." Das Bett gab unter Blakes Gewicht nach.

Scheiße. Mitch beendete den Kuss und knurrte. „Super Timing, Kumpel."

Blake biss ein großes Stück Speck ab und kaute. „Wir haben das gestern Abend besprochen. Wenn du die Tür offen lässt, fühle ich mich zur Party eingeladen", schloss er mit einem Augenzwinkern.

Mitch heuchelte einen strengen Gesichtsausdruck, während er versuchte, nicht zu kichern.

„Denk einfach dran, wenn ihr zwei das nächste Mal Spaß haben wollt", fuhr Blake fort. „Wenn die Tür nicht verschlossen ist, werde ich das Blankoeinladung auffassen, am Budenzauber teilzunehmen."

Als Alana der Kiefer herunterklappte, schüttelte er seinen Kopf warnend in Richtung Blake, der ihn verwirrt ansah.

„Er macht Witze, Allie." Mitch legte seine Hand auf ihre und drückte sie.

Sie hielt ihren Blick gesenkt und lächelte. „Morgen, Blake."

„Morgen, Knackarsch", sagte er, während er auf einem weiteren Stück Speck herumkaute.

Ihre Grübchen traten in himmlischer Perfektion hervor, woraufhin Mitch Blake einen finsteren Blick zuwarf. „Hast du nichts Besseres zu tun?"

„Als essen?" Blake sah in fragend an. „Nö. Ich habe bis zum Interview später nichts vor. Soll heißen, du kannst frei über mich verfügen."

Interview? „*Mist.* Ich habe den Radiosender komplett vergessen. Wann müssen wir dort sein?"

„Halb fünf."

Scheiße. Sein Plan hatte vorgesehen, Alana den ganzen

Tag lang in der Suite zu verführen. Er wollte sie nicht aus diesem sicheren Umfeld reißen, aber er konnte sie auch nicht allein hier lassen.

Sie hob ihren Blick und sah mit besorgter Mine direkt an ihm vorbei.

„Es ist in Ordnung." Er drückte ihre Hand erneut. „Ich werde mir was überlegen. Die brauchen mich sowieso nicht. Normalerweise dreht sich alles um Mason."

„Nein." Alana schüttelte angewidert den Kopf. „Du wirst wegen mir sicher kein Interview verpassen."

„Ich bleibe hier und passe auf sie auf." Blake grinste ihn frech an. „Denk dran, du bist der wichtige Leadgitarrist. Ich bin sicher, uns wird was einfallen, wie wir uns gemeinsam die Zeit vertreiben können."

Mitch spannte seine Kiefermuskeln an. Warum zum Teufel provozierte Blake ihn so?

„Ich habe nichts dagegen, aber nur, wenn du wirklich nicht dabei sein musst, Blake." Alana hielt ihren Kopf hoch und Mitch wurde das Herz schwer. Hatte sie sich so schnell in ein Groupie verwandelt? Merkte sie nicht, worauf Blake hinauswollte? „Ich denke, ich würde mich in seiner Gesellschaft sehr wohl fühlen."

Ihre Augen konzentrierten sich auf einen Punkt näher an seinem Gesicht und ihre Lippen formten sich zu einem Lächeln. „Du sagtest doch, er sei schwul, oder?"

Blake verschluckte sich und hielt sich eine Hand vor den Mund, während er auf dem Wagen nach einem Glas Saft griff. Mitchs wurde von Erleichterung übermannt, warf seinen Kopf zurück und lachte. Sein Mädchen war ein Biest.

„Du hast ihr gesagt, ich sei schwul?", platzte es aus Blake heraus.

„Nein, hat er nicht." Alana Grübchen vertieften sich, als ihr Lächeln breiter wurde. „Ich habe nur versucht, dich ein wenig in die Schranken zu weisen."

Mitchs Lachen wurde lauter und hallte von den Wänden. Blake saß schweigend da und blinzelte ihm mit offenem Mund zu. Sein Mädchen konnte ein Biest sein *und* war obendrein nicht zimperlich. Er beugte sich vor, drückte einen Kuss auf ihre Wange und zwinkerte Blake übermütig zu.

„Gut. Irgendwann ist immer das erste Mal. Ich kann mich an kein Groupie erinnern, dass jemals einen Dreier abgelehnt –"

„Sie ist kein Groupie", knurrte Mitch und die Temperatur im Zimmer fiel merklich. Was war los mit Blake? Er war doch sonst kein Unruhestifter – und trotzdem fanden seine dummen Sprüche heute kein Ende.

„Ich glaub, das war mein Stichwort, zu gehen." Blake schnappte sich einen Pfannkuchen und begann, sich vom Bett zu erheben.

„*Nein.*" Alana schüttelte den Kopf. Sie legte ihre Stirn in Falten und streckte ihre Hand aus, um ihn festzuhalten. „Ich hab nur Spaß gemacht. Bleib bitte hier."

Mitch starrte in Blakes Schritt, wo ihre Hand lag, und war dankbar, dass sein Freund das nicht kommentierte.

Keiner sprach. Keiner bewegte sich. Die einzige Veränderung war die spürbare Verlegenheit, die sich langsam im Raum ausbreitete.

„Bitte sag mir, dass meine Hand nicht an einer unpassenden Stelle liegt." Alana Stimme versagte.

„Du wärst nicht die erste Frau, die wir teilen, wenn es das ist, wonach dir der Sinn steht", säuselte Blake.

Sie zog ihre Hand ruckartig zurück und machte die Augen zu, während sie ihr Gesicht abwandte. „Entschuldigt mich für eine Minute." Sie rutschte aus dem Bett und tastete sich an der Matratze entlang.

„Alana, warte."

Sie schüttelte den Kopf, alle Farbe war aus ihrem Gesicht gewichen. Die Frauen, die sie gewohnt waren, wären über die Einladung zu einem Dreier entzückt gewesen. Aber ihre Hände zitterten, als sie sie nach der Badezimmertür ausstreckte und ihr Gesicht war blasser als die weiße Wand.

Er folgte ihr, aber die Tür ging zu, bevor er sie erreichte.

„Ist sie OK?" In Blakes Stimme schwang Sorge mit.

Mitch hatte keine Ahnung. Er kannte keine Frauen wie Alana, zerbrechlich und unberechenbar. Auch wenn er angefangen hatte, die willigen Frauen zu verabscheuen, die den Weg in ihre Hotelsuiten fanden, wusste er immerhin, was er von ihnen zu erwarten hatte.

„Ich weiß es nicht. Sie hat in den letzten 24 Stunden viel durchgemacht." Er stand vor der Badezimmertür und klopfte leise.

„Ich brauch nur eine Minute", sagte sie mit zitternder Stimme.

Anstatt abzuwarten, drehte er den Türgriff, um ihr Zeit zu geben, zu protestieren, falls sie auf der Toilette saß. Als nichts kam, ging er hinein und schloss die Tür hinter sich. Sie saß auf der Ablage, genau da, wo er sie vorhin verwöhnt hatte. Er versuchte, das Bild aus seinem Gedächtnis zu löschen und sich auf das Hier und Jetzt zu konzentrieren, aber er konnte die Vision ihres vor Wollust gewölbten Rückens oder ihrer beim Orgasmus geöffneten Lippen nicht wegschieben.

Sie saß schweigend da, ihre Beine baumelten über dem Boden, ihre Hände umklammerten den Rand. Er konnte keine Tränen erkennen, aber ihre Augen sahen unverkennbar traurig aus.

„Was ist los?"

Sie schüttelte den Kopf und presste ihre Lippen fest aufeinander.

„Schatz, ich glaube nicht, dass Blake was dagegen

hatte, dass du seinen Johannes angefasst hast." Er kam näher und trat zwischen ihre Beine.

Sie stieß ein resigniertes Lachen aus, blieb aber still.

Er strich eine einzelne Haarsträhne aus ihrem Gesicht. „Sag mir, was los ist."

„Ich weiß nicht ... alles. Nichts. Ich fühl mich fehl am Platz. Ich hab keine Ahnung, was ich tue und ich bin es leid, es zu versuchen."

„Es zu versuchen?" Er schaute ihr in die Augen und wünschte, er könne ihre Gedanken lesen.

„Ich versuche, nicht ängstlich und misstrauisch zu sein. Ich versuche, mich nicht schwach und bedürftig zu fühlen. Und ich versuche verdammt hart, niemanden zur Last zu fallen, aber ich kann nun mal nichts sehen, und ich will dich nicht verärgern." Sie wischte sich mit den Händen übers Gesicht und sah in seine Richtung. „Aber vor allem versuche ich, gleichgültig zu erscheinen und so zu tun, als würde mich nicht jede Sekunde mit dir völlig aus der Bahn werfen."

Ihm stockte der Atem und er wischte die einsame Träne weg, die glitzernd über ihre Wange lief.

„Ich bin das hier nicht gewohnt, Mitchell. Ich bin nicht wie du. Du hast wahrscheinlich noch nie jemanden wie mich getroffen. Mein Leben ist anders ... zurückgezogener." Sie senkte ihren Blick und ließ den Kopf hängen. „Ich denke, ich sollte Kate anrufen, damit sie mich holen kommt."

Er drückte sie fest seine Brust, um sie zu beruhigen und brachte sie so zum Schweigen. Er würde später herausfinden, was sie damit meinte. In diesem Augenblick musste er sie von dem Gedanken abbringen, zu gehen.

„Möchtest du wirklich gehen?"

Stille.

Er legte einen Finger unter ihr Kinn und spähte in ihre blicklosen Augen.

„Allie?“

Sie schüttelte den Kopf und schluckte. „Nein.“

Der leise Hoffnungsschimmer entfachte ein ungeahntes Freudenfeuer in seiner Brust. Er umarmte sie eine ganze Weile schweigend, genoss den Duft ihres Haars und die Geschmeidigkeit ihres Körpers.

„Ich habe nicht einmal was anzuziehen. Oder eine Zahnbürste.“ Sie seufzte und lehnte sich an ihn. „Ich bin es gewohnt, mich um mich selbst zu kümmern. Ich mag es nicht, auf jemanden angewiesen zu sein und schon gar nicht auf dich.“

Er trat zurück und packte sie an den Schultern. „Schon gar nicht auf mich?“

„Du bist berühmt und ich bin ein Landei mit Komplexen jenseits deiner Vorstellungskraft. Du hast bessere Dinge zu tun, als deine Zeit mit mir zu verschwenden.“

„Und was ist, wenn ich *will*, dass du hier bist? Was, wenn ich gerne mit dir zusammen bin?“

Sie schlug ihre Augen nieder. „Wie ich schon sagte, ich bin anders. Du bist es gewohnt, Zeit mit Frauen zu verbringen, die du vergisst, sobald du sie verlässt. Für mich wird das nicht so sein. Wenn ich bleibe, werde ich mich verlieben und das ist das Letzte, was wir beide wollen.“

Mit einer Frau dauerhaft zusammen zu sein war bisher nie eine Option gewesen. Aber jetzt gerade wollte er nichts mehr, als noch ein paar Tage mit Alana zu verbringen. Sie streichelte ihm sachte über seine Brust, wobei sie mit ihren Fingern die verschiedenen Muskelstränge seines Oberkörpers nachzeichnete.

Mitchs Finger taten es ihr gleich und er fuhr mit seinen Fingerkuppen sacht über ihre Beine. „Warum betonst du immer wieder, dass du anders bist? Auf mich machst du einen normalen Eindruck.“

Sie lachte spöttisch. „Ich war die meiste Zeit meines

Lebens von der Welt abgeschottet." Sie sprach langsam, als würde sie ihre Worte sehr sorgfältig wählen. „Meine Mutter hatte in der Vergangenheit Probleme und es bis heute nicht geschafft, sie zu überwinden." Ihre Finger wanderten abwärts, fuhren spielerisch über seine Hüften, woraufhin sein Schwanz anfing zu pochen. „Sie wollte in ihrer eigenen Welt leben; tja, und dann hat sie sich eben eine gebastelt."

Seine Finger tasteten sich zum oberen Ende ihrer Oberschenkel. „Und das macht dich anders inwiefern? Viele Menschen leben auf Bauernhöfen und kommen selten mit der Außenwelt in Berührung." Als seine Hände sich zwischen ihre Schenkel schoben und sie ein etwas weiter spreizten, atmete sie hörbar ein.

Sie ließ ihren Kopf auf seine Brust fallen und atmete langsam aus. „Du bist der vierte Mann, der mich jemals berührt hat." Ihre Stimme war ein Flüstern. „Jemals."

Er hielt inne und wartet auf eine Erklärung.

„Und ich meine nicht nur im sexuellen Sinn."

Er hielt den Atem an.

„Es gab keinen Onkel zum Fußballspielen, keine Cousins zum Herumtoben, keine Lehrer oder Trainer, die mir je lobend auf die Schulter geklopft hätten. Du bist die Vierte, Mitchell, und der einzige Mann, der mir jemals Lust bereitet hat."

Sein Herzschlag pochte so laut in seinen Ohren, dass man ihn hören konnte. Er verstand es nicht. Sie war eine makellose Schönheit, hatte eine natürliche Anziehungskraft, die ohne Make-up oder ausgefallene Klamotten auskam. Scheiße, sogar übermüdet und in seinem weiten T-Shirt ließ sie ihn härter als Beton werden. Und trotzdem war er der erste Mann, der ihr Lust bereitete? „Ich kapier es nicht."

Sie schlang ihre Arme um seine Taille und malte mit ihren Fingern Muster auf seine Lendenwirbel. „Meine

Mutter hat früher hier in Richmond gewohnt, daher kenne ich Kate. Unsere Mütter sind zusammen aufgewachsen. Und als meine Mutter Anfang Zwanzig war, wurde sie ...“ Ihre Finger hielten inne. „Wurde sie von einem Mann angegriffen.“

Mitch nahm seine Hände von ihren Beinen, weil ihn plötzlich ein Gefühl der Abscheu überkam. Er legte seine Arme um sie und hielt sie fest, wünschte sich, er könne ihren Schmerz wegzaubern.

„Nachdem es passiert war, konnte sie hier nicht mehr leben und zog nach Colorado. Sie kaufte mit dem Geld meiner verstorbenen Großeltern ein Grundstück und errichtet dort eine Art Zufluchtsort für misshandelte Frauen.“ Allie umarmte ihn ebenfalls und legte ihre Wange an sein Herz. „Abgesehen von den gelegentlichen Ausflügen in die Stadt bin ich nie mit anderen Männern in Kontakt gekommen.“

Ihm schwirrte der Kopf. „Was ist mit ...“ Er hatte so viele Fragen und wusste nicht, wo er anfangen sollte. „Du sagtest, ich sei der Vierte. Wer waren die anderen?“

„Experimente.“ Sie kicherte an seiner Brust und der Stachel der Eifersucht traf ihn ins Herz. „Als ich volljährig wurde, hatte ich eine Menge Fragen, auf die ich eine Antwort wollte. Gegen den Wunsch meiner Mutter bin ich ein paar Mal nach Colorado Springs gefahren auf der Suche nach dem, was mir meiner Meinung nach fehlte.“ Sie zuckte mit den Schultern. „Wie sich rausgestellt hat, fehlte diesen Männern deine Finesse.“

Er spannte seine Kiefermuskeln an, unfähig zu sprechen. Diese Frau verdiente, dass ihr die Welt zu Füßen lag – und das war ihr verwehrt geblieben? Es war inakzeptabel. Abscheulich.

„Es hört sich schlimmer an, als es ist.“

Er schüttelte den Kopf – wie konnte sie das nur sagen? Sie hatte in ihrer Kindheit nie für jemanden geschwärmt, war nie auf einer Schulfete oder einfach mal mit einem Jungen verabredet gewesen.

„Ich hatte über Telefon und Internet Kontakt mit der Außenwelt. Ich habe Filme geguckt, Bücher gelesen, im Internet gesurft und gechattet. Das ist doch ein relativ normales Leben, oder? Nur die Interaktion mit Männern bin ich eben nicht gewohnt.“

Er trat einen Schritt zurück, weil er es nicht länger ertragen konnte, sie im Arm zu halten, während er immer wütender auf sich selbst wurde. Sie setzte sich aufrecht hin und ihr Blick überschnitt sich fast mit seinem.

„Herrgott noch mal. Es tut mir leid. Du wolltest mich gestern Abend nach dem Konzert gar nicht treffen, oder?“ Er ließ die letzten zwölf Stunden Revue passieren und fuhr sich mit den Fingern irritiert durch sein Haar. „Scheiße. Du wolltest auch nichts mit mir trinken gehen; und als ich dich zur Optikerin bringen wollte, hast du versucht, nein zu sagen und ich habe dich unter Druck gesetzt.“

„Mitchell, es ist nicht so –“

„Verdammt noch mal. Ich hab mich gefragt, warum du bei meiner ersten Berührung zusammengezuckt bist und warum du nicht hier bleiben wolltest. Ich bin die ganze Zeit davon ausgegangen, dass du einfach nur schüchtern bist.“ Er rieb sich mit der Hand über die Stirn, stinksauer darüber, wie engstirnig er auf ihre Einwände reagiert hatte. „Kate hat heute Morgen sogar noch versucht, mich zu warnen, aber ich hab einfach nicht zugehört.“

„Mitchell.“ Sie rutschte von der Ablage herunter und stolperte vorwärts. Er stützte sie kurz bevor sie sich fing und ließ dann seine Hände von ihren Armen fallen, weil er die Situation nicht noch schlimmer machen wollte.

Sie trat an ihn heran, packte ihn bei den Schultern und starrte auf seinen Hals. „Ja, ich hatte Angst. Aber nie vor dir. Was mich beunruhigt hat, war die Tatsache, wie sehr ich deine Berührung genoss.“ Ein sanfter Kuss landete auf seinem Kinn und er schloss die Augen. „Meine Mutter hat mir beigebracht zu glauben, dass alle Männer ...“ Sie seufzte. „Auf jemanden wie dich war ich nicht gefasst. Ich mag dich und ich hätte nie für möglich gehalten, dass ich diese drei Worte mal zu einem Mann sagen würde. Das meine ich, wenn ich sage, dass ich versuche, mich anzupassen und mich nicht verletzlich und bedürftig und ängstlich fühlen will.“

Er blickte auf sie herunter und hasste sich dafür, dass er sie zu etwas gedrängt hatte, zu dem sich nicht bereit gewesen war. Er schaffte es noch nicht einmal sich zu entschuldigen.

„Bitte berühr mich, Mitchell. Ein letztes Mal, bevor ich gehe.“

Er machte seine Augen zu und rang um seine Beherrschung. Die Angst packte ihn bei den Eiern und drückte fest zu. Ihm war schlecht. Er wollte sie behütend in seinen Armen halten und vor der ganzen Welt beschützen, so, wie es ihre Mutter ihr ganzes Leben lang getan hatte.

Ihre Hände wanderten an seinen Seiten hinunter und unter sein Hemd, wo ihre zarten Fingernägel eine Spur auf seiner Brust hinterließen. *Himmel.* Er musste nachdenken. Das Blut kochte in seinen Adern, verlangte danach, das er sie hochhob und zum Bett trug, aber wie konnte er? Wie konnte er sich auf diese zerbrechliche Frau einlassen und die Angst, sie zu verletzen, einfach beiseite schieben?

„Hör auf zu denken. Hör auf abzuwägen. Tu einfach so, als hätte ich keinen emotionalen Ballast und schlaf mit mir, bevor ich gehe. Bitte.“

Zarte Finger fanden seine Brustwarzen, zwickten, rieben sie, bis er sich auf die Zunge beißen musste, um nicht die Beherrschung zu verlieren. Seine Erektion zuckte zwischen ihnen, bettelte um Aufmerksamkeit. Das Bedürfnis, sie zu nehmen, wurde übermächtig − er wollte sich einfach auf die Knie fallen lassen und sich geschlagen geben.

„Mitchell?" Sie küsste seinen Hals, strich mit ihren Fingern über seine Brust, über seinen Bauch. Tiefer. Als sie seinen Schwanz umfasste, entwich ihm ein zischendes Atemgeräusch und er verlor die Kontrolle.

Seine Lippen legten sich auf ihren Mund und er nahm ihr Gesicht in seine Hand. Er öffnete die Tür und zog sie rückwärts ins Schlafzimmer. Er verschlang sie, kostete jeden Zentimeter ihres Mundes und hielt sie fest an seine Brust gedrückt, damit sie ihn nicht loslassen konnte. Die kaum hörbaren wimmernden, fiependen, hungrigen Laute, die aus ihrem Mund kamen, trafen ihn ins Mark, während ihre zierlichen Hände seine Taille umklammerten.

Er hob sie hoch und griff nach ihrem Hintern, während sich ihre Beine um seine Hüften schlangen. Die Hitze ihrer Muschi war durch seine Boxershorts spürbar. Ihre Hände hielten sein Gesicht, damit sich ihre Lippen nicht trennten, als er sie zum Bett trug.

Als er mit den Knien an die Matratze stieß, ließ er sie los und auf die weiche Steppdecke fallen. Teller klapperten und Besteck klimperte, als alles in die Mitte des Betts gezogen wurde. Ihr Schlemmerfrühstück stand immer noch da, nur neigten sich die Teller jetzt gefährlich in alle Richtungen. Und Blake war nirgends zu sehen.

Um jedes Risiko auszuschließen, stakste Mitch zur Schlafzimmertür und sah seinen Freund mit dem Laptop auf dem Sofa sitzen. „Ich mache jetzt die verdammte Tür zu. Wenn du auch nur in die Nähe des Griffs kommst, breche ich dir alle Finger."

Blake grinste. „Kein Problem. Ich werde lediglich an der Wand lauschen."

Mitch ballte seine Faust und machte drohend einen Schritt vorwärts.

„Das war ein Scherz." Blake schmunzelte. „Meine Güte, entspann dich."

Mitch blickte weiter finsterer dein, als er die Tür zuschlug.

Mit drei Schritten war er beim Bett und kroch auf Alana zu. Sie lag auf ihren Ellbogen aufgestützt, den Blick irgendwo auf die Steppdecke neben ihr gerichtet. Dass er sie gestern nicht besser hatte beschützen können, war schlimm, aber das Bedauern darüber, dass sie ihn in diesem Augenblick nicht ansehen konnte, tat ihm in der Seele weh. Der Gedanke, seine Gefühle in Worte fassen zu müssen, machte ihm eine Scheißangst. Und sie war nicht in der Lage, diese unaussprechlichen Emotionen von seinem Gesicht abzulesen.

Seine Hände begannen zu schwitzen und er hatte einen Kloß im Hals. Es gab keine Zeit zum Luftholen. Keine Zeit zum Nachdenken. Er wollte in ihr sein und er würde sterben, wenn das nicht bald passierte. Er packte den Saum seines Shirts, zog es sich über den Kopf und warf es auf den Boden.

Bei dem Geräusch drehte sie ihren Kopf in seine Richtung; als er sich dann wieder hinsetzte und einfach ihr Gesicht anstarrte, runzelte sie die Stirn und blinzelte.

„Mitchell?"

Er rückte näher und die Verunsicherung, die in ihrer Stimme mitschwang, machte ihn unglücklich. „Ja, mein Schatz?"

„Ich ... ich kann nichts sehen." Sie schluckte und setzte sich auf. „Du musst mir sagen, was ich tun soll. *Zeig mir,* was ich tun soll."

Er kroch näher, bis sie nur noch ein Zentimeter trennte. „Berühr mich einfach."

Irgendwo.

Überall.

Er nahm ihre Hände und legte sie auf seine Brust, eine

davon auf sein Herz. Zu ihr gebeugt, biss er sanft in ihr Kinn, küsste ihren Hals. „Ich möchte, dass du jeden Zentimeter meines Körpers berührst."

Ihr Kopf fiel auf die Seite, damit er besser lecken, beißen und liebkosen konnte. Die zarte Berührung ihrer Finger bewegte sich über seine Brustmuskeln und jede einzelne seiner Rippen, bis sie am Bund seiner Boxershorts hängenblieb. Seine Sinne flehten sie an, tiefer zu gehen, ihn erneut zu umfassen und ihn – wenigstens vorläufig – zu erlösen.

„Allie, bist du sicher, dass du das tun willst?" Seine Zunge folgte dem Verlauf ihres Schlüsselbeins.

„Ja", kam es atemlos. „Genau das will ich." Das Gummiband an seiner Taille rutschte tiefer. „Nur dich."

Er half ihr dabei, ihm seine Boxershorts auszuziehen: Die Teller auf dem Bett schepperten, als er zuerst ein und dann das andere Bein herauszog. Er saß nackt vor ihr und versuchte, seine Unsicherheit durch langsames Atmen in den Griff zu kriegen. Normalerweise verschlangen ihn Frauen mit ihren Augen, ihren Lippen, ihren Zungen. Jetzt musste er ohne bewundernde Blicke auskommen. Ihm war nie klar gewesen, was sehr sie sein Ego stärkten.

Alana griff nach dem Saum ihres T-Shirts – seines T-Shirts – und zog es sich über den Kopf. Er presste die Lippen zusammen, um nicht mit offenem Mund dazusitzen und starrte sie einfach an, ließ sich von ihrer Schönheit bezaubern. Sie hatte den perfekten Körper, genau so, wie er es sich vorgestellt hatte. Runde, kecke Brüste, die Nippel ein dunkles Pink, und eine schlanke Taille, die er so schnell wie möglich berühren wollte.

„Ich hoffe, du starrst mich nicht an." Sie grinste ihn an, während sie begann, die losen Boxershorts und ihr Höschen gleichzeitig auszuziehen.

„Tut mir leid, ich muss dich enttäuschen." Seine Stimme war heiser.

Alana fuhr sich mit der Zunge über die Lippen, eine nervöse Geste – er musste seinen Schwanz fest drücken, um seine Erregung zu bändigen.

„Du bist schön."

Ihr Blick senkte sich und ihre Hände glitten über seine Schultern hin zu seinem Nacken. „Küss mich."

Das ließ er sich nicht zweimal sagen. Seine Lippen eroberten ihren Mund, erst sanft, doch schon bald wich der zarte Druck einer unkontrollierbaren Dringlichkeit. Sie fielen übereinander her und ihre Hände erforschten den Körper des anderen in einer Raserei, die er nicht verstand und nicht hinterfragte. Er beugte sich zu ihr und zog sie an sich, während er sie zurück auf die Kissen drückte.

Sie lag in seinen Armen, ihre blicklosen Augen auf die Höhe seines Kinns gerichtet. Ihr Becken streckte sich ihm entgegen und machte kleine Kreisbewegungen, bei denen seine Erektion an ihrem Geschlecht rieb. Er stieß ein Knurren aus und fuhr mit seiner Hand über ihre Brüste, die bettelten, umfasst zu werden und eine Taille, die sich danach sehnte, mit Küssen bedeckt zu werden. Ihre Finger hielten sich fester an seiner Schulter fest, je weiter sich seine Hand nach unten bewegte.

Als sie den lockigen Venushügel zwischen ihren Schenkeln erreichte, hielt sie den Atem an. Der Moschusduft ihrer Erregung war berauschend und hypnotisch. Später würde er sie kosten, sich mit seinem Mund an ihren Schamlippen festsaugen und sie vernaschen. Aber jetzt wollte er sie berühren. Er ließ seine Hand nach unten gleiten, strich über ihre Klitoris und lächelte, als sie sich aufbäumte.

„Du sagtest vorher, dass dir kein Mann jemals Lust bereitet hat."

Sie nickte. „Außer dir."

„Dann sag mir jetzt, fühlt sich das gut an?"

Er ließ seinen Zeigefinger durch ihre feuchte und nasse

Spalte gleiten, woraufhin sie nach Luft schnappte. Das war eindeutig. Auch ohne Worte. Sie reagierte auf seine Berührung. Ungemein intensiv. Mehr als jede Frau, mit der er je zusammen gewesen war.

„Ja", keuchte sie und schluckte. „Ich liebe es, wie du mich berührst."

Mit geradezu qualvoller Langsamkeit schob er vorsichtig zwei Finger in ihre Vagina und zog sie wieder hinaus. Er wiederholt diese Bewegung immer und immer und immer wieder, mit jedem Mal drang er ein wenig tiefer in sie ein, bis sie ihre Hände an das Kopfteil des Betts klammerte und vor Verlangen wimmerte.

Er glitt an ihrem Körper nach unten und seine Zungenspitze fuhr über ihren Bauch, schmeckte das Salz auf ihrer Haut. Eine ihrer Hände umklammerte sein Haar und ihre Finger zerrten so fest an den Strähnen, dass sein Schwanz zuckte. Er küsste ihren Venushügel und leckte mit seiner Zunge über ihre Knospe.

„Oh, Gott, Mitchell." Ihre Hüften wiegten sich im Takt seines Zungenschlags und mit jeder Bewegung drang er tiefer in sie ein. Der Klang ihres Stöhnens, das schmatzende Geräusch ihrer Muschi, die Wärme ihres Körpers, all das machte ihn verrückt. Er musste sie nehmen. Sich in sie fallen lassen. Sich in die verlockendste Frau ergießen, die er je gesehen hatte.

Bei jedem Herausziehen drehte und wendete er seine Finger in der Hoffnung, ihren G-Punkt zu stimulieren. Währenddessen saugte er sich an ihrem Kitzler fest. Zwei Sekunden später wurde er mit dem ersten Zucken ihrer Vagina belohnt.

„Mitchell." Sie rief seinen Namen und zerrte an seinem Haar. Er machte weiter. Er wurde schneller, saugte und leckte die hochsensiblen Nervenenden, bis sich ihr Rücken über dem Bett aufwölbte und sie vor Lust keuchte. Sie dabei zu beobachten, wie sie sich beim Orgasmus wand, war ein überwältigendes Gefühl. Sein Herz raste, sein Magen drehte sich um und es schnürte ihm die Kehle zu. Er drückte seine Augen fest zu und dankte ihr schweigend dafür, dass sie ihm vertraut hatte.

Allmählich kam ihr Körper wieder zur Ruhe; abgesehen von ihren hektischen Atemzügen war es komplett still im Raum.

„Bereit für die zweite Runde?“

Sie kicherte, als er an ihrem Körper nach oben glitt und dabei spielerisch zubiss und ihre zarte Haut leckte. Er konnte ihr jetzt nicht in die Augen schauen. Obwohl sie ihn nicht sehen konnte, fühlte er sich entblößt: er trug in diesem Moment sein Herz auf der Zunge, bereit, es ihr zu schenken.

„Ich glaube nicht, dass ich jemals wieder aufhören will.“

Diese Frau war der absolute Wahnsinn. Jedes Mal, wenn sie den Mund öffnete, überraschte sie ihn. „Sag das nicht, sonst werde dich niemals gehen lassen.“ Er streifte mit seinen Zähne über ihre Brust.

Ihre Lippen formten sich zu in einem schüchternen Lächeln. Er streckte seine Hand nach dem Nachttisch aus und entnahm ihm ein Kondom. Während er es mit ein paar geübten Griffen überzog, verursachten ihre Fingernägel an seiner Taille einen Flächenbrand und eine Gänsehaut, die seinen ganzen Körper erfasste.

„Mitchell?“

Er ließ sich zwischen ihren Schenkeln nieder, liebkoste ihren Halsansatz und inhalierte den anhaltenden Duft ihres Parfüms. „Mmm?“

„Können wir das anders machen?“

Er stütze sich auf seine Arme auf und sah auf sie hinunter. „Was meinst du damit?“

Sie schluckte schwer. „Kann ich oben sein?“

Er blinzelte. Hatte ein Tag vierundzwanzig Stunden? Aber hallo. „Ich glaube, das lässt sich einrichten."

Er umfasste ihre Taille und tauschte ihre Positionen, wobei er sie an den Rand des Kingsize-Betts bugsierte, weg von den klappernden Tellern. Sie kniete sich hin und die betörende Hitze ihres Geschlechts schwebte über seiner Erektion.

„Ich habe noch nie –"

„Ich weiß." Er packte ihre Hüften und rieb seinen Ständer an ihrer Spalte. „Es ist OK."

Sie stieg höher, damit er den Kopf seines Schwanzes an ihrer Pforte positionieren konnte. Langsam ließ sie sich auf ihm nieder, nahm ihn Zentimeter für qualvollen Zentimeter in ihre enge Muschi auf. Er stöhnte auf, umklammerte das Kopfteil und schloss seine Augen. Er war erledigt, jede Gegenwehr unmöglich. Sie war perfekt.

Sie stützte ihre Hände auf seinen Brustmuskeln ab und begann sich auf und ab zu bewegen. Er biss fest die Zähne zusammen, um sich von der festen Umklammerung seines Schafts nicht über die Klippe stoßen zu lassen. Jede Wellenbewegung folterte ihn mit purer Lust und brachte ihn näher und näher an die Ziellinie.

„Du bist so still ... mache ich was falsch?"

Scheiße. Er war Marcel Marceau, unfähig, zu sprechen, aus Angst, die Kontrolle zu verlieren. Er krallte sich tiefer ins Kopfteil, holte tief Luft und entspannte sich innerlich. „Es fühlt sich so gut an, Allie. Mach weiter."

Er musste sie berühren, sich darauf konzentrieren, was sie brauchte, bevor er sein ganzes Pulver verschoss. Er löste seinen eisernen Griff, öffnete seine Augen und legte seine Hände auf ihre Oberschenkel. Seine Berührung beschleunigte das Wiegen ihres Beckens. Er schob seine Hände über ihre Hüften und ihre Taille, umfasste ihre Brüste und rieb ihre Nippel zwischen seinen Fingern.

„Oh, ja." Sie ritt ihn härter, schneller. Ihre Hände

griffen nach seinen, damit sie dort verweilten und sie stöhnte, während ihre Muschi ihn melkte und sich immer fester zusammenzog. Teller schepperten, Schüsseln kippten um, aber es kümmerte ihn nicht.

Ihre Zähne bohrten sich in ihre Unterlippe und sie lehnte ihren Kopf nach hinten, während sie ihn ritt wie ein preisgekröntes Pony. Seine Stöße wurden schneller. „Oh, Gott, du fühlst dich gut an." Feurig, seidig und himmlisch.

Sie berührte sich und die geballte Erotik ihres Anblicks war zu viel, er musste seine Augen schließen. Er zuckte, als ihre Finger seinen Sack streiften, überrascht von ihrem unerwarteten Geniestreich. „Schatz, nicht ... ich ... ich bin fast soweit."

Ein leichtes Lächeln umspielte ihre Lippen, aber sie ignoriert ihn und massierte seine Eier sanft, während die andere Hand tiefer tauchte, um mit ihrer Klitoris zu spielen.

"Quälgeist."

Sie grinste ihn an und zeigte ihre Grübchen. Verdammt, er wollte diesen Mund. Er setzte sich auf, schnitt ihr mit seinen Lippen die Luft ab und schickte seine Zunge auf der Suche nach der Ihrigen.

„Reite mich", forderte er mit einem harten Beckenstoß. Die auf dem Bett verteilten Teller unterstrichen seine Bewegungen mit einem Scheppern.

Ihre Beine schlangen sich um seine Taille und ihre Hände suchten sein Gesicht. Sie saugte an seiner Zunge und gehorchte, indem sie ihre Hüften nach vor und zurück, vor und wieder zurück schob. Er schloss die Augen, konzentrierte sich nur noch darauf, wie ihre geschmeidige Muschi über seinen Schwanz glitt. Als sie den Kuss abbrach und dicht an seinem Hals aufkeuchte, packte er ihren Hintern mit beiden Händen und stieß hart zu.

Ihr Schrei füllte den Raum und ihr Rücken bog sich

zurück, ihre Brüste waren dicht vor sein Gesicht. Seine Eier begannen sich zusammenzuziehen, er stand kurz vor dem Höhepunkt und hatte jegliche Kontrolle verloren. Er senkte seinen Kopf runter zu ihrem Busen, nahm einen Nippel in seinen Mund und saugte hart.

Auf dem Gipfel ihrer Lust rief sie seinen Namen. „Mitchell."

Das brachte das Fass zum Überlaufen. Er stöhnte lang und laut, bäumte sich auf, zuckte unkontrolliert in ihrem Körper. Er ignorierte das Geschepper der Teller und konzentrierte sich auf Alana. Sie bohrte ihre Zähne in seine Schulter und mit jedem Zusammenziehen ihrer Muschi saugten sich ihre Lippen stärker fest. Er ritt die Wellen seines Höhepunktes ab, drückte sie an sich und vergrub seine Finger in ihrem Haar.

Nach und nach klang die Wollust ab, verebbte, bis seine Muskeln schwer wurden und sich entspannten. Sie seufzte wohlig in seinen Armen und das Beben ihrer Oberkörper ließ nach. Er fuhr mit seinen Fingern durch ihr Haar und küsste ihren Kopf, während er die Verwüstung auf der anderen Betthälfte inspizierte. „Ich glaube, wir haben das Frühstück ruiniert."

Kapitel Acht

„DEIN HAAR IST GLATT wie Seide."

Alana schloss die Augen und lehnte ihren Kopf zurück. Mitchell saß hinter ihr auf dem Bett und kämmte mit seinen Fingern durch ihr Haar in dem Versuch, das – wie sie wusste – unweigerliche Durcheinander zu entwirren.

„Soll ich die Bürste nehmen?" Sein flüsternder Atem in ihrem Nacken jagte ihr einen wohligen Schauer über den Rücken.

Sie befand sich schon den ganzen Tag einem atemlosen, wortlosen und geistlosen Zustand. Sie konnte nur nicken.

Die Bürste glättcte ihr Haar mit sanft streichelnden Bürstenstrichen. Gelegentlich blieb Mitchell mit den Borsten hängen; dann hielt er den Atem an und behandelte sie, als würden feine gläserne Fasern aus ihrer Kopfhaut wachsen.

„Du musst das nicht so sanft machen. Du wirst hier noch stundenlang sitzen, wenn du versuchst, die Knoten auf diese Weise rauszukriegen."

„Ich möchte dir nicht wehtun." Er schob ihre Haare

auf die Seite und drückte einen heißen Kuss auf ihren Nacken.

„Das wirst du nicht“, flüsterte sie.

Zumindest nicht körperlich.

Wenn überhaupt, würde er ihr emotional wehtun und je mehr Zeit sie zusammen verbrachten, desto sicherer wurde sie, dass sie aus der Sache nicht heil herauskommen würde.

Er war geradezu in sie vernarrt, seit sie sich geliebt hatten. Zuerst hatte er eines der Zimmermädchen bezirzt, das Chaos im Schlafzimmer zu beseitigen und ihr so viel Trinkgeld gegeben, dass sie ins Schwärmen geraten war. Danach hatte er ein zweites Frühstück bestellt und Alana gefüttert, wobei er sie auf ein Neues mit kleinen Happen unterbrochen von zärtlichen Küssen verführt hatte. Wegen ihrer eingeschränkten Sicht hatte nicht sie gewusst, was als nächstes kommen würde, zartschmelzende Pfannkuchen oder die heißen Lippen eines Mannes, in den sie sich gerade verliebte.

„Seid ihr fertig?“

Alana blickte in die Richtung von Blakes Stimme und lächelte.

„Ahh, ich denke doch“, antwortete Mitchell. „Sieht ihr Haar gut aus?“

Blake kicherte. „Sie sieht heiß aus.“

„Nicht die Antwort, die ich hören wollte“, murmelte Mitchell.

Sie streckte die Hand nach der Bürste aus. „Ich bin sicher, es ist in Ordnung. Ich werde sowieso nicht im Mittelpunkt stehen.“

Sie wusste immer noch nicht so genau, wie Mitchell es geschafft hatte, sie zu überreden, mit zum Interview zu gehen. OK, das war gelogen. Er hatte sie quasi bestochen. Mit dem zweiten Frühstück wurden gleichzeitig auch ein ganzer Berg Kleidung, Unterwäsche, die

verschriebenen Augentropfen und Hygieneprodukte gelie-
fert. Alles für sie. Alles von ihm. Angesichts seiner
Fürsorglichkeit hatte sie mit den Tränen gekämpft. Aber
es war die Art, wie er sich unter Dusche zärtlich ihrer
angenommen hatte, die sie davon überzeugte, ihn zur
Radiostation zu begleiten.

Egal, wie sehr sie darauf bestanden hatte, sich selbst
waschen zu können, er setzte sich einfach darüber hinweg.
Er schob sie in den warmen Wasserstrahl, liebkoste ihre
Haut mit der Seife und ließ seine großen Handflächen
über jeden Zentimeter ihres Körpers wandern. Mehr als
einmal rieben ihre Schenkel an seiner harten Erektion,
aber er schenkte seiner Erregung keinerlei Beachtung. Er
widmete sich voll und ganz ihrem Wohlergehen, und mit
jeder seiner Streicheleinheiten verlor sie ein weiteres Stück
ihres Herzens an ihn.

„Na dann mal los." Mitchell griff nach ihrer Hand und
führte sie aus der Suite.

In der Lobby herrschte große Aufregung. Leute
begrüßten Mitchell und Blake, Fans kreischten in der Ferne
– die Schreie klangen zu weit entfernt, um aus dem Hotel
zu kommen – und Wachleute murmelten Anweisungen,
wo sie entlang gehen sollten.

Der Lärm prasselte auf sie ein, jagte ihren Puls hoch
und ihre Handflächen begannen zu schwitzen. „Mitchell,
ich kann das nicht."

Er drückte ihre Hand. „Ich bin ja bei dir, mein Schatz.
Wir sind gleich da."

Sie gingen schnell und sie hatte Mühe, mitzuhalten.
Dunkle Schatten vernebelten ihr die Sicht und sie klammerte sich Schutz suchend an seine Taille. Sie rechnete
jeden Moment damit, über jemanden oder etwas zu stolpern und sich in der Eingangshalle tollpatschig auf die
Nase zu legen.

„Die Luft ist rein, Süße. Du hast nichts zu befürchten."

Blake klopfte ihr auf die Schulter und seine Aufmunterung war genau das, was sie jetzt gebraucht hatte.

Der Raum um sie herum wurde mit jedem Schritt heller, die Schatten hoben sich stärker vom Licht ab. Um sie herum waren Schrittgeräusche, Schiebetüren öffneten und schlossen sich, das Brummen eines Motors, und noch immer gaben ihnen die Leute von der Security Anweisungen. *Lasst mich vorangehen. Das Auto steht vor der Tür. Du nimmst den Beifahrersitz, Mitch und die Frau steigen hinten ein.*

Der ganze Wirbel überforderte sie und das Atmen fiel ihr mit jeder Sekunde schwerer.

„Zieh den Kopf ein, Allie, und steig ein."

Sie tat wie befohlen, kletterte nach Mitchell ins Fahrzeug und rutschte solange auf der Rückbank entlang, bis sie neben ihm saß.

Niemand sprach während der Fahrt. Das sanfte Rauschen des Radios und das gelegentliche *Klick, Klick, Klick* des Blinkers waren die einzigen Geräusche, die das Schweigen unterbrachen. Als sie sich an ihn lehnte, beruhigte sich ihr Atem langsam; außerdem versuchte sie, mit ihrem Bein nicht an das von Tony, dem Leibwächter, zu kommen, der auf ihrer anderen Seite saß.

„Es dauert nicht mehr lange bis wir da sind", flüsterte Mitchell und liebkoste ihren Hals.

Sie lächelte und drückte seine Hand.

„Ist es für dich noch immer OK, unten allein einen Kaffee trinken zu gehen?"

„Ja. Mach dir keine Sorgen." Alana, die auf keinen Fall etwas durcheinander bringen wollte, hatte verkündet, im Notfall auch im Auto zu warten. Der von Tony vorgeschlagene Kompromiss sah vor, dass sie in der Cafeteria im Erdgeschoss warten würde, bis das 15-minütige Interview zu Ende war.

Mitchell und auch Blake hatten protestiert, aber Alana hätte sich sonst geweigert, mitzukommen. Sie war durchaus in der Lage, alleine einen Kaffee zu trinken und eine Weile lang dem Gerede der wuselnden Menschen zu lauschen. Im Falle eines Problems würde sie eine Kellnerin um Hilfe bitten.

„Ich steige zuerst aus." Tonys tiefe Stimme schreckte sie auf und ihre Herzfrequenz bewegte sich wieder am oberen Anschlag.

„Keine Einwände von meiner Seite", antwortete Blake. „In Bezug auf Fans ist es mir lieber, wenn sie dich angrapschen als mich."

„Grapschen sie wirklich?", murmelte Alana fragend in Mitchells Schulter.

Er schmunzelte. „Leider, sie greifen nach allem, was sie in die Hände bekommen."

Es schauderte sie. „Vielleicht bleibe ich im Auto, bis Tony zurückkommen und mich holen kann."

Er ließ ihre Hand los, streichelte ihre Schultern und zog sie näher zu sich. „Ich werde nicht zulassen, dass dir nochmals was zustößt." Das Bedauern in seiner Stimme war greifbar.

„OK, wir sind da." Das Auto kam zum Stillstand. Als Tony ausstieg, schlug ihnen einen Welle von Schreien entgegen, bevor er die Tür zuknallte.

„Du musst dir wirklich keine Sorgen machen, Süße", beruhigte Blake sie. „Wir sind am Hintereingang des Gebäudes und es sind nur wenige Leute an den Türen. Die Security hat alles unter Kontrolle."

Ein paar Leute? Sie war nicht taub. Statt ihn darauf aufmerksam zu machen, dass es unüberhörbar war, dass halb Richmond versuchte sie mit Sirenengesang zu bezirzen, nickte sie und schluckte die aufsteigende Übelkeit runter. „In Ordnung."

Erst öffnete sich Blakes Tür, dann die von Mitchell. „Ich pass auf dich auf." Er nahm sie bei der Hand und half ihr aus dem Auto. „Sobald wir drinnen sind und die anderen treffen, wird Tony dich in die Cafeteria begleiten.“

Sie fiel den Bordstein hoch, stolperte noch einmal auf dem Weg und seufzte erleichtert, als sie die jammernde Menschenmenge hinter sich ließen und die relative Sicherheit des Gebäudes erreichten.

„So unproblematisch wie ein Groupie bei einem Konzert, oder Al?“

Auch wenn sie bei dem Vergleich zusammenzuckte, musste sie trotzdem lächeln. „Ja. Da muss ich dir wohl zustimmen: So unproblematisch, wie ich annehme, dass Groupies bei solchen Gelegenheiten sind.“

„Mitch?“ Eine weibliche Stimme rief seinen Namen und Alana musste unwillkürlich schlucken. „Seid ihr bereit, nach oben zu gehen?“

„Ja, aber zuerst möchte ich dir jemanden vorstellen. Leah, das ist Alana. Allie, das ist unsere unglaublich talentierte Bandmanagerin Leah.“

„Freut mich, dich kennenzulernen.“ Alana streckte ihre Hand in Richtung des Schattens vor ihr und hoffte auf das Beste. In der nun folgenden unbehaglichen Pause stellten sich ihr die Nackenhaare auf und eine weiche Hand schüttelte ihre eigene kräftig. Sie kommunizierten lautlos hinter ihrem Rücken ... nun, wahrscheinlich direkt vor ihren Augen. Sie spürte es.

„Ich freu mich ... auch, Alana.“ Leahs Worte klangen gestelzt.

„Es gab gestern ein Problem mit dem Arschgesicht, das du gefeuert hast. Er hat eine Glasvase nach mir geschmissen, die neben Alanas Gesicht zerschmettert ist. Momentan kann sie nicht sehen.“

„Was?“ Leah schnappte nach Luft. „Warum weiß ich das nicht? Ich muss über diese Dinge informiert werden, Mitch.“

„Es ist in Ordnung. Beruhige dich. Sie ist hier, damit

ich ein Auge auf sie behalten kann. Ich habe mich um sie gekümmert, weil ich sie schließlich in diese Lage gebracht habe."

Alana verbarg ihre Enttäuschung hinter einem Lächeln, als die beiden sich unterhielten. Bei seinen Worten verpuffte ihre Glückseligkeit. Das war es also gewesen? Er hatte sich um sie gekümmert, als Entschuldigung für die missliche Lage? Wenn dem wirklich so war – das hätte er sich sparen können.

„Ich muss los." Mitchell küsste sie auf die Schläfe.

Sie presste die Lippen zusammen, um ihre Gefühle in Schach zu halten, obwohl ihr verletzter Stolz sie drängte, ihm auszuweichen. „Tschüss." Sie winkte ihm halbherzig nach.

Sie könnte seine Wärme noch immer spüren, während die unscharfen Schatten in ihrer Umgebung mit dem Hintergrund verschmolzen. Hände legten sich fest sie auf ihre Schultern und der dunkle Schleier seines Gesichts tauchte vor ihr auf. „Was ist los?"

Sie schüttelte den Kopf, sie wollte jetzt nicht sprechen. Denn es lag ihr auf der Zunge, dass er aufhören konnte, den Ritter auf dem weißen Pferd zu spielen und Kate Bescheid geben sollte, damit die sie abholen kam.

„Wir haben uns vor weniger als vierundzwanzig Stunden kennengelernt und trotzdem kann schon spüren, wenn etwas nicht stimmt. Bitte sag es mir, sonst kann ich mich nicht auf das Interview konzentrieren und vermassel alles."

Für einen kurzen Moment musste sie grinsen, aber dann fiel ihr wieder ein, warum sie verstimmt gewesen war. „War alles, was zwischen uns war, nur eine Pflichtübung? Der Sex, die Kleidung, die Dusche? Hast du das gemacht, weil du dich schuldig gefühlt hast?" Ihre Stimme kippte beim letzten Wort und sie runzelte die Nase, um die unliebsamen Gefühle zu unterdrücken, die sich ihren Weg bahnen wollten.

Ein schneller, bestimmter Kuss landete auf ihre Lippen und sie erschrak leicht. „Ich habe es schon einmal gesagt – ich rede in deiner Gegenwart jede Menge Blödsinn, weil du mich aus dem Takt bringst. Es klang anders als beabsichtigt." Sein Mund streifte wieder ihre Lippen. Diesmal zarter, gefühlvoller. „Es tut mir leid. Soweit ich weiß, treffen sich alle auf ein paar Drinks im Hotel, sobald das hier vorbei ist. Bis dahin werde ich mich hoffentlich etwas entspannt haben und nicht mehr in jedes Fettnäpfchen treten."

Alana neigte ihren Kopf, um einen weiteren Kuss zu erhaschen. „OK." Er hatte sie zwar nicht überzeugt, aber sie würde jetzt weder wie eine hysterische Tussi aufführen noch ihn einen Lügner nennen. Im Augenblick hatte sie mehr Zeit als ihr lieb war; der Gedanke, mehr davon mit Mitchell zu verbringen, war das Gegenteil von lästig. Sie hoffte nur ihrem armen Herzen zuliebe, dass er die Wahrheit gesagt hat.

„Bist du bereit für den Kaffee?" Tonys Stimme erklang neben ihr und Mitchells Wärme verblasste. Kurz wurde sie bei dem Gedanken, mit einem anderen, fremden Mann mitzugehen, ein wenig unsicher; aber sie unterdrückt die Vorurteile, die ihre Mutter versucht hatte ihr einzutrichtern. Mitchell, Blake und sogar der Sohn der Optikerin waren allesamt ausnahmslos nett zu ihr gewesen. Sie würde sich bemühen, Tony zu vertrauen.

„Absolut." Kaffee würde sie retten. Eine riesengroßer Eimer voll.

Eine Hand nahm die Ihrige und legte sie in der Armbeuge eines kräftigen Arms ab. „Kein Sorge. Ich werde dafür sorgen, dass alles glatt geht." Tony führte sie vorwärts, wobei er langsam ging, damit sie Schritt halten konnte.

„Bis später, mein Schatz." Mitchells Stimme entfernte sich gemeinsam mit seinen Schritten.

Tony brachte sie schweigend ins Café, blieb nur einmal stehen, um die Tür zu öffnen. Drinnen angekommen, machte ihr die Geräuschkulisse Beklemmungen. Stimmen verschmolzen miteinander, manche waren gedämpft, andere laut und nervig. Die Kaffeemaschine zischte, Besteck klapperte, Schritte hallten und es klingelte. Sie musste ihre Augen schließen und sich ihm anvertrauen, während sie versuchte, sich mit gleichmäßigen Atemzügen zu entspannen.

Er streichelte beruhigend ihre Hand. „Hier, Süße, ich habe einen Platz für dich gefunden." Er legte ihre Finger auf die Rückenlehne eines Stuhls.

„Vielen Dank." Bevor sie sich hinsetzte, ertastete sie zur Orientierung erst den Tisch, dann den Stuhl.

„Du sitzt genau vor der Wand, nur ein paar Reihen hinter der Kasse."

Sie nickte. Zumindest wusste sie, wohin sich wenden musste, sollte sie Hilfe brauchen. Aber es würde schon alles gut gehen. Sobald sie einen Kaffee in der Hand hielt, könnte sie entspannt einfach dasitzen und nachdenken. Vielleicht sogar einige der verführerischen Bilder von vorhin Revue passieren lassen.

„Was darf ich dir denn bringen?"

„Einen Cappuccino mit zwei Zucker, bitte." Sie griff nach dem Geld in ihrer Tasche und zog einen Geldschein heraus.

„Bist du sicher, das ist alles ist?", fragte er, wobei seine Stimme zwar schroff, aber auch sehr fürsorglich klang. „Wollen Frauen ihren Latte normalerweise nicht fettarm, mit Sojamilch, Karamellgeschmack, doppelt, entkoffeiniert oder so einen Kram?"

Alana kicherte. Tony war offensichtlich nicht der gesprächige Typ. Sie war ihm dankbar dafür, dass er sich um ihr Wohlergehen sorgte. „Nein. Ich nicht der so-einen-Kram-Latte Typ.“

Er lachte kurz laut auf und tätschelte ihre auf dem Tisch ruhende Hand. „OK. Ein ganz normaler Cappuccino also. Ich gehe ihn jetzt bestellen, kann aber nicht länger bleiben. Ich muss den Ausgang checken und dafür sorgen, dass meine Jungs in Ordnung sind.“

„Kein Problem.“ Sie hob die Hand mit dem Geldschein.

„Das passt schon, Süße. Mitch hat mir bereits einen großzügigen Bonus ausgezahlt, da ist das mit drin. Ich fang langsam an zu glauben, dass er dich wirklich mag.“

Ihr Herz zog sich zusammen und sie hatte keine Ahnung, warum. Vielleicht hatte es etwas damit zu tun, dass andere Menschen sein Interesse an ihr bemerkten, weil sie es nicht mit eigenen Augen sehen konnte, oder weil sie fürchtete, er könnte das Interesse an ihr innerhalb kürzester Zeit wieder verlieren. So oder so spielten sich in ihrer Brust bei dem bloßen Gedanken an Mitchell seltsame Dinge ab.

„Ich werde sie bitten, dir den Kaffee an den Tisch zu bringen und ein Auge auf dich zu haben.“

„Vielen Dank.“

Er ging, ohne ein weiteres Wort zu sagen.

Sie trommelte mit ihren Fingern auf dem Tisch, spielte mit dem Salzstreuer und an ihrem Haar herum. Die Zeit zog sich wie Kaugummi. Ein scharfer Blick war von jeher ihre Stärke gewesen. Nicht nur, weil sie die Dinge klar sah, sondern auch, weil sie die Fähigkeit hatte, Dinge anders wahrzunehmen als andere Menschen. Sie konnte selbst in der langweiligsten Umgebung Schönheit entdecken. Ihre Mutter behauptete, dass sich Alanas Fotos aus diesem Grund so gut verkauften.

Der Verlust ihrer Sehkraft traf sie ins Mark. Sie wollte die Gebäude, die Skyline, die Hügel sehen. Sie brannte darauf, mit ihrer Kamera Augenblicke einzufangen und mithilfe von Spezialeffekten auf ihrem Computer zu perfektionieren.

Um die einsetzende Melancholie zu vertreiben, konzentrierte sie sich auf ihre anderen Sinne. Der Geruch von frisch gemahlenen Kaffee hing in der Luft, die ihre Lungen gierig einatmeten. Zuhause lebte sie von dem Zeug aus dem Supermarkt. Man konnte es trinken, aber es entfaltete nie den köstlichen Duft, der sie jetzt umgab.

Der Lärm verunsicherte sie nicht mehr. Ein älteres Ehepaar unterhielt im Flüsterton zu ihrer Linken und in ihren Stimmen schwang eine gewisse Zerbrechlichkeit mit. Eifrige Frauen im vorderen Bereich des Ladens lachten, offensichtlich war es ihnen egal, dass man ihr Gespräch mithören konnte.

„Ein Cappuccino mit zwei Zucker?", fragte eine weibliche Stimme neben ihr.

„Ja, danke." Sie hörte das Klappern der Untertasse, das Klirren des Teelöffels und dann, wie sich die Schritte der Frau entfernten.

Alana erfühlte ihre Tasse und legte ihre Hände um das warme Porzellan. Als sie den Becher an die Lippen führte, lief ihr ein Schauer über den Rücken. Starrten die Leute sie an? Redeten sie über sie? Sie schob die Paranoia beiseite und nahm einen Schluck Kaffee. Die heiße Flüssigkeit verbrannte ihre Zunge und ihren Rachenraum, und dennoch genoss sie jeden einzelnen Schluck. Ein vollmundiger und cremiger Geschmack mit einem Hauch süßer Perfektion. Sie brauchte keinen doppelten oder entkoffeinierten Kaffee mit Karamell- oder Mokkageschmack – oder wie auch immer Tony es genannt hatte. Schlicht und einfach war göttlich.

Die Zeit verging unendlich langsam. Nachdem sie mit ihrem Getränk fertig war, griff sie nach dem Handy, das in ihrer Hosentasche steckte, überlegte es sich aber wieder anders. Es machte keinen Sinn, nach der Uhrzeit zu schauen, wenn man nichts sehen konnte. Sie seufzte und begann, Fingergymnastik zu machen. Mitchell müsste bald fertig sein.

„Entschuldigung." Die weibliche Stimme kam von dem Tisch zu ihrer Linken. Alana tat so, als hätte sie nichts gehört. „Entschuldigen Sie bitte, aber mein Mann und ich haben uns gerade darüber unterhalten, wie sehr sie jemandem ähnlich sehen, den wir früher kannten."

Der Schatten einer Person bewegte sich näher an ihren Tisch und Alana spürte, dass die Worte an sie gerichtet waren.

„Kommen Sie hier aus der Gegend?" Es war die ältere Frau, die am Nachbartisch gesessen hatte.

„Nein, tut mir leid. Meine Mutter hat vor langer Zeit hier gelebt, aber dies ist mein erster Besuch in Richmond." Nachdem sie mit einem Kopfschütteln zu verstehen gab, dass sie das Gespräch als beendet ansah, hob sie ihre Kaffeetasse an die Lippen, obwohl diese leer war.

Es war eine Weile still, dann ein Flüstern.

„Ich möchte sie wirklich nicht belästigen, aber wie ist der Name Ihrer Mutter?"

Es war Alana unangenehm, dass sie keinen Augenkontakt herstellen konnte; sie ließ ihren Blick gesenkt und lächelte. „Susan Shelton."

Sie hörte, wie ein Stuhl verrückt wurde und sich ein Mann in der Nähe räusperte.

Während sie auf eine Antwort wartete, spielten ihre Finger mit der Kaffeetasse. Die Wahrscheinlichkeit, dass hier jemand ihre Mutter kannte, war gering – trotzdem schien ihr Name das Gespräch zum Erliegen gebracht zu haben.

„Und wie alt bist du, mein Kind?" Jetzt sprach der Mann und seine Stimme klang zerbrechlich und latent erwartungsvoll.

„Ähm." Sie runzelte die Stirn, während sich in ihrem Körper Unruhe ausbreite. „Ich bin ... siebenundzwanzig."

Sie hörte ein Japsen und eine ungute Vorahnung schnürte ihr die Kehle zusammen. „Warum fragen Sie?"

Ein zweiter Stuhl schabte über den Boden. Ein weiterer dunkler Schatten näherte sich ihrem Tisch, nahm ihr den Atem und machte sie klaustrophobisch.

„Kind, ich glaube, du bist unsere Enkelin."

Mitch saß in einem der Plüschsessel im Konferenzzimmer des Radiosenders und wich Fragen zu Alana aus, während sie darauf warteten, ins Studio gebeten zu werden. Er bedachte Blake mit einem düsteren Blick und überlegte, wie er ihm heimzahlen konnte, dass er unablässig Öl ins Feuer goss.

„Wenn sie blind ist, was zum Teufel hast du die letzten zwölf Stunden mit ihr gemacht?", fragte Ryan.

„Beten", antwortete Blake schmunzelnd.

Sean, Mason, Ryan und sogar Leah sahen ihn alle mit dem gleichen ungläubigen Gesichtsausdruck an.

„Beten?", Leahs Augen weiteten sich.

„Ja, wirklich", fuhr Blake fort. „Die Schlafzimmertür war geschlossen und Alana rief Gott, Jesus und jeden anderen geistigen Führer an, den es so gibt."

Schnaubendes Gelächter erfüllte den Raum.

Mitch blieb ruhig sitzen, mit gekreuzten Armen und hochgezogenen Augenbrauen. Die dummen Sprüche würden noch eine ganze Weile anhalten.

„Ich bin mir nicht sicher, was Mitch gemacht hat, aber ihre Religion klingt nach einer Menge Spaß."

„Ich wette, es ist spannender als sich zu den Pornos auf deinem Laptop einen runterzuholen", schoss Mitch zurück.

Blake feixte. „Jetzt, wo du es sagst – ihr begeistertes Stöhnen war ein toller Soundtrack zu meinem Handbetrieb."

„Du bist ein Arsch", knurrte Mitch und schaute weg, um sein Lachen zu unterdrücken. Das Arschloch hatte immer das letzte Wort.

„Ernsthaft Mitch, ich hoffe, du hast das Mädchen nicht verführt, während sie in so einer verwundbaren Lage ist." Wenn Leah es so ausdrückte, klang es schändlich. „Sie wird den Medien eine tolle Geschichte auftischen können, wenn der Spaß erst vorbei ist. Das könnte sich in einen PR-Albtraum verwandeln."

Alana war nicht der Typ, der diese Art Aufmerksamkeit suchte; allerdings hatte er diesbezüglich schön früher daneben gelegen. Frauen brachten ihn durcheinander, vor allem, wenn sein Schwanz beteiligt war. Aber er war sich sicher, Alanas Wesen richtig einschätzen zu können. Er war überzeugt, dass sie nicht bei der erstbesten Gelegenheit zur Boulevardpresse laufen würde. „Ich vertraue ihr."

Er tat es wirklich. Aus irgendwelchen seltsamen Gründen, die durchaus mit seinen Hormonen zu tun hatten, vertraute er ihr voll und ganz. „Sie wird keinen Ärger machen."

Tony stiefelte an den Fenstern des Konferenzraums vorbei und öffnete die Tür, wodurch die Fixierung auf Mitchs Liebesleben unterbrochen wurde.

„Wie geht es ihr?", fragte er, noch bevor Tony ein Wort gesagt hatte.

Mason stöhnte auf, was Mitch ignorierte. Sie konnten ruhig mitbekommen, dass er sich Sorgen um ihr Wohlbefinden machte. Er hatte Gefühle für sie und musste zugeben, dass er ihre Verletzlichkeit und die Art, wie sie sich auf ihn verließ, genoss. Ihr Bild geisterte noch immer durch seinen Kopf, ihr Lächeln, ihre Grübchen, ihre wunderschönen hellgrünen Augen. Er konnte es kaum erwarten, nach unten zu gehen und sie wiederzusehen.

„Sie war in Ordnung, als ich sie vor zehn Minuten verlassen habe." Tony zuckte mit den Schultern. „Ich hab ihr einen Kaffee bestellt und sie schien glücklich zu sein, dort zu sitzen und zu warten."

Mitch nickte ihm dankend zu.

„Da waren drei Jungs, die sie unter die Lupe genommen haben. Ich bin sicher, dass sie ihr Gesellschaft leisten werden, wenn sie sich einsam fühlen sollte."

Mitch rutschte auf die Stuhlkante setzte sich aufrecht hin. „Was?" Er umklammerte die Tischplatte, bereit, aufzuspringen, als Tonys Gesicht von einem breiten Grinsen erfasst wurde.

„Du magst sie wirklich, was?", fragte Mason schmunzelnd. „Oh, das wird ein Heidenspaß."

Mitch war da ganz anderer Meinung. Sie hatten das alle schon durchgemacht. Ryan hatte früher unbändig für seine Frau Julia geschwärmt. Sean war noch immer nicht über die letzte Frau hinweg, die sein Herz gebrochen hatte und Mitch war sich ziemlich sicher, dass der Grund, warum Blake so viel Zeit mit seinem Laptop verbrachte, ebenfalls eine Frau war.

Er sparte sich die Antwort. Sie würden ihm sowieso das Wort im Mund umdrehen, damit sie drüber lachen konnten. Leider war das ein Ritual, ein Ausdruck ihrer Freundschaft und Mitch nahm an, dass er einiges würde einstecken müssen, als Ausgleich für die dummen Kommentare, die er über die Jahre ausgeteilt hatte.

Es klopfte an der Tür und Jenny Jay, die lokale Radiomoderatorin, steckte ihren Kopf durch die Tür. „Kann es losgehen?"

Leah stellte sich neben ihn, als er sich von seinem Stuhl erhob. „Ich werde mal nach Alana schauen gehen, während ihr hier beschäftigt seid. Vielleicht kann ich sie ja überreden, mit mir hoch zu kommen. Auf diese Weise können wir direkt nach dem Interview abhauen und so jegliches Fan-Drama vermeiden.“

„Danke.“ Er fuhr sich mit beiden Händen durchs Haar und atmete tief ein. „Los, bringen wir den Scheiß hinter uns.“

Die Mitglieder von Reckless Beat folgten Jenny den Flur hinunter und betraten das kleine Studio, während die Bodyguards an der Rezeption warteten. Sie hatten schon so viele Radioauftritte hinter sich, dass Mitch sich geistig ausklinkte, als Jenny den Ablauf erklärte.

Seine Haltung änderte sich auch nicht, als sie live waren. Mason beantwortete stets den Großteil der Fragen. Er war der Leadsänger und bei den Fans am beliebtesten. Der Rest von ihnen würde mittels Handgeste signalisieren, wenn sie etwas Bestimmtes loswerden wollten; Leah war zufrieden, solange jeder mindestens einmal was sagte.

Heute hoffte Mitch, dass die Hörer mit seinem „Hallo“ zufrieden sein würden.

„Also, Mitchell –“ Er zuckte zusammen, als Jenny Jay seinen Namen sagte. „– die Zeitung berichtet von einer weiteren heroischen Szene. Offenbar hast du gestern Abend einen eurer Fans gerettet. Wie fühlt es sich an, wieder mal wegen der Rettung einer schönen Frau im Rampenlicht zu stehen?“

Er lachte unbehaglich, weil er keinen Schimmer hatte, was zum Teufel er sagen sollte. Da er die Zeitung nicht gesehen hatte konnte er nur raten, auf welche Weise die Arschlöcher die Wahrheit verzerrt haben würden.

„Ähm, gut ... würde ich sagen.“ Na bitte, er hatte seine Schuldigkeit getan.

„Ich habe gehört, dass du die Nacht damit verbracht hast, dich um besagte Frau zu kümmern, und sie in den frühen Morgenstunden schnellstmöglich zum Arzt gebracht hast. Ist das eine weitere Situation, in der du einer Frau in Not einfach helfen musstest?“

Blake schnaubte leise neben ihm und Mitch wollte es ihm gleichtun. Dieses verdammte Interview würde ihn für den Rest seines Lebens verfolgen.

„Ich denke, dass die meisten Menschen einer Frau in Not Hilfe anbieten würden. Alana ist unverschuldet in diese Situation geraten und war hinterher nicht in der Lage, allein zurechtzukommen. Das war einfach nur recht und billig.“ Er nickte nachdrücklich und war mit seiner Antwort zufrieden.

Jenny Jay lächelte ihn an, bevor sie sich mit ihrer nächste Frage zu den Gerüchten um seine scheiternde Ehe an Ryan wandte.

Halleluja. Dieses eine Mal hatte er sich nicht selbst weiter reingeritten.

Blake beugte sich zu ihm rüber und hielt das vor ihnen stehende Mikrofon zu. „Junge, wird Leah sauer sein, dass du diese PR-Gelegenheit nicht beim Schopf gepackt hast.“

Mitch stieß die Schulter seines besten Freundes weg und ignorierte den Kommentar. Leah schuldete ihm noch was für den letzten PR-Albtraum. Außerdem war ihm die Reaktion ihrer Managerin sowieso egal. Seine Aufmerksamkeit galt der Frage, wie er Alana überreden konnte, eine weitere Nacht mit ihm zu verbringen.

Ihn überkam ein beklemmendes Gefühl, das er versuchte, wegzuschieben. Er musste sie noch ein wenig länger im Arm halten, um sich ihre Gesichtszüge einzuprägen – und etwas mehr Zeit zum Beten wäre natürlich auch nicht schlecht. Das einzige Problem – er war sich recht sicher, dass sie nicht so einfach zu überzeugen war.

Kapitel Neun

„KIND, ich glaube, du bist unsere Enkelin.“

Als sich eine Hand auf die Alanas Hand legte, verzog sie das Gesicht. „Es tut mir leid, aber Sie irren sich.“ Sie zog ihre Hand unter dem Gewicht der anderen hervor. „Meine Großeltern sind schon verstorben.“

Der älteren Frau entfuhr ein leises Schluchzen.

„Schhh, schhh“, beruhigte sie der Mann. „Wie heißt Du?“

Alana kräuselte die Stirn und warf einen Blick über ihre Schulter, in der Hoffnung, die Kellnerin würde sie retten. Zuhause war sie jeden Tag gebrochenen Menschen ausgesetzt. Sie erkannte den Tonfall von Herzschmerz und die Zerbrechlichkeit einsamer Menschen. Sie hatte früh gelernt, Trost zu spenden. Aber das hier war anders. Ohne ihr Augenlicht würde es ihr nicht möglich nicht, diesen Menschen das zu geben, was sie brauchten. Sie war nicht in der Lage, sie zu beschwichtigen. Sie war selbst verwundbar und mit jedem Mal, das sie den Mund aufmachten und sie wie ein Kind behandelten, wuchs ihre innere Anspannung.

„Alana“, antwortete sie und rieb die Müdigkeit aus

ihren Augen. Sie wünschte, sie könnte ihnen helfen, ihre Einsamkeit zu lindern oder was auch immer sie belastete. Aber sie war dafür nicht die richtige Person. Ihr Verstand war von den Ereignissen der letzten vierundzwanzig Stunden erschöpft. Ihre Sinne waren bereits in höchster Alarmbereitschaft – weil sie nicht sehen konnte und wegen der erst kürzlich entdeckten Lust. Was auch immer sie suchten, es hatte nichts mit ihr zu tun. Sie würde vielleicht mehr schaden als nutzen.

„Was ist mit deinem Vater, Alana?" Die Stimme der Frau versagte.

Sie verkrampfte. Es war Zeit, das Gespräch zu beenden. Sie ergriff mit beiden Händen die Ecken des Tischs und erhob sich. Sie wusste nicht, wohin sie gehen oder wie sie da hinkommen würde, aber hier konnte sie nicht bleiben. „Es tut mir leid. Ich bin nicht die Frau, die Sie suchen. Wenn Sie mich jetzt bitte entschuldigen würden –"

Der Mann hielt sie am Handgelenk fest. „Dein Vater ist unser Sohn."

Sie kochte vor Wut. Er hatte kein Recht, sie anzufassen. Kein Recht, seine Männlichkeit einzusetzen, um sie wortlos zu bedrohen.

Verdammt. Ihre Mutter drängte sich wie ein Sturzbach in ihre Gedanken. Ihre Albträume wurden Realität.

Sie richtete sich auf und blickte in Richtung des Mannes. Sie konnte seine Gesichtszüge nicht ausmachen, nur erkennen, dass eine Frau neben ihm stand.

„Mein Vater ist ein Vergewaltiger", zischte sie und machte sich auf den Aufschrei gefasst.

Es kam nicht.

„Kind, setz dich bitte, damit wir das besprechen können", flehte er sie an.

Alana runzelte die Stirn und klammerte sich mit zitternden Händen am Tisch fest. Warum waren sie nicht schockiert? Warum waren sie von ihrer Aussage nicht angeekelt?

Sie schüttelte verwirrt den Kopf und versuchte, sich von der aufsteigenden Furcht nicht überrollen zu lassen. „Meine Großeltern sind tot", flüsterte sie. „Mein Vater war ein Vergewaltiger." Diese zwei Sätze wurden ihr als Kind immer und immer und immer wieder vorgesagt, bis sie schließlich aufhörte, nach ihrer Familie zu fragen.

„Es stimmt, unser Sohn hat einige bedauerliche Dinge getan. Aber ich versichere dir Alana, wir sind deine Großeltern."

Ihr wurde übel. Das passierte gerade nicht wirklich. Es konnte nicht wahr sein.

„Es tut mir leid." Sie blinzelte, den Blick starr geradeaus gerichtet; sie konnte den Worten eines Fremden nicht mehr Glauben schenken, als dem, was ihr ihre Mutter ihr ganzes Leben lang gepredigt hatte. Mit tauben Beinen schob ihren Stuhl zurück und ging um den Tisch herum, wobei sie das Paar bei ihrem Fluchtversuch anrempelte.

„Bitte, Alana", sagte die Frau mit erstickter Stimme.

Sie blieb nicht stehen. Mit ausgestreckten Fingern stolperte Alana vorwärts, kollidierte mit Tischen und Stühlen, stieß dabei Geschirr um und erntete dafür unwirsche Bemerkungen. Ihr Blickfeld erhellte sich mit jedem Schritt, wodurch sie zur Vorderseite des Cafés gelangte. Das Unbekannte als Zufluchtsort.

„Wo ist die Tür?" fragte sie verzweifelt.

Eine sanfte Hand legte sich auf ihre Rücken und erschreckte sie. „Nur noch ein paar Meter", antwortete der ältere Mann.

Sie wich seiner Berührung aus. Sie mussten Hochstapler sein. Manipulatoren. Und da sie nichts sehen konnte, war sie leichte Beute.

„Lassen Sie mich in Ruhe!" Sie sah böse über ihre Schulter und hoffte, dass ihr Blick sein Ziel treffen würde.

Der Lärm im Café verebbte zu einem Flüstern, bevor er weitersprach. „Entschuldigen Sie, mein Herr, könnten Sie der jungen Dame bitte nach draußen helfen?"

Jetzt wollte er ihr helfen? Das machte alles keinen Sinn.

Ein weiterer Stuhl wurde zurückgeschoben.

„Kein Problem." Die Stimme klang jünger und angenehmer als die des Mannes, der sie langsam wirklich ängstigte. Vielleicht war die Abneigung ihrer Mutter doch gerechtfertigt und man musste sich vor allen Männern in Acht nehmen.

Nein. Sie schob den Gedanken weit weg. Nicht Mitchell. Eine innere Stimme sagte ihr, dass sie vor dem, was sie letzte Nacht erlebt hatte, nicht weglaufen konnte. Sie durfte die ergreifenden Momente, die sie geteilt hatten, nicht schmälern.

Eine weiche Hand umfasste ihr Handgelenk und sie kämpfte gegen die Angst an, die bei seiner Berührung aufflackerte. Sie war noch nie so verletzlich oder schwach gewesen. Ihre Mutter hatte ihr beigebracht, sich zu verteidigen, einen Angreifer abzuwehren. Aber als sie jetzt neben jemanden stand, der zu alt und gebrechlich klang, um überhaupt ins Schwitzen zu kommen, zitterte sie am ganzen Körper.

„Vorsicht, Stufe." Der jüngere Mann führte sie in die warme Brisc hinaus.

Aus der Entfernung kam das Geräusch von vorbeifahrenden Autos. Auf ihrer Linken hörte sie Frauen Masons Namen kreischen und Fans skandierten pausenlos „Reckless Beat". Absätze klickten, Männer sprachen, Telefone klingelten. Die Orientierungslosigkeit machte sie schwindlig. Ihr Mund wurde trocken. Statt zusammenzubrechen, setzte sie ein falsches Lächeln auf und neigte ihren Kopf zu ihrem Helfer. „Vielen Dank."

Er ließ ihr Handgelenk los. „Gern geschehen.“

Dann war er verschwunden. Und sie war allein.

Sie schloss die Augen, atmete tief ein und versuchte, ihre Position zu bestimmen. Hinter ihr befand sich das Gebäude. Sie konnte einen Schritt zurückgehen, an der Außenseite entlang nach einem anderen Eingang suchen und um Hilfe bitten. Oder sie tat das, was sie von Anfang an hätte machen sollen.

Egal, wie unbeschreiblich die letzte Nacht auch gewesen war, die Rolle der Geliebten von Mitchell Davies war nichts für sie. Der Morgen mit ihm hatte seinen Zweck erfüllt – sie hatte etwas Unvergessliches erlebt – und nun war es an der Zeit, ihn zu verlassen, bevor sie sich weiter in ihn verliebte. Sobald sie einen ruhigen Ort gefunden hatte, würde sie Kate anrufen und diesem Ort entfliehen. Dem Chaos und dem erstickenden Gefühl.

Sie atmete ganz tief aus, drehte sich um und machte den dunklen Schatten der Fassade aus. Um nicht zu stolpern, machte sie zögerliche kleine Schritte auf das Gebäude zu. Ihre ausgestreckten Finger berührten die kalte Glasscheibe und sie tastete sich daran entlang. Sie ging langsam weiter, bis ihre Hand abrutsche und unerwartet ins Leere griff.

Sie unterdrückte einen Aufschrei, als sie das Gleichgewicht verlor. „Verdammt noch mal.“ Um den einsetzenden Schwindelanfall abzufangen, lehnte sie sich an das Gebäude und beugte den Kopf vor, bis sie wieder gleichmäßig atmen konnte.

Nachdem sie die aufsteigenden Tränen runtergeschluckt hatte und der Schwindel nachließ, bog sie um die Ecke. Anstatt Glas ertasteten ihre Handflächen nun einen rauen Untergrund, Zement oder Stein. Als die Geräuschkulisse weniger wurde, ließ sie sich mit dem Rücken an der Wand auf den Boden rutschen. Ihr Hintern schlug schmerzhaft auf dem harten Beton auf und es fühlte sich

an, als habe sie im wörtlichen Sinne den absoluten Tief-
punkt erreicht. Sie schloss die Augen, stützte die Ellbogen
auf ihre Knie und bedeckte ihr Gesicht mit den Händen,
um den drohenden Nervenzusammenbruch abzuwehren.

Ihre Brust bebte und mit jedem Atemzug wuchs ihre
Beklemmung. Irgendetwas stimmte nicht. Ihre Gedanken
wanderten zurück zu der Reaktion des Paares. Sie hatten
nicht protestiert, als sie die Vergewaltigung erwähnte. Und
hatten die Familienbande trotzdem bekräftigt.

Was, wenn er kein Betrüger war und die Wahrheit
gesagt hatte?

Sie schüttelte den Kopf, fest entschlossen, die Nerven
zu behalten. Sie ließ ihre Hände fallen und beugte sich zur
Seite, um ihr Handy aus der Hosentasche zu fischen. Kate
würde sie aufzumuntern. Das tat sie immer. Es konnte
nicht mehr lange dauern, bis ihre Freundin Feierabend
machen würde. Dann würden sie zusammen nach Hause
gehen und sich bei ein paar Cocktails entspannen, wie sie
es seit einem Monat geplant hatten.

Sie hielt das Gerät in der Hand und mit jeder Sekunde,
die sie auf den schwarzen Schatten starrte, ging ihr Puls
schneller. Warum hatte sie die Spracherkennungsapp nicht
eingerichtet? Sie konnte die dunklen Farbtöne ihrer Jeans
erkennen, den hellen Flaum auf ihrem Arm, aber nur
einen großen schwarzen Fleck, wo ihr Handy sein sollte.

Mit geschlossenen Augen entsperrte sie den Bildschirm
mit ihrem Fingerabdruck. Das war der einfach Teil, den sie
schon tausendmal ohne nachdenken oder hinsehen ausge-
führt hatte. Der nächste Schritt gestaltete sich schwieriger.
Es waren nicht viele Kontakte in ihrem Adressbuch gespeichert, aber sie hatte einfach keine Ahnung, wo sich Kates
Name befand oder wie weit sie scrollen musste, um dorthin
zu gelangen.

Sie legte den Finger in die untere linke Ecke, wo das
Buchsymbol war, dass sie zu den gespeicherten Nummern

führen würde. Mit einem tiefen Atemzug fing sie an, langsam zu scrollen und versuchte, jeden einzelnen Namen aufzuzählen und sich vorzustellen, wie groß die jeweiligen Symbole waren. Als die Stelle erreichte, die ihre Meinung nach ungefähr passen müsste, drückte sie den Bildschirm und dann nochmals dort, wo sie das Symbol für den Telefonhörer vermutete.

Sie hielt das Handy an ihr Ohr und wartete auf den Klingelton.

Nichts.

Sie nahm das Telefon wieder herunter, hielt sich das Gerät direkt vor die Augen und versuchte vergeblich zu erkennen, wo sie drücken musste. Sie konnte die Buchstaben nicht entziffern. Erneut drückte sie blind auf den Bildschirm und legte ihn an ihr Ohr.

Sie hielt den Atem an und seufzte erleichtert, als die Verbindung aufgebaut wurde.

Es klingelte einmal, zweimal.

„Alana.“

Mist.

„Mama?“

So nah dran. Kates Name stand direkt über dem ihrer Mutter.

„Was ist passiert?“ Vom anderen Ende der Leitung schwappte ein Anflug von Panik herüber. „Ich habe vorhin erst mit Kates Mutter telefoniert und sie erzählte mir, dass du auf der zweiten Seite der Richmonder Zeitung stehst.“

Heilige Scheiße. Sie hatte ein Leben zurückgelassen, in dem niemand von ihrer Existenz wusste und jetzt machte sie Schlagzeilen in der Zeitung ... solche, die sie nicht sehen konnte.

„Ähm ...“ Alana hatte nichts zu erzählen, was ihre Mutter für gut befinden würde. Es gab keinen Trost, kein einziges Wort, das ihre hyperanalytische Mutter irgendwie würde besänftigen können.

„Ich habe dir versprochen, dass ich nicht anrufen würde; deshalb hat Patty im Internet nachgesehen. Wir haben die Richmonder Radiostation eingeschaltet und dem Mann zugehört, der in der Sendung über dich geredet hat, Alana. Er hat deinen Namen erwähnt."

Mitch hatte während seines Interviews über sie gesprochen? Neben der Panik und Verletzlichkeit machte sich ein anderes Gefühl in ihrer Brust breit, weitaus greifbarer als jemals zuvor. Sie wollte ihre Mutter fragen, was er gesagt hatte, aber das Thema war zu gefährlich.

„Wie sind meine Großeltern gestorben, Mama?"

„Wie bitte? Alana, der Mann hat gesagt, dass du verletzt wurdest und er sich die ganze Nacht um dich gekümmert hat. Was bedeutet das? Geht es dir gut? Hat er dir wehgetan?"

Sie konnte nicht sagen, ob die Panik ihrer Mutter verstärkt wurde, weil Alana ihre Fragen nicht beantwortete oder weil sie ihre verstorbenen Großeltern erwähnt hatte. „Ich habe vor Kurzem ein älteres Ehepaar getroffen. Sie haben versucht, mich davon zu überzeugen, dass sie Eltern meines Vaters sind."

Stille.

„Mama?"

„Du solltest nach Hause kommen."

Nein. Abgesehen von ihrer Sehbehinderung liebte sie die Freiheit weit weg vom Frauenhaus. Sie hatte schon eine Menge aus ihren Erfahrungen gelernt. Männer waren keine schrecklichen Wesen. Nun, jedenfalls die meisten. Sie hatte realisiert, dass sie nicht lesbisch war – was, ehrlich gesagt, ein Bonus war – und sie dachte darüber nach, ihren Aufenthalt in Richmond zu verlängern. Außerordentlich zu verlängern.

„Wie sind meine Großeltern gestorben?" Sie umklammerte das Gerät und betete, dass sie eine ehrliche Antwort bekam.

„Ich will das nicht über das Telefon besprechen. Wenn du nach Hause kommst, können wir uns hinsetzen und darüber reden." Ihre Mutter klang unnachgiebig, ihre kurzzeitige Panik war Entschlossenheit gewichen.

„Mama ..." Alana schluckte den Kloß in ihrem Hals hinunter. „Sag mir nur das: Leben meine Großeltern noch?"

Während sie abwartete, hörte sie nichts als das Rauschen der Autos und das Raunen der Leute in der Ferne.

„Ich weiß es nicht", flüsterte ihre Mutter.

„Du weißt es nicht?" All die Jahre hatte sie gehofft, dass sie irgendwo außerhalb des zurückgezogenes Lebens im Frauenhaus noch Familie hatte – und man hatte ihr gesagt, dass sie allein waren. Dass ihre Mutter die einzige Person in ihrem Leben war. „Du weißt es nicht?", wiederholte sie lauter. „Du hast mir erzählt, dass sie tot sind. Du hast mir seit meiner Kindheit erzählt, dass ich keine weitere Familie habe."

„Alana, bitte. Komm nach Hause und wir können darüber reden."

Nach Hause? Zuhause war kein Ort, der von Lügen und Täuschung geprägt war. Zuhause war ein Ort voller Wärme, Liebe und Ehrlichkeit. Und anscheinend ein Ort, den sie noch nie besucht hatte.

„Nein." Sie rieb ihre Stirn, um die pochende Anspannung zu lindern. „Ich werde auf keinen Fall nach Hause kommen." Sie hatte ihr eigenes Geld. Nicht viel, aber es wäre genug, um sich für eine Weile in Richmond aufzuhalten und herauszufinden, wo und wie sie in Zukunft leben wollte. „Ich melde mich wieder."

„*Nein.* Warte."

Ihre Mutter hatte keine Anhörung verdient. Alana hatte aus Liebe zu der Frau, die sie großgezogen hatte, vieles hingenommen. Aber das hier würde sie nicht mitmachen. Nicht jetzt. Niemals. „Mach's gut, Mama." Sie nahm das Telefon vom Ohr und drückte mehrmals auf das Display, um die Verbindung zu beenden. Sie hatte also keine Möglichkeit, mit Kate in Kontakt zu treten und keine Ahnung, wie sie Mitchell finden sollte.

Fantastisch.

Sie drückte sich von der Wand ab, um aufzustehen und schüttelte ihre Arme, um die Verunsicherung loszuwerden, die sie ganz zittrig machte. Sie würde das schaffen.

Ein Mann räusperte sich wenige Schritte von ihr entfernt; es war das lauteste Geräusch auf dieser Seite des Gebäudes, seitdem sie sich hier versteckt hatte. In Alarmbereitschaft drehte sie ihren Kopf schnell in die Richtung, aus der es kam.

„Alana, es tut mir leid."

Sie stieß die Luft aus, die sie instinktiv angehalten hatte. Der ältere Mann bewies mehr Entschlossenheit, als sie erwartet hatte.

„Mir war bei unserem Zusammentreffen im Café vorhin nicht bewusst, dass du nichts sehen kannst. Ich wollte dich nicht so erschrecken, dass du wegläufst. Ich bin dir nur nachgegangen, um sicherzugehen, dass es dir gut geht."

„Es ist in Ordnung." Sie versuchte zu lächeln. Der Mann, der gut und gerne ihr Großvater sein konnte, war ihr einziger Verbündeter bei der Suche nach Mitchell oder der Kontaktaufnahme mit Kate. Vielen Dank, Schicksal.

In einiger Entfernung schrien die Frauen lauter, hysterischer und skandierten unverständliche Worte. Ihre Panik kam zurück. Das Interview mit Reckless Beat musste beendet sein und die Band war wahrscheinlich in der Lobby oder dabei, diese zu verlassen, was die Menge zum Ausflippen brachte.

„Darf ich dich hinbringen, wo du hin musst?" Seine Stimme kam näher.

Sie nickte und machte blind einen Schritt vorwärts. Mitchell konnte unmöglich herauskommen, um nach ihr zu suchen. Es wäre Selbstmord ... durch Grapschen. Seine Leibwächter würden ihn eventuell sogar dazu ermutigen, ohne sie zum Hotel zurückzukehren.

Sie wusste, dass er sie mochte. Das hatte er mehr als deutlich gezeigt. Trotzdem wäre er nicht in der Lage, die Straßen abzusuchen, wenn dort kreischende Frauen und Fans bereit waren, ihn zu Boden zu werfen, um ihn zu berühren.

„Ja, bitte. Ich muss mich beeilen."

„Mitch, ich konnte sie nicht finden."

In Leahs Augen war ein Anflug von Panik zu sehen, der ihm unter die Haut ging und seinen Puls unkontrolliert beschleunigte.

„Was heißt das, du konntest sie nicht finden? Sie ist in der Cafeteria im Erdgeschoss."

Sie schluckte und schüttelte den Kopf. „Alana ist nicht dort."

Er erhöhte das Tempo, mit dem er den Flur des Radiosenders durchschritt und Leah hatte Schwierigkeiten, mitzuhalten.

„Was ist passiert?", fragte Blake hinter ihnen.

„Alana ist verschwunden", sagte er über seine Schulter, ohne langsamer zu werden. „Ich werde sie finden."

„Du kannst hier nicht einfach ohne Begleitung rumlaufen, Mitch." Leah hielt ihn am Oberarm fest und versuchte, seinen Vorwärtsdrang zu bremsen, aber er blieb erst stehen, als er den Aufzug erreichte. „Da draußen wartet eine Meute. Die werden dich mit Haut und Haaren verschlingen."

Er schlug mit seinem Finger auf den Abwärts-Knopf

und drehte sich zu Blake um, der ihn besorgt ansah. Aus dem Hintergrund kamen Mason, Sean, Ryan und Tony zusammen mit den anderen zwei Leibwächtern auf sie zu, die an der Rezeption gewartet hatten.

„Warum so eilig?“ Ryan blieb neben ihm stehen.

„Alana ist nicht im Café. Ich weiß nicht, wo sie ist.“

„Vielleicht hat sie ein besseres Angebot bekommen.“ Mason kicherte, hörte aber auf zu grinsen, als Mitch ihn wütend anstarrte. „Tschuldigung“, murmelte er und sah weg.

„Was hast du vor?“, fragte Sean.

„Ich werde sie finden.“ Er drehte sich zum Aufzug um und trommelte ungeduldig immer wieder auf den Abwärts-Knopf.

„Das kannst du nicht machen“, meldete sich Leah zu Wort.

„Das werden wir ja sehen“, fauchte er zurück, wonach ein unbehagliches Schweigen eintrat.

„Jetzt mal mit der Ruhe, Pantoffelheld.“ Mason brach das Schweigen. „Wie wäre es, wenn Dan und Pete –“ er winkte die beiden anderen Leibwächter heran „– mit mir, Sean und Ryan nach draußen gehen. Die Gebäudesicherheit ist bereits dort, also sollte der Hype beherrschbar sein.“ Mason sah, wie Leah den Kopf schüttelte, schenkte ihrer Ablehnung aber keine Beachtung. „Wir plaudern mit den Fans, geben ein paar Autogramme und halten sie bei Laune, während du, Blake und Tony nach ihr suchen geht. Weit kann sie ja nicht gekommen sein, schließlich läuft sie rum wie Stevie Wonder.“

Der Aufzug war da. Mitch wartete nicht ab, bis sich die Türen ganz geöffnet hatten, bevor er vortrat und sie auseinander drückte. „Das würde helfen, aber ob mit oder ohne euch – ich werde sie finden.“

„Komm runter, Einzelkämpfer, wir sind hier nicht an

der Front." Sean grinste, als er den anderen in den Aufzug folgte. „Vielleicht ist sie ja noch im Gebäude."

Mitchs Finger würden einen Krampf bekommen, wenn er dem Drang, ihnen den Stinkefinger zu zeigen, jedes Mal nachgeben würde. Warum mussten sie alle den lieben langen Tag solche Klugscheißer sein? Und warum waren sie so gut darin?

„Nun, seine Sicherheit ist auf jeden Fall in Gefahr", nörgelte Leah.

Sie fuhren schweigend nach unten, während ihm das Blut in den Adern gefror. Wo war sie? „Hast du in den Toiletten nachgeschaut?"

„Ja", antwortete Leah. „Ich habe jede Kabine überprüft. Ich habe rausgeschaut und zweimal in der Lobby nachgeguckt."

Mist.

Als der Aufzug seine Ankunft im Erdgeschoss signalisierte, wartete er ungeduldig, bis sich alle in Bewegung gesetzt hatten.

„Wir gehen raus und ziehen das durch", sagte Mason, als draußen ein lautes Geschrei einsetzte. „Wir treffen uns hier drinnen wieder in 15 Minuten."

„Ich komme erst zurück, wenn ich sie gefunden habe." Mitch verließ ihren provisorischen Kreis, um mit der Suche zu beginnen. Eine Hand packte ihn am Oberarm und hielt ihn fest.

„Wir treffen uns hier wieder in 15 Minuten, und wenn du sie bis dahin nicht gefunden hast, überlegen wir zusammen, was zu tun ist." Mason sah ihn besorgt an. „Mach keine Dummheiten, Mitch. Du wirst sehen, es geht ihr gut."

Mitch senkte seinen Kopf und Mason ließ ihn los. „Bis in 15 Minuten."

Er joggte in einem gleichmäßigen Tempo, als er jeden Quadratzentimeter der Lobby überprüfte, aus jedem

Fenster spähte, jeden Flur absuchte. Die Frau an der Information hatte Alana nicht gesehen. Die Frauen in der Damentoilette ebenfalls nicht und sie waren nicht begeistert, als er jede einzelne Kabinentür aufstieß, um selbst nachzuschauen. Oder vielleicht war es auch seine Anwesenheit, zusammen mit der von Blake und Tony, in einer Damentoilette, die sie sauer machte.

Es kümmerte ihn nicht.

Er musste Alana finden.

Jetzt.

Das Bedürfnis, sie zu sehen, ließ sein Herz mit jedem Schritt schneller schlagen. Er musste sich vergewissern, dass sie in Ordnung war, dass diese wunderschönen Grübchen beim Klang seiner Stimme noch aufblitzen würden.

Er stürmte durch die innere Eingangstür ins Café, seine Gefolgschaft im Schlepptau. Tony sprach mit der Barista, während er gleichzeitig jedem, der ihm und Blake zu nahe kam, mörderische Blicke zuwarf. Er schaffte es sogar, die atemlosen Fans, die um Autogramme baten, mit einem nachdrücklichen Kopfschütteln von ihnen fernzuhalten. Der Mann hatte einen weichen und lieblichen Kern, aber nach außen hin war er eine angsteinflößende Bulldogge.

„Sie ist vor einer Weile gegangen", sagte die Dame hinter dem Tresen mit einem beunruhigten Gesichtsausdruck. „Ich glaube, es gab ein Problem –"

„Problem?" Mitch hatte nicht vorgehabt, zu schreien. Wirklich, hatte er nicht. Es waren das Adrenalin und Angst, die ihn dazu brachten, es zu übertreiben.

Die Frau machte ein langes Gesicht. „Tut mir leid, wir hatten viel zu tun und ich hatte keine Zeit, nachzufragen, ob sie Hilfe brauchte. Sie ist zur Vordertür rausgegangen und hat zu einem älteren Herrn gesagt, dass er sie in Ruhe lassen soll. Seitdem habe ich sie nicht mehr gesehen."

Panische Gedanken schossen ihm durch den Kopf. Was wollte ein alter Mann von Alana?

„Ist er ihr gefolgt?", fragte Blake.

Die Frau nickte. „Ich denke schon." Sie hob ihre Hände. „Wie gesagt, es tut mir leid."

„Es ist nicht Ihre Schuld", fügte Mitch hinzu und entfernte sich in Richtung der vorderen Türen.

„Warten Sie."

Er hielt an und drehte sich wieder um. Blake und Tony machten es ihm nach. Die Frau stand auf Zehenspitzen und blickte suchend über ihre Köpfe hinweg. „Ich glaube, die Dame dort gehört zu ihm."

Alle drei folgten ihrem Blick. In der dritten Reihe vom Fenster saß eine Frau mit grauen Haaren und geneigtem Kopf, deren Hände vor ihr auf dem Tisch ruhten.

Ohne nachzudenken bewegte er sich auf sie zu und ignorierte die aufgeregten Blicke, die ihm überall hin folgten.

„Entschuldigen Sie." Als Mitch neben dem Tisch in die Knie ging, sah sie ihn mit geröteten Augen an. „Haben Sie eine junge Frau gesehen, mit schokoladenbraunem Haar und grünen Augen? Die, die ich meine, hat Probleme mit den Augen."

Der Blick der Frau wurde von etwas abgelenkt, was sich hinter ihm abspielte, draußen, vor dem Fenster. Er begann erneut. „Es tut mir leid, Sie zu stören, aber –"

„Mitch." Tony klopfte ihm leicht auf die Schulter.

Er blickte zu dem Leibwächter hoch, der ebenfalls in die gleiche Richtung aus dem Fenster starrte. Sein Herz setzte einen Schlag aus, als er sich umdrehte und aufrichtete.

Dort war sie, in Sonnenlicht getaucht, ihre Hand in der Armbeuge eines älteren Mannes liegend, als sie am Fenster der Cafeteria vorbeigingen.

„Dem Himmel sei Dank", murmelte Blake.

Mitch verbot sich, ihr entgegen zu gehen. Er machte ihm nichts aus, wenn ihn seine Freunde einen Pantoffelheld nannten, oder behaupteten, er stünde unter ihrer Fuchtel, oder als was auch immer sie ihn bezeichnen wollten. Was sich unangenehm in seiner Brust anfühlte, war diese Sucht, die von ihm Besitz ergriff. Nach nur einer gemeinsamen Nacht hatte der Gedanke, sie zu verlieren, aus ihm einen Schatten seiner selbst gemacht.

Es war nicht normal.

Oder natürlich.

„Warum bist du so glücklich?“, fragte er über seine Schulter.

Blake zuckte mit den Schultern. „Ich fühle mich heute einfach so spirituell. Hatte gehofft, später einen weiteren Gebetseinheit zuhören zu können.“

„Du bist ein Idiot.“ Mitch schüttelte den Kopf und machte den ersten Schritt vorwärts, um sein Mädchen zu empfangen. Die Entfernung schmolz aufgrund seines immer schneller werdenden Schritts dahin, bis er schließlich die Tür erreichte, sie aufriss und einen Meter vor ihr stand. „Alana.“

Ihr Kopf drehte sich in seine Richtung und ihr Blick war auf sein Gesicht gerichtet, wenn auch nicht direkt auf seine Augen. Ein Lächeln umspielte ihre Lippen. „Mitchell.“ Ihre Stimme klang atemlos, genau so, wie er sich fühlte. Sie machte einen Schritt weg von dem Mann an ihrem Arm und hielt inne. „Mitchell?“

Er ging zu ihr, riss sie in seine Arme und drückte sie fest an seine Brust. „Wo zum Teufel bist du gewesen?“, flüsterte er in ihr Haar.

Sie schlang ihre Arme eng um seine Taille. „Es gab ein bisschen … Drama.“

„Das war ganz und gar meine Schuld“, teilte ihm eine betagte Stimme mit.

Mitch hob seinen Blick und musterte den Mann, der

direkt hinter ihr stand. Nachdem er in der Cafeteria von einem Problem gehört hatte, wollte er den anscheinend harmlosen Unbekannten kastrieren, egal, wie viel Reue in den Augen des Mannes lag.

„Nein, ist es nicht." Alana schüttelte den Kopf und drehte sich von Mitchs Brust weg. „Ich war einfach nur … so überrascht."

In den Augen des alten Mannes schimmerten ungeweinte Tränen, als er Mitch anblickte.

„Was ist los?" Er rieb seine Stirn, um sein Gesicht zu verbergen und seine Unruhe wenigstens teilweise zu vertreiben. Er konnte nicht stundenlang hier draußen herumstehen. Sie mussten gehen, bevor Frauen ohne jeglichen Sinn für Respekt über sie herfielen.

„Ich will das jetzt nicht diskutieren. Ich werde es dir später erzählen. Im Moment möchte einfach nur hier weg."

Der Mann ließ geknickt den Kopf hängen.

„Mitchell, kannst du bitte die Nummer von Herrn Bowen für mich aufschreiben?"

Mitch warf einen Blick auf Herrn Bowen, auf dessen Gesicht sich jetzt ein hoffnungsvolles Lächeln stahl, während er mit zitternden Händen seine Brieftasche durchsuchte. „Sicher, mein Schatz."

„Hier sind meine persönlichen Kontaktdaten." Herr Bowen schlurfte vorwärts und reichte ihm die Visitenkarte, bevor er sich an Alana wandte. „Rose und ich würden uns sehr freuen, von dir zu hören. Zöger bitte nicht, uns jederzeit aufrufen."

Alana neigte ihren Kopf. „Das mache ich gerne. Hoffentlich können wir uns wiedersehen, bevor ich Richmond verlasse."

Herr Bowen griff nach ihrer Hand und hielt sie in seinen Händen. „Das wäre sehr schön, Alana. Es würde uns außerordentlich glücklich machen."

Mitch beobachtete das Geschehen, völlig verwirrt, warum ein älterer Mann begierig war, Alana wiederzusehen. Woher kannten sie sich, wenn sie noch nie in Richmond gewesen war? Die ganze Situation war ein großes Mysterium.

„Das würde auch mich glücklich machen.“

Sie senkte ihren Blick, als die zitternde Hand des alten Mannes ihre Wange streichelte. „Ich bin froh, dich getroffen zu haben.“ Und mit diesen Worten entfernte er sich und ging an Tony vorbei, der ein paar Schritte hinter ihnen in Alarmbereitschaft stand, in Richtung der Tür des Cafés, die Blake aufhielt.

Mitch trat dicht vor sie hin und hob diesmal ihr Kinn zart an, damit er ihr in die Augen blicken konnte. „Du hast mich erschreckt.“ Er küsste sie flüchtig auf den Mund, verwehrte seinem Körper die Intensität, nach der er sich sehnte. „Bist du in Ordnung?“

Sie nickte und er küsste sie wieder. Als er sich diese Mal von ihr lösen wollte, schlang sie ihre Hand um seinen Nacken und hielt ihn fest, vertiefte ihren Kuss. Ihre Zunge fand seine, ihre Lippen bewegten sich in einem aufreizenden Rhythmus und bald würde er nicht mehr gehen können, ohne vorher die Position seines Schwanzes zu verändern.

„Oh, kommt schon“, rief Blake. „Es reicht. Dieser Mist wird überall auf Facebook auftauchen.“

Mitch heulte innerlich auf. Blake hatte leider recht. Es waren zu viele Augen auf sie gerichtet. „Wir sollten gehen.“

„OK.“

Etwas stimmte nicht in Alanas Welt. Ihr Lächeln war nicht so strahlend, ihr Ausdruck weniger fröhlich. Er nahm ihren Arm und zog ihn durch seine Armbeuge. „Sag mir, was los ist und ich bringe es in Ordnung.“

Sie lachte kurz auf, aber ihre Heiterkeit verblasste rasch

wieder. „Bring mich einfach nur zurück ins Hotel. Ich bin müde.“

Er nahm an, dass sie nach der Aufregung der letzten vierundzwanzig Stunden erschöpft war. Ihr Körper war an lange Nächte nicht so gewöhnt wie seiner. „Kein Problem.“ Sobald sie wieder in der Suite waren, würde er ihr Zeit zum Ausruhen geben. Sie würde die Auszeit brauchen, weil er nicht vorhatte, sie heute Abend mit Kate nach Hause gehen zu lassen.

Kapitel Zehn

Alana lag an Mitchells Brust geschmiegt, als er sie durch den Flur der Suite trug. „Du trägst mich ständig durch die Gegend wie ein Kind."

Er lachte laut auf. „Ich trage dich ständig wie Mann, der seine Hände nicht von dir lassen kann."

Ihre Wangen wurden heiß und ein warmes Gefühl durchflutete sie von Kopf bis Fuß. Weder sie noch Tony oder Blake hatten im Auto ein Wort gesprochen, während er leicht ihre Hand hielt. Es herrschte ein uferloses Schweigen, Ausdruck des unnötigen Ärgers, den sie der Band bereitet hatte.

Sie hätte Reue fühlen sollen, aber wie immer, wenn scine Haut auf ihrer war, wurde ihr ganzer Körper von Erregung erfasst. Es war weder natürlich noch erklärbar. Es war einfach so. Sie konnte ihn noch nicht einmal sehen und doch erweckte seine Berührung ihre Seele zum Leben; sie war sich nicht sicher, ob sie jemals wieder dasselbe fühlen würde, wenn ihre gemeinsame Zeit abgelaufen war.

„Möchtest du darüber reden?" Er trug sie in einen hell erleuchteten Raum und setzte sie auf einer vertrauten Matratze ab.

„Nein. Es ist nichts passiert", log sie und streifte die Schuhe ab. Er musste ihre Geheimnisse nicht kennen. Sie wollte nicht, dass er es wusste. Die wahren Umstände ihrer Zeugung, ihre Erziehung und ihre aktuelle Situation mit den sogenannten Großeltern war nichts, worauf sie stolz war. Und es war auf keinen Fall etwas, das sie mit einem Promi diskutieren wollte, der ein perfektes Leben hatte.

„OK, ich lasse ich dich mal zur Ruhe kommen."

Sein Umriss entfernte sich und ihr wildes Herzklopfen verebbte, als er sich auf die gegenüberliegende Seite des Raums bewegte. Dunkelheit breitete sich aus, als er die Vorhänge zuzog und die das Fenster umgebende gedämpfte Helligkeit reichte nicht aus, ihn mit ihrer verschwommenen Sicht erkennen zu können.

„Wohin gehst du?" Sie kletterte in die Mitte des Betts, ihre Gliedmaßen schwer und erschöpft; sie hoffte, dass er ihr folgen würde.

„Weg. Weit, weit weg, damit ich nicht in Versuchung komme, dich aufzuwecken."

Sie kicherte und legte ihren Kopf auf das Kissen. Sie war noch niemals so müde gewesen und gleichzeitig so gewillt, unbedingt wach zu bleiben, wie in diesem Augenblick. „Klingt es bedürftig, wenn ich dich bitte, zu bleiben?" Sie brauchte nur ein kurzes, erfrischendes Nickerchen. Nur ein paar Minuten Schlaf, um Energie zu tanken.

„Es wäre Folter." Das Bett gab unter seinem Gewicht nach. „Aber ich kann damit umgehen." Er kuschelte sich an ihren Rücken, sein Körper an ihren geschmiegt, als gehörte er dorthin.

„Folter?"

„Ich will dich, Allie."

Sie drehte sich zu ihm, ihre Lippen leicht geöffnet. „Was hält dich ab?"

Er drückte seinen Mund auf ihre Lippen, sanft, weich, so zart, dass sie wimmerte. „Du brauchst Ruhe."

Sie brauchte eine Menge Dinge und ein Orgasmus stand plötzlich ganz oben auf ihrer Liste. Jetzt, wo sie die Sexualität entdeckt hatte, sehnte sie sich nach mehr. Sie wollte sich mit seiner Berührung, seiner Leidenschaft und seiner Perfektion in diesem Zimmer einschließen.

Er zerrte am Bund ihrer Hose und sie jubelte innerlich.

„Ich geb dir ein Paar Baumwollshorts und eins meiner T-Shirts. Das ist bequemer zum Schlafen."

Moment. Was? Während er half ihr, sich ausziehen, berührten seine schwieligen Handflächen jeden Quadratzentimeter ihrer Beine. Die Vorfreude ließ ihren Schritt feucht werden. Sie konnte das Verlangen in seiner Berührung spüren, in seinem schweren Atmen hören. Dann trieb er ihre Erregung auf die Spitze, als er ihr Shorts und ein weites T-Shirt überstreifte; sie weigerte sich zuzugeben, das diese Klamotten viel gemütlicher waren.

„Ruh dich aus." Er stupste sie an der Schulter, um ihr zu signalisieren, wieder die Löffelchenstellung einzunehmen.

„Was ist, wenn ich mich nicht ausruhen will", gurrte sie. „Was, wenn ich genau das will, was du willst?"

Er stöhnte. „Du machst mich fertig. Als ob ich mich nicht schon schlecht genug fühlen würde, weil ich deine Lage ausgenutzt habe."

„Hast du nicht." Sie runzelte die Stirn. „Es gibt keine Lage, die ausgenutzt werden könnte."

Er nickte und legte seine Stirn an ihre, aber es fühlte sich eher beschwichtigend als zustimmend an. „Ruh dich jetzt einfach ein bisschen aus, OK? Wir haben später genug Zeit, uns auszutoben."

Aber die hatten sie nicht. Nicht wirklich. Die Uhr tickte. Jede Sekunde brachte sie dem Abschied näher.

„Keine Sorge", murmelte er gegen ihre Lippen. „Ich werde dich nicht so schnell wieder gehen lassen."

Sie wollte ihm glauben. Sie wollte es so sehr glauben, dass sich auf die Seite rollte und ihren Rücken an seine Brust legte; etwas anderes würde sie nicht akzeptieren. „Lass mich nicht zu lange schlafen."

„Werde ich nicht."

Er schlang seinen Arm um ihre Taille und zog sie an sich. Rückblenden des verschwommenen Irrsinns in der Cafeteria kamen ihr in den Sinn, und genauso schnell, wie sie da waren, verschwanden sie auch wieder; übertüncht von der Erinnerung an letzte Nacht, als Mitchell auf der Bühne stand. Sie lächelte, als sie sein Grinsen vor sich sah, der selbstbewusste Schwung seiner Lippen, der sie dahinschmelzen ließ.

Ihr Gehirn wurde schwer, ihre Glieder ebenso. Seine gleichmäßige Atmung wiegte sie in den Schlummer und sie sank in seinen Armen in die Schwerelosigkeit.

Sie stöhnte, als sie am äußersten Rand ihres Bewusstseins Geräusche registrierte. Die Klänge wurden lauter und ihr benommener Verstand konnte die schallenden Männerstimmen immer deutlicher ausmachen.

„Mitchell?"

Sie setzte sich auf und öffnete die Augen: Alles blieb dunkel. Sie blinzelte ein, zweimal, bis sie wach genug war zu erkennen, dass sie allein war. Lebhafte Gespräche drangen durch die Tür ins Schlafzimmer und je länger sie zuhörte, desto klarer wurde die angeregte Unterhaltung. Sie hörte Mitchell lachen, gefolgt von dumpfen Worten von Blake und, sie vermutete, Mason.

Dieses Szenario war das komplette Gegenteil von dem, was ihre Mutter ihr ein ganzes Leben lang beschrieben hatte. Männer waren angeblich betrügerisch, schmierig, verletzend, erniedrigend – die Liste konnte beliebig fortgesetzt werden.

Mitchell war nichts von alledem. Ja, er war an Sex interessiert und sinnlich, aber sie mochte das an ihm. Er hatte ihr gezeigt, dass Intimität für eine Frau erfüllend sein konnte. Er hatte sich auch die Zeit genommen, ihr Lust zu bereiten, ohne eine Gegenleistung zu fordern. Und obwohl sie es nie ganz genau herausfinden würde, hielt sie ihn für eine durch und durch ehrliche Haut. Seine fürsorgliche Art hatte ihr Herz erweicht. Er hatte alle Hebel in Bewegung gesetzt, damit sie sich wohlfühlte.

Sie schob ihre Beine auf die Seite des Betts und setzte ihre Füße auf den weichen Teppich. An den Rändern der Vorhänge drang kein Licht mehr vorbei. Die Nacht war hereingebrochen. Sie musste länger geschlafen haben, als sie geplant hatte.

Sie tastete sich ins Bad, wobei sie langsam einen Fuß vor den anderen setzte, um zu verhindern, dass sie mit dem Schienbein irgendwo dagegen stieß. Nachdem sie im Bad gewesen war, ließ sie sich von dem sanften Lichtschimmer leiten, der unter der Schlafzimmertür hindurch schien.

Die angeregte Unterhaltung erstarb, als sie in das Speisezimmer betrat; ein Stuhl wurde auf dem Fliesenboden bewegt. Sie lächelte dem ihr vertrauten Schattenumriss zu, der auf sie zukam und ihr Körper begann zu kribbeln, bevor er sie überhaupt berührt hatte.

„Hey, Schatz." Mitchells Arm umfing ihre Taille und küsste sie aufs Haar. „Gut geschlafen?"

„Mmm." Sie nickte und kuschelte sich in die Wärme seiner Halsbeuge. „Warum hast du mich nicht geweckt?"

„Du hattest den Schlaf nötig."

„Ja, aber ich wollte mehr Zeit mit dir verbringen, bevor Kate kommt, um mich abzuholen."

Er zog sie in eine Umarmung und sie hörte ihn tief einatmen, als er sein Gesicht in ihrem Haar verbarg. „Ich habe bereits mit Kate gesprochen. Sie hat nichts gegen eine weitere Übernachtung, wenn es für dich auch OK ist.“

Sie drückte sich ein wenig von ihm ab und schielte, um sich auf sein Gesicht zu konzentrieren. Seine Gesichtszüge waren klarer als gestern Abend, sogar schärfer als an diesem Morgen, aber seine Augen waren immer noch ein trüber dunkler Fleck auf seiner leicht gebräunten Haut. „Du hast mit Kate gesprochen?“

„Ja, sie ist auf dem Balkon und trinkt mit Leah und Ryans Frau Wein.“

„Ich sollte zu ihr gehen. Ich muss mit ihr reden.“

„Später.“ Er drückte einen Kuss auf ihre Lippen und verstärkte seinen Griff um ihre Taille. Die Wärme aus seinem Schritt drang durch die Baumwollshorts, die er für sie gekauft hatte, und entfachte ein Feuer in ihrem Schoß.

Sie stellte sich auf Zehenspitzen, küsste ihn mit Inbrunst und sank in seine Arme. Genau in dem Moment, als ihre Brustwarzen anfingen zu brennen und ihr Unterleib sich vor Vorfreude zusammenzog, beendete er den Kuss.

„Möchtest du was trinken? Etwas zu essen?“

An eine Versorgung mit Lebensmitteln und Getränken hatte sie jetzt weniger gedacht. Wenn Mitchell allerdings so willensstark war, sie ihrer Verbindung zu entziehen und sich zu entfernen, dann sollte ihr das doch wohl auch gelingen.

Während sie Ryan, Mason, Sean und Blake begrüßte, die am Esstisch Karten spielten, ging Mitchell in die Küche und kam kurze Zeit später wieder zurück. Er führte sie in das abgedunkelte Wohnzimmer. Das Licht war aus, was ihr das Sehen erschwerte. Gleichzeitig machte es ihr Picknick auf dem Sofa aber auch intimer. Sie saßen nebeneinander, die Oberschenkel aneinander gelehnt, während ein Teller mit undefiniertem Essen auf ihrem Schoß ruhte.

Er beugte sich zu ihr rüber und küsste ihren Hals. „Es

gibt Käse, Cracker und etwas Obst. Fass einfach alles an, bis du was findest, das du essen magst." Er hielt eine akustische Gitarre im Arm, deren heller Umriss das Einzige war, was sie erkennen konnte. Sie wünschte, sie könnte sehen, um das Instrument zu bewundern, an deren Saiten er träge zupfte; sich hätte sich diesen perfekten Augenblick gern eingeprägt. Stattdessen lauschte sie aufmerksam der Musik und ließ sich in ihren Bann ziehen.

Sein leises Spiel wurde gelegentlich unterbrochen, wenn er ein Stück Apfel abbiss oder einen Schluck Wein trank. Die Töne verbanden sich zu einem harmonischen Geflecht, intensiv und voller Leidenschaft. Der Klang stimulierte ihre Nerven, erfüllte ihr Herz und sie begann zu zittern – es waren zu viele Reize auf einmal.

„Willst du eine Decke?" Die Musik hörte auf und seine Hand strich über ihr Handgelenk und ihren Arm. „Du hast eine Gänsehaut."

Bei seiner Berührung fing ihre Haut an zu kribbeln. „Ähm, ja." Sie wollte ihm nicht sagen, dass die Überempfindlichkeit durch seine unmittelbare Nähe hervorgerufen wurde. „Bitte."

Er stand auf, lehnte seine Gitarre gegen das Sofa und ging weg, um Sekunden später mit einer Decke zurückzukommen, die er unter dem Teller auf ihrem Schoß ausbreitete.

„Besser?" Er setzte sich neben sie und legte seinen Arm auf die Rückenlehne der Couch.

Sie nickte uns scheiterte aufgrund der vielen Schatten kläglich bei dem Versuch, seinen Gesichtsausdruck zu lesen.

Als seine Finger ihr zart das Haar hinters Ohr strichen, blieb ihr fast die Luft weg. „Wie geht das jetzt weiter?", fragte er, seine Stimme ein weiches Raunen.

Alana schwieg für einen Moment; sie war unsicher, wovon er sprach und wollte nichts Falsches sagen. „Was meinst du damit?" Sie nahm den Teller von ihrem Schoß und suchte den Tisch, um ihn darauf abzustellen. Er fuhr fort, mit ihren Haarsträhnen zu spielen, während sie ihre Beine hochzog und sie zwischen ihnen auf dem Sofa ablegte.

„Ich meine mit uns."

Ihre Augenbrauen hoben sich fragend. Währenddessen fühlte sich das Blut in ihren Adern wie flüssige Lava an. Sie versuchte, ihre Hoffnung zu unterdrücken, wollte sich von der Vorstellung einer gemeinsamen Zukunft nicht mitreißen lassen, nur um später ihre tiefe Enttäuschung verbergen zu müssen.

„Wenn ich morgen zu dieser Werbetour aufbreche, darf ich dich dann anrufen?" Seine Stimme verriet seine Gefühlslage nicht. „Darf ich dich besuchen kommen?"

„Ja." Sie biss sich auf ihre Unterlippe und schluckte. „Das fände ich wunderbar."

„Wird deine Mutter nichts dagegen haben? Ich habe gedacht, ich könnte ein Auto mieten und vorbeikommen, wenn wir in Colorado unterwegs sind. Oder wir können ein oder zwei Tage was unternehmen. Ich muss den Zeitplan checken."

Es schauderte sie. In ihrem Alter sollte sie sich wegen ihrer Mutter keine Gedanken mehr machen müssen. Aber es war ausgeschlossen, dass er bei ihr zu Hause auftauchte. „Nein, du kannst auf keinen Fall zum Frauenhaus kommen. Meine Mutter verbietet Männern den Zutritt zum Grundstück, außer es ist unumgänglich; aber ich denke darüber nach, eine Weile in Richmond zu bleiben."

Seine Finger hörten auf, ihr Haar zu streicheln, also fuhr sie fort. „Ich möchte die Bowens wiedersehen und herauszufinden, ob sie meine Großeltern sind. Meine Mutter will mir darüber nichts erzählen. Und ich weiß, dass sie nicht tun wird; von daher muss ich das selbst in die Hand nehmen. Und wenn das, was sie behaupten stimmt, dann ich habe in absehbarer Zeit nicht vor nach Colorado zurückzukehren.“

„Du willst nach Richmond ziehen?“

Sie zuckte mit den Schultern; sie hatte noch keinen genauen Plan und wollte auch nicht darüber sprechen, bis sie ein paar Dinge mit Kate besprochen hatte. „Vielleicht.“

„Vielleicht“, wiederholte er und fuhr ihr ein letztes Mal durchs Haar. Sie erschrak ein wenig, als er mit beiden Hände nach ihren Oberschenkeln griff. Er drehte und arrangierte ihren Körper auf der Couch, bis ihre Beine auf seinen lagen. Die Decke kam auch mit. Ihre Haut berührte das steife Material seiner Jeans, und die von ihm ausgehende Wärme ließ ihre Lust aufflackern.

Sie wollte ihn. Wollte nichts mehr, als sich an ihn zu kuscheln und mit ihm zu verschmelzen. Kein anderer Mann hatte sie je so angezogen. Auch wenn sie nicht viel Erfahrung hatte, wusste sie, dass ihre Gefühle für ihn wahrscheinlich latent ungesund waren.

War es war normal, sich so schnell in jemanden zu verlieben? Vielleicht hatten der ganze Ruhm und Reichtum doch einen Einfluss auf sie.

„Virginia ist verdammt viel näher an New York als Colorado“, flüsterte er und beugte sich vor, um ihren Hals zu küssen.

„Mmm.“ Bei seiner Berührung zogen sich ihre Brustwarzen zusammen und sie stöhnte auf. „Meine Mutter hat immer gesagt, ich sei schlecht in Geografie, aber ja, das hatte ich auch schon rausgefunden.“

Er lachte leise und sein kitzelnder Atem jagte ihr unter ihrem weiten T-Shirt einen Schauer über den Rücken, direkt in ihre Muschi.

„Ich werde dich vermissen.“

Nimm mich mit – es lag ihr auf der Zunge, aber sie beherrschte sich und konzentrierte sich stattdessen auf die

Hand, die sich unter die Decke zu ihrem Knöchel bewegte. Er spielte mit ihrem Körper und die Art, wie seine Finger sinnlich über ihre Wade, an ihrer Kniekehle entlang bis zur Mitte ihres Oberschenkels strichen, ließ sich innerlich aufstöhnen.

„Mitchell." Sie keuchte seinen Namen und es klang fast flehend, nicht wie die beabsichtige Aufforderung, aufzuhören.

„Ja, mein Schatz?" Sein Mund war immer noch an ihrem Hals, seine Zunge leckte, seine Lippen liebkosten. Seine Hand wanderte höher und ihre Haut prickelte, als seine Finger über den sensiblen Muskel an der Innenseite ihrer Schenkel glitten.

„Stopp", flüsterte sie und ballte den Stoff seines Hemds in ihrer Faust. Die Stimmen der anderen Männer waren nur ein paar Meter entfernt. Sie waren zwar im Gespräch vertieft, aber sie konnte nun mal nicht sehen, wem oder was ihre Aufmerksamkeit galt. Was, wenn sie ihnen zusahen?

„Möchtest du wirklich, dass ich aufhöre?" Er zog den Bund ihrer Shorts zur Seite und fuhr mit der Hand unter den Stoff und strich über ihren Slip.

Sie krallte sich fester an seinem Hemd fest, die ungewohnte Ekstase ließ sie zaudern.

„Du bist so nass." Seine Stimme ertönte leise neben ihrem Ohr, so leise, dass sie kaum hörbar war. „Ich kann deine Säfte spüren."

Ein Stöhnen entfuhr ihren Lippen und sie war dankbar, dass es nicht laut genug war, um das Geplänkel am Esstisch zu unterbrechen. „Jemand wird uns sehen." Sie rutschte näher und lehnte sich an seine Schulter, während seine Zähne zart über ihr Kinn kratzten.

„Niemand beachtet uns." Er küsste erst eine Seite ihres Munds, dann die andere, während seine Finger durch den feuchten Stoff ihrer Unterwäsche weiterhin ihre Muschi quälten. „Und außerdem liegt die Decke drüber. Sie könnten gar nicht erkennen, was ich mache."

„Natürlich nicht." Sie japste nach Luft und presste ihre Schenkel zusammen, als der Schritt ihres Höschens zur Seite geschoben wurde. „Sie würden garantiert denken, dass du deine Schlüssel suchst."

Als er mit der Zunge über den Rand ihrer Lippen fuhr, öffnete sie begierig und erwartungsvoll ihren Mund, obwohl sie ihm gerade erst gesagt hatte, er solle aufhören. „Ganz genau." Sein heißer Atem drang in ihren Mund ein, gefolgt von seiner zärtlichen Zunge. „Ich liebe es, dich zu beobachten. Ich liebe es, zu wissen, dass ich der einzige Mann bin, der dir dieses Gefühl gibt."

Sie streckte sich seinen Fingern entgegen, erlaubte ihnen, in ihr Geschlecht vorzustoßen. Jede vorwärts gerichtete Bewegung kam einem Gottesgeschenk gleich; ihre Vagina zog sich zusammen und ihr ganzer Körper wurde von einem Beben erfasst. „Ich will dich, Mitchell."

„Du hast mich, mein Schatz." Sein Kuss war so liebevoll, die Sanftmut stand in völligem Gegensatz zu der erotischen Art und Weise, wie er ihren Körper verwöhnte.

„Nein." Sie schüttelte den Kopf und löste ihre Lippen von seinen. „Ich will dich in mir. Jetzt."

Er lehnte sich zurück und legte resolut seine Handfläche in ihren Nacken. „Gott, das will ich auch." Er drückte ihren Nacken und legte seine Stirn an ihren Kopf. „Was ist das mit dir, Allie? Warum kann ich nicht aufhören, an dich zu denken? Ich kann keinen einzigen Atemzug machen, ohne dich berühren zu wollen."

Ihrem Herz wuchsen Flügel und es verließ ihren Brustkorb.

Er fühlte genauso.

Mit der Faust, die den Stoff umklammerte, zog sie ihn zu sich runter. „Bring mich in dein Zimmer und zeig es mir."

Innerhalb einer Sekunde zog er seine Finger aus ihrem Geschlecht und die Decke flog in hohem Bogen von ihren Beinen. Bevor ihre Füße den Boden erreichen konnten, drückte er sich von der Couch ab und hob sie hoch. Sie quietschte und schlang die Arme um seinen Hals. Sie konnte die fragenden Blicke aus Richtung des nun schweigsamen Esstischs körperlich spüren und legte ihren Kopf gegen Mitchells Schulter, entschlossen, nicht zu erröten. Sie sagten kein Wort. Es war ihr verwehrt, ihre Mienen zu lesen, etwas, wofür sie in diesem Augenblick dankbar war.

Mitchell war alles, was zählte.

Ihre eingeschränkte Sicht schwand, als er sie in das abgedunkelte Schlafzimmer trug und absetzte, bevor er die Tür zuknallte. Als das Licht anging, schloss sie ruckartig die Augen.

„Tut mir leid." Als er auf sie zukam, konnte sie seine dunklen Haare und sein Gesicht schemenhaft erkennen.

Sie streckte die Hand aus und lächelte, als ihre Handfläche über die harten Stoppeln seiner Wange strich. Ihr Sehvermögen wurde besser. Sie konnte die dunklere Farbe seiner Lippen und einen Anflug von einem Grinsen ausmachen.

Ihre Hand legte sich auf die Rückseite seines Kopfes und zog ihn näher zu sich. „Worauf wartest du?"

Er brauchte keine weitere Aufforderung. Sie schnappte nach Luft, als seine Hände nach ihren Hüften griffen und sie hochhoben. Ihre Beine legten sich um seine Taille und umklammerten ihn, während ihre Arme seinen Hals umschlangen.

„In ein paar Minuten wirst du dir wünschen, ich hätte mich nicht beeilt." Er drückte sie mit dem Rücken an die Wand und ihre Schultern trafen mit einem dumpfen Geräusch auf den glatten, kalten Putz.

„Schhh." Sie klammerte sich panisch fester. Seine

Bandkollegen mussten keine Hellseher sein, um zu wissen, was sie taten. Sie wollte sie nicht auch noch extra darauf aufmerksam machen.

„Bisschen zu spät dafür", rief Mason von der anderen Seite der Tür.

Alana zuckte zusammen und lehnte ihren Kopf gegen die Wand.

„Vergiss sie einfach." Mitchells Atem kühlte ihr Gesicht. „Hier drinnen sind nur wir." Er küsste ihre Lippen und seine Zunge drängte in ihren Mund. „Nur ich und du."

Sie stöhnte und presste ihr Becken gegen seinen Unterleib.

„Verdammt, ich will dich, Allie." Er ließ ihre Beine herunter und zog ihr die Shorts aus, sodass sie von der Taille abwärts nackt war. „Du bist so verdammt heiß. So verdammt perfekt."

Sie biss auf ihre Unterlippe, benommen von den so ungewohnten Komplimenten und wartete, während er sich auszog. Das Knistern der Kondomverpackung weckte sie aus der Trance und ihr bereits wild schlagendes Herz fing an zu rasen. Sie konnte die hektischen Bewegungen ausmachen, mit denen er das Gummi über seinen Ständer streifte, bevor er sich wieder an sie schmiegte.

„So sehr ich es mag, wenn du meine Hemden trägst, ich denke, du solltest es auszuziehen." Seine Stimme war süß wie Honig. Verführerisch. Köstlich. Verlockend.

Sie wollte ihn so sehr, dass sie weiche Knie bekam. Er griff den Saum des Shirts und zog es ihr über den Kopf. Er würdigte es keinen weiteren Blicks mehr, nachdem er es auf den Boden geworfen hatte.

Seine Hände bewegten sich von ihren Hüften zu ihrem Hintern, umfassten ihn und hoben sie hoch, sodass sie wieder seine Taille umschlang. Seine Schwanzspitze stieß sanft an ihre Pforte, drang aber nicht ein. Ihre Vagina reagierte auf diese süße Tortur mit einem heftigen Zusammenziehen, verlangte nach mehr. Sie holte tief Luft, wollte ihr körperliches Verlangen in Worte fassen. „Bitte, bitte, bitte, bitte."

Ihre Brustwarzen waren hart wie Stein und reagierten sensibel auf jeden Kontakt mit seinem Oberkörper.

„Willst du mich wirklich, Allie?" Er stieß zu und seine harte Erektion stupste gegen ihre Schamlippen.

Sie stöhnte und grub ihre Nägel in seine Schulter, unfähig, zu sprechen. Gott, sie wollte ihn. Sie wusste nicht, wie sie es jemals ohne seine Leidenschaft aushalten sollte.

Seine Hände fuhren über ihre Schenkel, stabilisierten ihre Position, während er sie gegen die Wand drückte und ihren Hals liebkoste. „Ich nehme das als ein Ja", murmelte er in ihr Ohr. Er stieß hart zu und die volle Länge seiner Erektion glitt tief in ihre Muschi. Diese Invasion war sanfter als Seide. Sie war so feucht, ihre Begierde so groß, dass er ohne jeden Widerstand in ihr versank. „Oh mein Gott."

Sie presste ihre Lippen zusammen, unterdrückte ein weiteres Aufstöhnen, einen Schrei, ein Flehen nach mehr. Sie spürte ihn mit jeder Faser ihres Körpers, von den Zehen bis in die Fingerspitzen. Er überreizte ihre Sinne, vernichtete ihre Selbstbeherrschung – sie verzehrte sich nach ihm.

Gekonnt zog er sich quälend langsam zurück. Ihre Vagina krampfte sich zusammen, ihre Schenkel umklammerten ihn fester, ihre Finger gruben sich noch tiefer in seine Haut. Als er dieses Mal tief in sie hineinglitt, bahnte sich die Lust ihren Weg und sie schrie auf. Seine Vorstöße wurden fordernder, härter, schneller. Sein Rückzüge stürmischer, hektischer.

Er drückte ihren Körper fester gegen die Wand, und ihre Schulterblätter rieben bei jedem Stoß daran. Sie küsste seine Wange, seine Lippen, seinen Mund, konnte nicht genug kriegen. Ihre Ekstase übertraf alles, was sie jemals erlebt hatte, die Wände ihres Geschlechts pulsierten um seinen harten Schaft und saugten ihn tiefer in sich hinein. „Oh, Gott, Mitchell, bitte." Sie schloss die Augen. Sie hatte gehofft, ihren Höhepunkt hinauszögern zu können, wenn sie ihn nicht sah – aber sein Bild und die Erinnerung daran, wie er lächelnd und selbstbewusst auf der Bühne gestanden hatte, waren so tief in ihr Gedächtnis eingebrannt, dass ihre Lust nur noch anwuchs.

Jedes Mal, wenn sein Schwanz eintauchte, stockte ihr der Atem und bei jedem Herausziehen schnappte sie nach Luft. Ein starker Arm streifte ihre Taille und schob sich ihren Rücken hoch. Seine Hand packte ihre Haare, zog daran und bog ihren Kopf zurück. Er verschlang die sich ihm darbietende Haut ihres Halses, küsste und leckte sie; der süße Schmerz, den seine saugenden Lippen auslösten, gab ihr den Rest.

Winzige Spasmen einer unvorstellbar köstlichen Lust durchzuckten ihre Vagina. Rein und raus, rein und raus. Seine Penetration wurde weniger hektisch, dafür energischer, bis sie einen dröhnenden Lustschrei vernahm, der sich wie eine Druckwelle bis in ihre Mitte ausbreitete. Sie fielen ineinander, ihre Haut klebte an seinem schweiß-nassen Körper. Zwischen keuchenden Atemzügen und zitternden Gliedmaßen driftete die Umgebung langsam wieder zurück ins Blickfeld.

„Wow." Er stieß das Wort hervor.

Es war ihr unerklärlich, wie er sie immer noch halten konnte. Ihre Füße hatten nicht eine Sekunde den Boden berührt und selbst ihre Schenkel pochten vor Anstrengung.

Sie legte ihre Arme um seinen Hals, lehnte sich gegen die Wand und stellte einen Fuß nach dem anderen ab, um sich auf ihre wackligen Beine zu stellen. Mitchells erschlaffendes Glied rutschte aus ihr heraus und er hielt das Kondom fest.

„Ich bin gleich wieder zurück." Als sich sei warmer
Körpers entfernte, ließ sie sich ermattet gegen die Wand
fallen.

Sie schloss die Augen und blieb regungslos stehen,
ihre Glieder zu schwer, um sich zu bewegen. Der Lärm
aus dem Esszimmer drang trotz ihres entrückten
Zustands in ihr Bewusstsein; bei dem Gedanken, den
Raum wieder zu verlassen, wurde ihr ein wenig schlecht.
Mitchell war nicht diskret gewesen. Sie war nicht leise
gewesen.

Als er wenige Augenblicke später zurückkam, stand sie
noch immer an der gleichen Stelle, während die leichte
Brise aus der Klimaanlage den Schweiß auf ihrer Haut
trocknete.

„Du siehst immer noch zum Anbeißen aus."

Ihre Augen öffneten sich mit einem Ruck und sie richtete sich auf. „Oh nein. Ich bin momentan definitiv nicht
zum Verzehr geeignet." Und so sehr sie sich auch
wünschte, die ganze Nacht schweißtreibende, geräusch-
volle Dinge mit Mitchell zu tun, Tatsache war, dass sie sich
in einer Suite mit vielen anderen Menschen befanden.
Menschen, die weder taub noch dumm waren.

Sie wollte Mitchell auch daran erinnern, dass sie kein
Groupie war, das nur auf eine Sache aus war. Sie war
gierig. Sie wollte ihn ganz, inklusive Kuscheln auf der
Couch, tiefen und ernsthafte Gesprächen und schweigsamen Momenten, in denen man einfach die Gegenwart
des anderen genoss.

„Na, bereust du es schon, mein Schatz?" Er umarmte
sie und nahm ihr mit dem süßesten und zärtlichsten Kuss
ihres Lebens den Atem. Ganz ohne Drängen, ohne Gier,
nur eine sanftes Verschmelzen von Lippen und Zungen.

Als er sich löste, schüttelte sie den Kopf. „Nein. Es gibt
nichts zu bereuen." Sie lächelte und nahm sein Gesicht in
beide Hände, um ihm einen letzten flüchtigen Kuss zu

geben. „Ich will nur nicht als eines eurer Groupies in Erinnerung bleiben.“

Er verzog das Gesicht und lehnte seinen Kopf an ihre Stirn. „Ich weiß, dass du bist kein Groupie bist und ich werde immer mit Respekt an dich denken.“

Seine Worte berührten sie tief, obwohl sie ein kleines bisschen nach Abschied klangen.

Er beugte sich hinunter, um das Hemd aufzuheben, das sie getragen hatte und reichte es ihr an. „Wird das hier dein erster Spießrutenlauf?“

Sie wand sich und versuchte, den Kloß in ihrem Hals runterschlucken. „Leider, ja.“ Sie zog das Shirt über ihren Kopf und nahm Unterwäsche und Shorts entgegen, die er ihr nächstes angab.

Er schmunzelte. „Tja, dann stell dich schon mal auf endlose Demütigen ein. Ich bin ziemlich sicher, dass Blake dich gern hat und er piesackt mit Vorliebe die, die er am meisten mag.“

Kapitel Elf

NACHDEM ALANA sich frisch gemacht hatte, nahm Mitch ihre Hand und führte sie aus dem Schlafzimmer. Das Gespräch am Esstisch wurde leiser. Selbst Leah, Kate und Ryans Frau Julie, die sich in der Küche versammelt hatten, unterbrachen ihre Klatschgeschichten, um sie anzustarren.

Alana drückte seine Hand und er musste angesichts ihrer Nervosität lächeln. Die Stimmung war anders als bei jeder anderen Frau, die er je mit in die Privatsphäre der Band gebracht hatte. Normalerweise hätten sie weder Alana noch die verruchte, nicht jugendfreie Geräuschkulisse im Hintergrund ihrer Gespräche auch nur im Ansatz zur Kenntnis genommen. Jetzt standen sich im Raum zwei Teile unbehagliches Schweigen und acht Teile unterdrücktes Gelächter gegenüber.

„Da ist ja ist mein verdorbenes Mädchen", rief Kate aus der Küche und prostete ihnen mit ihrem halbleeren Weinglas zu.

Julie schnappte nach Luft, Leah nahm einen Schluck aus ihrem Glas, um ihr Grinsen zu verbergen und ihre beste Freundin kicherte.

„Siehst du, ich war nicht der Erste, der was zur letzten

Gebetsstunde gesagt hat." Blake warf ihm ein freches Grinsen zu. „Mir war nicht klar, dass du gläubig bist, Kumpel."

Mitch grinste unbeirrt zurück. „Ich bin auf jeden Fall im Himmel gelandet."

Alana stöhnte. Er sah nach unten und bemerkte ihre dunkelroten Wangen, den starren Blick starr auf den Boden vor ihnen.

„Ich steh direkt neben dir, falls du das nicht bemerkt hattest", flüsterte sie, ohne groß ihre Lippen zu bewegen.

„Es ist ein Ritual, Schatz. Mach einfach mit." Er beugte sich hinunter und küsste sie unterhalb ihres Ohrs auf den Hals. Als er sich wieder aufrichtete, hatte sie eine Augenbraue hoch- und ihre Schultern nach hinten gezogen, um es mit dem Zimmer aufzunehmen.

„Ich mache dir keine Vorwürfe, Freundin", fuhr Kate fort. „Jetzt, wo du endlich weißt, warum alle so ein Aufhebens darum machen, bezweifle ich, dass du zur Enthaltsamkeit zurückkehren wirst."

„Oh, Himmel", murmelte Alana und ließ seine Hand los. „Ich brauche einen Drink." Sie hing um ihn herum und bahnte sich mit seitlich ausgestreckten Armen ihren Weg, wobei sie ab und an Möbelstücke stieß.

Mitch starrte der sich entfernenden Gestalt nach, das schöne lange, wallende Haar und die Art, wie sie mit den Hüften schwang, ein Abbild weiblicher Schönheit. Ein beklemmendes Gefühl machte sich in seiner Brust breit und er unterdrückte den Drang, sein Brustbein zu reiben. Kate hatte recht. Warum hatte er nicht früher daran gedacht ... wahrscheinlich, weil sein Schwanz nun sein Leben steuerte. Alana hatte bisher noch nie erfüllenden Sex erlebt. Er erinnerte sich daran, wie er als Teenager gewesen war. Nach seiner Entjungferung hatte er es sich zur Aufgabe gemacht, jeden anderen zu entjungfern. Es war eine neue und aufregende Erfahrung.

Etwas, womit auch sie würde experimentieren wollen.

Etwas, worauf sie nicht würde warten wollen.

Etwas, auf das Alana nicht warten *sollte*.

Er atmete langsam aus, in der Hoffnung, dadurch den Druck auf seinen Brustkorb zu lindern. Er konnte nicht erwarten, dass sie ihr Leben auf Eis legte, während er für das neue Album warb. Oder, nicht zu vergessen, für die kommende Tour unterwegs war.

Wem wollte er etwas vormachen? Sein Lebensstil machte ewig währende Glückseligkeit quasi unmöglich. Ryan und Julie waren der lebende Beweis.

Mitch beobachtete, wie Alana von Leah ein Glas Weißwein gereicht bekam und es mit großen Schlucken austrank. Er schenkte dem Klang eines auf dem Fliesenboden zurückgeschobenen Stuhls keine Beachtung und wandte seinen Blick erst von ihr ab, als Blake ihn in die Schulter boxte.

„Was ist los?"

Mitch schaute finster drein und schüttelte den Kopf. Er wollte nicht darüber reden. Er wollte sich nicht einmal vorstellen, was passieren würde, wenn sie morgen abreisten.

„Alana scheint wie ein klasse Mädchen zu sein. Hast du dir schon überlegt, was passiert, wenn wir abreisen?"

Blake las in ihm wie in einem Buch.

„Wir haben nur ein bisschen Spaß", log Mitch. Es war mehr als nur Spaß. Mehr als nur Leidenschaft. Stärker als eine Sucht. Alana ging ihm unter die Haut und er wollte sie nicht gehen lassen.

Blake gab ein höhnisches Schnauben von sich. „Ah, OK. Dann hast du sicher auch nichts dagegen, wenn ich auch ein bisschen Spaß mit ihr habe, oder?

Mitch stellte sich dem süffisanten Gesichtsausdruck seines Freundes. Blake wollte ihn dazu bringen, seine Gefühle für Alana zuzugeben, aber so einfach war Mitch nicht zu manipulieren. Nicht, wenn die Wahrscheinlichkeit einer gemeinsamen Zukunft so verschwindend gering war. Niemand erniedrigte sich gern, auch er nicht.

Er drehte sich weg und richtete seine Aufmerksamkeit wieder auf Alana, die sich leise mit den anderen Frauen in der Küche unterhielt.

„Sag ihr wie, was du fühlst", murmelte Blake. „Ich habe dich wegen einer Frau noch nie so erlebt. Lass sie nicht gehen. Sie ist was ganz Besonderes."

Mitch rieb sich mit den Händen übers Gesicht, um die Anspannung wegzurubbeln. Obwohl seine Karriere er nicht zuließ, spürte er die ... Sehnsucht klang zu verweichlicht, aber ein ähnliches Gefühl sagte ihm, dass es Zeit war, sesshaft zu werden. Der Gedanke, nach einer monatelangen Tour nach Hause zu kommen, zu einer Frau und Familie erschien wie ein unerreichbares Fantasiegebilde.

Er konnte sich mit Alana sehen. Er hatte sich noch nie mit jemandem eine Zukunft vorgestellt, aber bei ihr war es ganz einfach. Bis ins kleinste Detail konnte er sich vorstellen, wie atemberaubend sie in weiß aussehen würde, der Glanz in ihren Augen, wenn er sie über die Schwelle trug, die Art, wie sie ein Kind stillen würde.

Er schüttelte den Kopf und biss die Zähne zusammen. Auch wenn sie das perfekte Bild für seine Zukunft abgab, konnte das Timing nicht schlechter sein. Ihr Leben hatte gerade erst angefangen. Sie war noch gar nicht in der Lage, vollständig zu begreifen, welche Möglichkeiten ihr die Welt zu bieten hatte – oder welche Männer, die sie reihenweise umhauen würde.

„Es ist nicht so einfach." Er wünschte, es wäre. Gott, wie sehr er das wünschte. Hätte er ein normales Leben und eine normale Laufbahn eingeschlagen, hätten sie vielleicht eine Chance. Aber dem war nicht so. Sein Leben bestand darin, unterwegs zu sein, in zahlreichen Ländern und in Tonstudios und bei Bandproben.

„Das ist Liebe nie." Blake klopfte ihm auf die Schulter und gesellte sich zu den Damen in der Küche. Mitch folgte ihm und ignorierte die leise Eifersucht, die ihn überfiel, als sein Freund mit Alana sprach und ein strahlendes Lächeln auf ihr Gesicht zauberte.

Nein. Das zwischen ihnen wäre zu kompliziert. Genau die Art von Szenario, die keiner von ihnen im Augenblick gebrauchen konnte. Mehr, als sie noch eine Weile in seinen Armen zu halten und einen freundschaftlichen Abschied konnte er nicht erwarten.

Zwei Stunden später saß Alana mit einem weiteren Glas Wein in der Hand auf dem Balkon der Hotelsuite. Sie konnte sich nicht daran erinnern, wie viel sie getrunken hatte, aber ihre Wangen waren vom Alkohol gerötet und ihr Herz schlug jetzt in einem gemächlichen Dreivierteltakt statt des ungestümen Stakkatos der letzten Tage.

Seit sie das Schlafzimmer verlassen hatten, hatte sie nur ein paar Worte mit Mitchell gewechselt; es war eine will-kommene Unterbrechung der unablässigen Flut lüsterner und liebestoller Gedanken. Sie hatte auch aufgegeben, sich auszureden, dass sie in ihn verliebt war. Es kostete einfach zu viel Kraft. Sie passten zu gut zusammen. Sie ergänzten sich perfekt.

„Ist zwischen dir und Mitch alles in Ordnung?"

Alana sah von ihrem Glas auf und blickte in Leahs dunkles Gesicht. Die Stimme der Frau klang ein wenig besorgt. „Ja ... ich denke schon. Warum?"

Leah schaute weg. „Kein wirklicher Grund, nur so. Er wirkt irgendwie bedrückt."

Alana beobachtete, wie das Glitzern eines Weinglases Leahs Lippen erreichte, bevor es wieder abgesetzt würde.

„Vorher, als ihr beide ... äh ... aus dem Schlafzimmer

kamt, sah er glücklich aus. Glücklich und unbeschwerter als sonst. Aber in den letzten paar Stunden war er mürrisch und distanziert, wenn ich in der Küche war.“

Alana nahm einen Schluck aus ihrem Glas und blinzelte in die Richtung von Leahs Gesicht, bemüht, das dunkle Bild schärfer zu stellen. Die Unfähigkeit, den Gesichtsausdruck anderer Menschen zu sehen, machte sie verrückt. Sie mussten lernen, sich stärker auf die in ihren Stimmen mitschwingenden Gefühle zu konzentrieren.

„Willst du, dass ich mit ihm spreche?“ Es war komisch, diese Frage jemanden zu stellen, der Mitchell besser kannte als sie.

„Nein.“ Leah schüttelte den Kopf. „Es ist wahrscheinlich nichts. Ich werde nur nervös, wenn die Jungs nicht sie selbst sind, besonders, wenn wir kurz vor einer Tour stehen.“

Ryans Frau, Julie, brach in lautes Gelächter aus und sie wandten sich ihr zu. Danach kam Kates leises Kichern aus einer anderen Ecke des Balkons.

„Wow“, flüsterte Leah. „Ich kann mich nicht erinnern, wann sie das letzte Mal gelacht hat. Zur Hölle, ich kann mich nicht mal an das letzte Mal erinnern, als sie gelächelt hat.“

„Wirklich?“ Julie war seit ihrer kurzen Begrüßung still gewesen. Sie hatte sich nicht mal miteinander unterhalten. Abgesehen von dem vernebelten Umriss einer großen, schlanken blonden Frau war die Frau des Rhythmusgitarristen Alana ein Rätsel. „Ich nahm an, dass sie traurig ist, weil Ryan auf Werbetour geht.“

Lea lachte trocken. „Nein. Sie zieht es vor, wenn er weg ist. Sie haben das ganze letzte Jahr nur gestritten.“

„Oh.“ Alana fiel dazu nichts ein. Ryan schien ein netter Kerl zu sein. Ein verdammt attraktiver, wohlhabender und talentierter netter Kerl.

„Komm.“ Leah erhob sich von ihrem Stuhl und

streckte eine Hand vor Alanas Gesicht. „Lass uns reingehen und mit meinen Jungs quatschen. Vielleicht muntert
deine Gesellschaft Mitch ja auf."

Das stakkatoartige Flattern unter ihren Rippen machte
sich wieder bemerkbar. Der bloße Gedanke, in seiner Nähe
zu sein, beschleunigte ihren Puls. „Klingt gut." Sie hielt ihr
jetzt leeres Weinglas in einer Hand und erlaubte Leah, ihr
mit der anderen aufzuhelfen.

Eine halbe Stunde später verstand sie, was Leah über
Mitchell gesagt hatte. Alana bemerkte seine Veränderung
auch ohne ihre Sehkraft. Er war weit weg, obwohl sie jetzt
nebeneinander auf dem Sofa saßen. Er berührt sie noch
immer, küsste ihre Wange mit Zuneigung und sprach oft
mit ihr, doch wenn er es tat, fehlte der ihm eigene Enthusi-
asmus, so, als ob er nicht mehr mit ganzem Herzen bei der
Sache war.

Vielleicht hatte der Stimmungsumschwung etwas mit
dem Druck der bevorstehenden Album-Veröffentlichung
zu tun und den Nächten, die er wegen der Werbetour
auswärts verbringen würde. Sie kannte ihn nicht gut
genug, um es beurteilen zu können. Aber sie wünschte, sie
tat es, denn mit jedem seiner schweren Atemzüge fühlte es
sich an, als würde er sich weiter von ihr entfernen. Für
immer.

„Was machst du, bevor ihr morgen abreist?" Sie
schmiegte ihren Kopf an seine Schulter und kuschelte sich
an ihn. Sie hatten immer nur über heute Abend diskutiert;
ihr Herz wurde fordernder, verlangte zu wissen, ob sie
mehr Zeit miteinander verbringen würden, bevor er
aufbrach.

„Ich habe fast den ganzen Tag Werbeverpflichtungen."
Ihr Herz zog sich zusammen und sie nickte, um die
Enttäuschung wegzuschieben.

Er legte seinen Arm um ihre Schulter und zog sie an
sich. „Am späten Vormittag nehmen wir ein vorwegge-

nommenes Interview für eine Show im Frühstücksfern-
sehen auf. Da Mason sich kategorisch weigert, irgendwo
vor elf aufzutauchen, müssen wir es morgen für die Show
am Tag drauf aufnehmen."

Sie drehte ihren Kopf, um ihn anzusehen und zog
fragend eine Augenbraue hoch. „Nicht vor elf? Ernsthaft?"

„Wenn du so viel Geld und Zugkraft hast wie der
allseits berühmte Mason Lynch, kannst du im Prinzip
verlangen, was du willst." Er zuckte die Achseln. „Am
Nachmittag besuchen wir das hiesige Rehazentrum für
Drogen- und Alkoholsucht."

„Wirklich?" Jeden Tag, fast jede Stunde versetzte er sie
in Staunen, weil er so anders war, als ihre Mutter Männer
dargestellt hatte. Sie war so stolz auf ihn.

„Das ist etwas, was wir möglichst oft machen. Vor
allem seit dem Beinaheunfall mit dem Fan, der eine Überdosis erwischt hat. Wir zeigen gerne unsere Unterstützung
und wiederholen, dass Reckless Beat den Missbrauch von
Alkohol oder den Gebrauch von illegalen Drogen nicht
duldet."

Nein, dieser Mann entsprach definitiv nicht dem von
ihrer Mutter gezeichneten Bild.

„Schau mich nicht so an." Er lächelte leise.

Sie konzentrierte sich auf das Weiß seiner Zähne und
runzelte die Stirn. Er durchschaute sie schon gut.

„Es geht vor allem darum, sich zu zeigen und die
bösartigen Typen ruhigzustellen, die glauben, wir ermu-
tigten Kinder dazu, Drogen zu nehmen." Das Lächeln
verschwand und der Schatten der hinter ihm stehenden
Lampe erschwerte es, seinen Gesichtsausdruck zu erkennen. „Ich mache es trotzdem gerne. Es relativiert die
Dinge. Und wenn ein paar Stunden meiner Zeit genügen,
um diese armen Schweine auch nur für eine kleine Weile
aufzumuntern, dann bin ich gern dazu bereit."

„Du bist ein wunderbarer Mann, Mitchell." Sie drehte

sich weiter zu ihm hin und gab ihm einen Kuss auf die Wange.

Er hielt ihren Hinterkopf fest und ihre Lippen waren weniger als einen Zentimeter voneinander getrennt. „Ich liebe es, wie du meinen Namen sagst.“

„Und ich liebe es, ihn auszusprechen. Sie küsste ihn erneut, diesmal auf den Mund. „Du hast mir die Augen geöffnet und mein Leben in nur wenigen Tagen auf den Kopf gestellt. Ich kann dir dafür gar nicht genug danken. Ich kann nur raten, was du für andere alles tust.“

Er reagierte nicht mit seiner üblichen Leidenschaft. Seine Lust loderte nicht auf wie bisher. Stattdessen streichelte er mit einer Hand durch ihr Haar und stieß einen tiefen Seufzer aus. „Du bist etwas Besonderes, Allie.“

Ihr wurde flau im Magen, nicht wegen dem, was er sagte, sondern wegen des resignierten Tonfalls.

„Sag mir, was nicht stimmt“, flehte sie ihn an und legte ihre Hand an seine Wange.

„Nichts, mein Schatz.“ Er legte seinen Kopf in ihre Hand. „Einfach nur müde, nehme ich an.“

Es war mehr als nur Schlafmangel. Er schloss sie aus und sie wusste nicht, warum.

„Willst du, dass ich gehe? Kate und ich können uns ein Taxi rufen.“

„Nein.“

Sie atmete langsam ein. Und tief. In seiner Stimme lag immerhin eine beruhigende Überzeugung. Wäre da nicht seine düstere Stimmung, würde sie ihm vielleicht sogar glauben.

„Was sind deine Pläne für morgen?“

Der Themawechsel passte ihr nicht, aber sie sagte nichts. „Ich habe einen Kontrolltermin bei der Optikerin.“

„Mist. Das habe ich total vergessen.“

„Macht nichts. Mein Sehvermögen wird besser und Kate hat den Tag frei, also komme ich da problemlos hin.“

Sie rieb seine Brust, um die von ihm ausgehende Anspannung zu lindern. „Ich möchte auch rauskriegen, ob es möglich ist, für ein paar Monate in Richmond zu leben ... und ich plane, die Bowens anzurufen und mich nochmals mit ihnen zu treffen. Bisher war meine Mutter die einzige Familie, die ich je gekannt habe; ich muss wissen, ob ich wirklich mit diesen Menschen verwandt bin. Ich würde es mir nicht verzeihen, wenn ich nicht versuchte herauszufinden, ob sie die Wahrheit gesagt haben.“

Seine Haltung wurde starr. „Wann hast du vor, sie zu sehen? Du solltest da nicht alleine hingehen.“

„Mach dir keine Sorgen. Wirklich. Ich werde nichts Unüberlegtes tun.“

Die Anspannung wich ein wenig aus seinem Körper und sie streichelte ihm weiterhin sanft über den Brustkorb, um ihn zu beruhigen.

„Plan das für die Mittagszeit. Ich werde versuchen, so früh wie möglich aus dieser Sache mit der Frühstücks-Show herauszukommen und dich zu begleiten.“

Ihre Hand hielt inne, weil sie von ihren Gefühlen überrollt wurde. Seine Aufrichtigkeit und Sorge berührten sie; sie hätte es nie für möglich gehalten, dass sich das Interesse eines Mannes so anfühlen würde. „Das musst du nicht machen.“

„Bitte, Allie.“ Er drückte sie an sich. „Lass mich diese eine letzte Sache für dich tun, bevor ich weg muss.“

Die Erinnerung an seine Abreise schnürte ihr die Kehle so fest zu, das es weht tat. Sie krümmte sich innerlich bei dem Gedanken an all die Dinge, die er bei den Bowens über sie erfahren würde. Obwohl sie ihm nichts verheimlicht hatte, wollte sie nicht vor aller Welt zugeben, dass ihr Leben das Resultat einer abscheulichen Tat war.

„Versprich mir, dass du nicht ohne mich hingehen wirst.“ Er hob ihr Kinn und schaute ihr in die Augen.

Sie nickte, schluckte.

„OK." Er hauchte einen Kuss auf ihre Lippen. „Lass uns ins Bett gehen. Diesmal möchte ich dich lieben. Er fuhr mit seinen Finger durch ihr Haar und hielt sie fest. „Ich möchte mir Zeit nehmen. Ich will dich schmecken und genießen und dass du in meinen Armen einschläfst."

Alana blinzelte, um die aufsteigenden heißen Tränen zu unterdrücken. Obwohl er es nicht gesagt hatte, konnte sie das *zum letzten Mal* am Ende seiner Erklärung hören.

Kapitel Zwölf

NACHDEM SIE AUFGESTANDEN WAR, nahm Mitch Alanas Hand.

„Wir machen Schluss für heute", verkündete er seinen Freunden.

Leah war vor über einer Stunde zu ihrem Hotelzimmer ein paar Etagen weiter unten aufgebrochen, um früh ins Bett zu gehen. Kate war ihr gefolgt und hatte Leahs Sofa der überfüllten Suite zum Übernachten vorgezogen. Und Julie noch saß noch draußen auf dem Balkon, ungesellig wie immer.

Blake und Mason sahen beide mit einem wissenden Grinsen vom Esstisch auf. Blake öffnete den Mund und schloss ihn wieder, während der heitere Ausdruck aus seinem Gesicht wich. Es war dasselbe bei Mason. Diese Männer waren wie seine Brüder – standen ihm sogar noch näher. Sie sahen, dass er darunter litt, Alana gehen lassen zu müssen. Es schmerzte in der Brust und ließ seine Handflächen schwitzen. Sie hatten nicht viel Zeit miteinander verbracht, aber bei dem Gedanken an den Abschied von ihr zeigte sein Körper mehr und mehr Entzugserscheinungen.

Sean starrte weiterhin auf die Pokerkarten in seiner Hand. „Viel Spaß. Benutzt Kondome. Seid vielleicht ein bisschen leiser. Ich habe empfindliche Ohren."

Ryan kicherte, legte zwei seiner Karten auf den Stapel in der Tischmitte und nahm zwei weitere auf. „Ich hätte es nicht besser sagen können."

Blake sah ihn mit zurückgelegtem Kopf besorgt an und eine unausgesprochene Frage schwebte im Raum. Als Mitch nicht antwortete, schob Blake seinen Stuhl zurück und gesellte sich zu ihnen. „Nacht, Alana." Er drückte sie mit einem Arm kurz an sich, während sein Blick auf Mitch gerichtet war. „Kann ich mal kurz mit dem Priester reden, bevor ihr zwei verschwindet und euer Ding machte?" Seine Stimme klang ernst.

Sie antwortete mit einem leichten Nicken. „Klar." Sie stellte sich auf Zehenspitzen und küsste Mitch auf die Wange. „Ich gehe mir mal die Zähne putzen."

Er ließ ihre Finger aus seiner Hand gleiten; bei dem Gedanken, das in der nahen Zukunft endgültig zu tun, huschte ein gequälter Ausdruck über sein Gesicht. Er starrte Blake an und sie standen beide stumm und unbeweglich da, bis Alana den Raum verlassen hatte und die Schlafzimmertür mit einem sanften Klicken ins Schloss fiel.

„Es wäre dumm von dir, sie gehen zu lassen."

Mitch zog eine Augenbraue hoch. „Es wäre dumm von dir, ungefragt was zu einem Thema zu sagen, von dem du keine Ahnung hast." Er wollte sich nicht wie ein Idiot benehmen. Blake versuchte nur, ihm zu helfen. Mitch war einfach nur zu Tode genervt von diesem Knoten, der sich in seiner Brust gebildet hatte. Ein Knoten, der wuchs und sich jedes Mal enger zuzog, wenn er daran dachte, die Frau verlassen zu müssen, in die er sich verliebte.

Blakes durchdringender Blick und sein offensichtliches Mitgefühl machten alles noch schlimmer. Er konnte seine

Gedanken lesen. „Wann wolltest du zum letzten Mal mehr als eine Nacht mit einer Frau verbringen?“

Mitch entfuhr ein höhnisches Lachen und er fuhr sich mit der Hand durchs Haar.

„Sich ihre Nummer zu besorgen und zu sagen, dass du sie anrufen wirst, begründet keine lebenslange Verpflichtung. Es ist eine Gelegenheit. Wenn du dich rausnimmst, bevor du es wenigstens versucht hast, bist du ein verdammter Schwachkopf. Und es ist vielleicht dumm von mir, meine Meinung zu sagen, weil ich nicht weiß, was sie denkt, aber du bist ein Schisshase, wenn du sie gehen lässt.“

„Du hast keine Ahnung.“ Mitch drehte sich um und ließ ihn stehen. Blake wusste nichts über ihr Leben oder die Tatsache, dass sie bisher keins gehabt hatte. Er wusste nicht, dass sie ganz neu anfing. Dass sie keine Zeit hatte, auf einen Mann zu warten, der nur ab und zu an ihrem Leben teilnehmen würde. Sie brauchte jemanden, der da war. Jemanden, der ihr die Aufmerksamkeit schenkte, die sie verdiente.

Blake packte ihn an der Schulter und zerrte ihn zurück.

Vielleicht lag es an seiner Wut, den paar Bier, die er getrunken hatte oder dem Bedürfnis, schnell wieder bei Alana zu sein – irgendetwas brachte ihn aus dem Gleichgewicht, er stolperte und krachte mit einem dumpfen Knall gegen die Wand.

„Oh, Scheiße“, fluchte Mason und drei Stühle schrammten über den Fliesenboden.

Er richtete sich auf und starrte Blake wütend an, nicht wegen des Stoßes; auch nicht, weil sein Freund nicht aufhörte, seine Argumente anzubringen, sondern weil es jetzt eine unnötige Szene gab, die ihn von Alana fernhielt.

„Was?“ Er erhob seine Stimme. „Was zum Teufel willst du von mir?“

Blake hob kapitulierend die Hände und trat einen Schritt zurück. „Tut mir leid, Mann. Mir war nicht klar, dass du so viel getrunken hast. Wir reden morgen früh weiter."

„Nein. Das werden wir nicht", führ Mitch ihn an. Er war es immer und immer wieder durchgegangen. Sie passten nicht zueinander. Unterschiedliche Leben. Unterschiedliche Erziehung. Sie hatten keine Zukunft. Sie brauchte keinen Mann, der ihr das Leben schwer machte. Sie brauchte einen Mann, der rund um die Uhr zur Stelle war, um sie zu lieben.

Sean ging dazwischen und wandte sich an Mitch. „Hör auf."

„Willst du mich verarschen?" Sein Blut kochte. „Blake ist derjenige, der hier Dr. Sommer oder so einen Scheiß spielt, und du sagst *mir*, ich soll aufhören? Das ist mir zu blöd. Ich gehe ins Bett."

Als er sich umdrehte, stand Alana da, mit einem Bein außerhalb des Türrahmens; in ihren Augen schimmerten Tränen und ihr Gesicht sah traurig aus.

Er schloss für einen Moment seine Augen, holte tief Luft und ging zu ihr. Sobald sie beide wieder im Zimmer waren, schlug er die Tür hinter ihnen zu und blendete den Rest der Welt aus. Er wollte sie trösten, sich dafür entschuldigen, dass er der Auslöser für den besorgten Ausdruck auf ihrem Gesicht war, aber er war zu aufgebracht.

Stattdessen ging er direkt ins Bad, drehte den Hahn auf und wusch sich mehrmals das Gesicht; irgendwann würde sein Puls schon wieder runtergehen. Nachdem er sich soweit beruhigt hatte, dass er wieder klar denken konnte, betrat er das Schlafzimmer und fand sie mit hängendem Kopf am Fußende der Matratze sitzen, die Hände in ihrem Schoß verschränkt.

Er betätigte den Lichtschalter neben der Schlafzimmertür, machte das Licht aus und näherte sich ihr. Seine

Augen brauchten einen Moment, um sich an die Dunkelheit und den sanften Schimmer zu gewöhnen, der unter der Tür durchschien. Als er das Bett erreichte, drängte er sich zwischen ihre Beine und ihre Schenkel öffneten sich ohne Protest, während er sich dazwischen niederließ. Er hob sanft ihr Kinn an und sah auf ihr Gesicht herab, das im Schatten lag.

„Es tut mir leid." Er wünschte, er hätte die perfekten Worte parat. Stattdessen war da nur eine quälende Sehnsucht, die er nicht stillen konnte.

„Ich kann ... mit Gewalt nicht umgehen."

„Ich weiß, mein Schatz. Es war nichts weiter." Er streichelte ihre Wange, dann ihre Lippen mit seinem Daumen. „Wir sind gerade alle etwas gestresst und ... das entschuldigt unser Verhalten nicht, aber ich schwöre, dass du dir keine Sorgen machen musst."

„Du musst ehrlich zu mir zu sein." Ihre Stimme traf ihn wie ein Messerstich mitten ins Herz. „Ich bin das alles nicht gewohnt, das mit uns, und ich habe keine Ahnung, was los ist. Habe ich etwas falsch gemacht? Willst du, dass ich gehe? Ich ..." Sie holte ganz tief Luft. „Ich mag dich wirklich, Mitchell –"

„Hey." Er kniete sich zwischen ihre Schenkel und legte seine Hände auf ihre Hüften. Ihre Wärme hüllte ihn ein. Der berauschende Duft ihres Körpers vermischte sich mit dem der Hotelseife und verteilte sich in seiner Lunge wie ein Betäubungsmittel. „Du musst dich für nichts entschuldigen." Der Drang, ihr sein Herz auszuschütten wurde übermächtig. Er würde ihr seine Gefühle beichten und sie würde ihn trösten und ihn überreden, daran zu glauben, dass sie das hinkriegen würden. Dass sie immer auf ihn warten würde und bereit war, ihr Leben auf Eis zu legen, damit sie zusammen sein konnten.

Und davor hatte er die größte Angst: Dass er nicht die Kraft hatte, sich auf die Zunge zu beißen. Nicht Mann genug war, sie um ihretwillen zu verlassen. Um ihr das Leben zu ermöglichen, das sie verdiente.

„Tut mir leid, Allie.“ Er zog sie näher an den Rand des Betts und umarmte sie. „Ich bin müde, gestresst und überfordert. Vor Werbe- und Konzerttouren bin ich immer komisch drauf. Es hat nichts mit dir zu tun.“ Die Lüge versetzte ihm einen tiefen Stich in die Brust, fühlte sich an wie eine Ohrfeige Gottes, die ihn vor seinem nun unvermeidlichen Abstieg in die Hölle warnte.

Sie antwortete nicht.

„Das Letzte, was ich möchte, ist, dass du gehst.“

Ihre Hände umschlangen seinen Nacken. Er hielt den Atem an, spürte das Ziehen seines steif werdenden Schwanzes und genoss den Schauer, der seinen ganzen Körper erzittern ließ, als sie ihre Fingernägel in seinen Hinterkopf versenkte. Ein Stöhnen vibrierte in seiner Kehle und er gab sich ihrer Berührung hin.

„Du solltest dich hinlegen“, murmelte sie.

„Mmm, das sollte ich vielleicht.“ Er stand auf, ergriff ihre Hände und zog sie mit sich hoch. „Kommst du mit?“

„Ja.“ Das Wort war ein atemloses Flüstern.

Er trat dicht an sie heran, berührte ihre Nasenspitze mit seiner und verharrte mit seinem Mund über ihren warmen, seidigen Lippen. Er schloss die Augen und saugte alles in sich auf. Ihren Duft, ihr Wesen, ihre Ausstrahlung. Er füllte seine Lungen mit ihrem Geruch und schloss ihn für alle Zeiten tief in seiner Seele ein.

Sein Herz hörte nicht auf, ihn zu martern und Szenen einer perfekten Zukunft zu entwerfen. Geprägt von Leidenschaft und Hingabe und Liebe. Er wollte die Bilder festhalten, seinen Mund öffnen und ihr seine Liebe einhauchen, aber er zog seine Schultern zurück und blieb standhaft.

Alana würde einen Mann finden. Einen besseren Mann.

Und diese Erkenntnis traf ihn härter als der Gedanke, sie zu verlieren.

Er verdrängte die innere Aufruhr, die ihn zu zerreißen drohte, beugte sich über sie und legte einen Arm unter ihre Knie und den andere unter ihren Rücken, um sie hochzuheben.

Sie wehrte sich nicht, sagte kein Wort, als sie ihre Arme um seinen Hals schlang. Er trug sie um das Bett herum und legte sie ab. Als sie wegrutschte, zog er die Überdecke zum Fußende des Betts, während sie unter das Laken schlüpfte.

Er legte sein Kleidung ab. Ein Stück nach dem anderen. Seine Jeans. Seine Unterwäsche. Sein Hemd. Bis er ganz nackt vor ihr stand – körperlich und seelisch. Er wusste nicht, ob sie ihn sehen konnte, aber ihr Blick brannte auf seinem Körper, wanderte über jeden Zentimeter seiner Haut.

Er nahm ein Kondom vom Nachttisch und legte es unter sein Kopfkissen. Sein Schwanz richtete sich erwartungsvoll auf, als er das Laken zurückschlug, ins Bett kletterte und sich neben sie legte. Sie lag auf der Seite und hatte ihm ihr Gesicht zugewandt. Obwohl er sie in der Dunkelheit kaum erkennen konnte, sah er ihr Bild gestochen scharf vor sich. Er würde dieses Bild nie loslassen. Nicht morgen oder nächsten Monat oder in zwanzig Jahren. Sie hatte sich für alle Ewigkeit in sein Herz eingebrannt.

„Du solltest versuchen, zu schlafen." In ihrer Stimme lag keine Spur von Humor, nur Resignation.

Scheiß auf Schlaf. Er hatte die Müdigkeit nur vorgeschoben, um seine miese Laune zu entschuldigen. Er wollte sie die ganze Nacht lieben, berühren, sich an ihr berauschen. Dieses eine Mal standen die Bandverpflichtungen an zweiter Stelle. Die letzten Stunden mit Allie waren das Einzige, was ihm wichtig war.

„Im Augenblick gibt es einige Dinge, die ich tun sollte, aber was ich will, bist du." Er drückte sich an sie und legte einen Arm über ihre Taille, wobei er mit seiner Erektion gegen die weiche Baumwolle ihrer Shorts stieß.

Er hörte, wie sie nach Atem rang und bevor sie ausatmen konnte, hatte er sich vorgebeugt und ihren Mund mit einem leidenschaftlichen Kuss verschlossen. Ihre Lippen waren untrennbar, ihre Zungen tanzten und langsam wich die Steifheit aus ihrem Körper und sie gab sich seiner Umarmung hin.

Ihre Hände griffen nach seinem Haar, immer wieder sein Haar, immer wieder sein Verhängnis, und strichen ihm Strähnen aus dem Gesicht hinters Ohr. Normalerweise ließ er es nicht zu, dass jemand damit spielte. Bisher war es ihm immer unangenehm gewesen, aber bei Allie war es anders. Jedes Streicheln jagte einen Schauer über seine Kopfhaut, bei jedem Ziehen und Kratzen schoss ihm das Blut direkt in seinen pochenden Schwanz.

Er zog sie näher an sich und stöhnte auf, die Reibung fühlte sich so gut an; seine Küsse wurden fordernder. Er war verrückt nach ihr und seine Gedanken und Wünsche raubten ihm den Verstand.

Verdammt. Er wollte sich Zeit nehmen, sie genießen und ihren Körper ganz und gar kosten. Er zog sich zurück, rang nach Atem und versuchte, sich zu beruhigen. „Zieh dich aus. Ich will dich spüren ... jeden Millimeter von dir an meinem Körper spüren."

Sie folgte seinem Wunsch und entledigte sich zuerst des Hemds, bevor sie Shorts und Höschen unter dem Laken auszog und wegwarf.

Sie lagen regungslos und schweigend da, seine Erektion an ihrem Venushügel, sein Arm auf ihrer Taille, ihre Brüste gegen seine Brust gepresst. Er liebkoste ihre Lenden und malte mit seinen Fingern aufwendige Muster auf ihre Haut, während sie gegenseitig ihre Wärme genossen.

Eine ihrer Hände streifte über seinen Körper. Sie strich mit ihren Fingern leicht über seinen Arm, seine Rippen und an seinem Oberschenkel entlang. Ihre Berührung verbrannte seine Haut, verwandelte sein Blut in Lava und seinen Schwanz zu Stein. Er wollte die Position verändern, um sie zu verwöhnen, sich vor Lust winden zu sehen; er wollte sie mit ihrem Verlangen von dem Seinigen ablenken. Er beugte sich hinunter und saugte ihre Brustwarze in seinen Mund, ließ seine Zunge um den aufgerichteten Hügel kreisen. Sie gab ein leises Wimmern von sich, rieb ihren Schoß an ihm und grub ihre Nägel in seinen Hintern.

Ihre Reaktion erregte ihn noch mehr. Er wandte sich ihrer anderen Brust zu und bedachte sie mit der gleichen Aufmerksamkeit, während er mit seiner Hand die umfasste, die er zuerst verwöhnt hatte.

Sie wölbte ihren Rücken und stöhnte vor Lust, aber es reichte ihm noch nicht. Er musste spüren, dass sie sich ebenso verzehrte wie er, ebenso bedürftig, so verrückt vor Lust und Anbetung war. Er rieb ihre Nippel zwischen seinen Fingern, genoss ihr Keuchen – und gab sie frei. Ganz langsam fuhr er mit seiner Hand über ihren Bauch, ihren Unterleib, durch die Locken im Dreieck zwischen ihren Schenkeln.

Ihre Atmung beschleunigte sich und er konnte ihren heißen Atem auf seinem Gesicht fühlen, während er mit seinem Mund von einer Brust zur anderen wanderte. Er liebkoste ihre Muschi und ließ seine Finger über ihre prallen Lippen gleiten, hin und her, bis sie sich unter seiner Berührung wand.

„Mitchell ... Mitchell.“

Er hob seinen Blick, um im Dunklen ihr schönes Gesicht anzusehen.

Sie verbarg es an seinem Hals und er spürte ihre Zunge auf seiner Haut. „Bitte. Oh Gott, bitte.“

„Was, mein Schatz?“ Er verstärkte den Druck, mit dem seine Finger um ihren Kitzler kreisten. „Sag mir, was du willst.“ Er lechzte nach den Worten, wollte das Zittern in ihrer Stimme hören. „Sag mir, was du brauchst.“

Sie presste ihr Becken an ihn und ihre Fingernägel hinterließen Striemen auf seinem Rücken. „Dich“, flüsterte sie ihm ins Ohr und die Gänsehaut fand ihren Weg direkt zu seinen Eiern. „Ich will dich, Mitchell.“ Sie saugte an seinem Hals. „Nur dich ... bitte.“

Er fuhr mit seinen Fingern durch die Mitte ihrer feuchten und erregten Muschi.

„Ich will dich jetzt in mir spüren.“

Auch seine Geduld war am Ende. Er lehnte sich zurück, nahm das Kondom unter dem Kissen hervor und streifte es über. Als er sich vorsichtig auf sie legte, stütze er sich auf seine Unterarme auf, damit er sie mit seinem Gewicht nicht erdrückte. Seine Erektion lag an ihrer nassen Schamlippen, sein Bauch an ihrem. Es war ganz still im Raum, ihre Hände ruhten auf seinen Schultern und für eine lange Zeit sahen sie sich einfach nur an.

Ihre Augen waren zu dunkel, als das er sie hätte ausmachen können, im Zimmer zu viel Schatten, um das helle Grün der Iris zu sehen, das er so sehr liebte. Er spürte ihren Herzschlag hart an seiner Brust, im selben Takt wie sein rasender Puls, der in seinen Ohren pochte.

Verdammt. Es hatte ihn erwischt. Auch in Grautönen sah sie wunderschön aus. Und nie zuvor hatte er eine Frau lieben wollen. Er konnte sich daran nicht erinnern, jemals langsamen, gefühlvollen Sex gehabt zu haben. Als Teenager hatte er sich ein Mantra konzentriert: „Das ist kein Sprint, sondern ein Marathon. Das ist ein Marathon, kein Sprint“. Er verbrachte seine Zeit damit, seine Partnerinnen auf die ein oder andere Weise ins Ziel zu bringen. Dann wurde Reckless Beat berühmt und die Frauen liefen ihm hinterher. Es war ihnen egal, ob er sie befriedigte oder nicht; die Hauptsache war, sie konnten ihren Freunden erzählen, dass sie mit einem Rockstar gevögelt hatten.

Die Intimität der Missionarsstellung war nie sein Ding gewesen, aber jetzt, in diesem Moment wollte er nichts anderes, als ihren Atem zu spüren, die Berührung ihrer Brüste an seiner Brust zu fühlen und den dunklen Umriss ihres Gesichts zu sehen.

Mit einer leichten Neigung seines Beckens brachte er sich in Position und seine Schwanzspitze stieß an ihre feuchte Pforte. Ihre Hände umklammerten seine Schultern und er schloss die Augen, als er seine Lippen auf ihre legte. Er drang in sie ein und die ihn empfangende Enge ließ ihn lustvoll aufstöhnen.

Ihr Kuss war träge und bedächtig, die sanften Streichbewegungen ihrer Zungen und der zarte Lippendruck imitierten den Rhythmus seiner sacht stoßenden Hüften. Mit jedem Stoß schenkte er ihr sein Herz und seine Seele und brach innerlich unter der Last der Liebe zusammen.

Ich liebe dich ... ich liebe dich ... ich liebe dich.

Er konnte die Worte nicht aussprechen, aber er legte das Gefühl in jede Berührung.

Ihre Schenkel öffneten sich weiter und ihre Beine umschlossen seine Taille. Als er das nächste Mal sein Becken nach vorne schob, stöhnten sie zusammen auf und das tiefere Eindringen brachte ihn so nah an den Rand des Höhepunkts, dass er dachte, es gäbe kein Zurück mehr. Er unterbrach den Kuss, hielt inne und stützte sich auf einem Ellbogen ab, um die Verbindung zu kappen, die seine Seele mit dieser Frau anscheinend eingegangen war.

Das Verlangen beschränkte sich nicht auf sein übliches Lustzentrum, sondern schoss quer durch seinen Bauch, durch seine Brust und schnürte ihm das Herz zusammen. Sie nahm ihn von Kopf bis Fuß gefangen, vereinnahmte seinen Geist und seine Seele.

„Nicht aufhören." Sie zog ihn zurück auf ihre Brust.

„Gib mir nur eine Minute." Er legte seine Stirn an ihre.

„Nein", flüsterte sie und hob ihr Becken, wodurch sein Schwanz tief in ihrer Vagina versank. „Ich bin fast soweit."

„Oh Gott", stöhnte er und biss sich auf die Lippe, um seinen unaufhaltsam nahenden Orgasmus zurückzuhalten. Er bewegte sich langsam und bedächtig, stieß aber härter zu und drang bis zum Anschlag in sie ein. Jedes Mal, wenn er zurückzog, machte er eine Atempause, um die Kontrolle zurückzugewinnen.

„Mitchell." Ihr Flehen war sein Verhängnis.

Er griff mit der Hand in ihren Nacken und presste ungestüm seine Lippen auf ihre. Dieser Kuss war weder zart noch liebevoll. Er war Ausdruck seiner Leidenschaft und Schwäche, seiner Verletzbarkeit und schonungslos ehrlich. Ihre Schenkel umklammerten ihn so hart, dass es wehtat, ihr Rücken war gewölbt und bei jedem seiner harten Stöße schnappte sie nach Luft.

„Mitchell, ich komme."

Ihre Muschi melkte ihn härter, als er zwischen ihren engen Wänden hin und her glitt und er erreichte seinen Höhepunkt in Sekunden. Er schleuderte seinen Samen heraus und stöhnte bei jedem rhythmischen Zusammenziehen, bis seine Beine vor Anspannung brannten. Er vergrub sein Gesicht an ihrem Hals, ließ sich während seiner nachlassenden ekstatischen Zuckungen von den Klängen des weiblichen Orgasmus berauschen.

Ihre Oberschenkel entspannten sich, lösten ihre Umklammerung und fielen zurück auf das Bett. Seine Gedanken waren ein einziges Chaos, ein Kampf zwischen seinem Wunsch, Alana für sich zu gewinnen und seinem Gewissen, das ihm sagte, dass er sie freigeben musste. Er fühlte sich unendlich zerrissen, während er an ihrem Hals nach Luft schnappte.

Er wünschte, er hätte eine Lösung, wüsste, welchen

Weg er wählen sollte, welcher der Richtige für sie beide
war. Aber als sich die Erschöpfung breit machte und ihn
der Schlaf zu übermannen drohte, erkannte er, dass egal,
was zwischen ihnen passierte, er sie niemals wirklich würde
loszulassen können – selbst wenn er sie verlassen würde.

Kapitel Dreizehn

Als Alana wieder zur Besinnung kam, war sie noch immer warm, erfüllt und hatte noch immer das Lächeln auf den Lippen, mit dem sie letzte Nacht eingeschlafen war. Mitchell lag hinter ihr, sein Hüftknochen an ihrem Hintern. Seine warme Hand ruhte auf ihrem Oberschenkel.

Als sie aus der schlaftrunkenen Seligkeit auf- und in die Realität eintauchte, verschwand die Heiterkeit aus ihrem Gesicht. Sie wollte ihre Augen nicht öffnen und den Tag hereinlassen. Den Tag zu beginnen, bedeutete, dass sie sich dem Zeitpunkt näherten, in dem sie sich von dem Mann verabschieden musste, den sie vergötterte. Bei dem Gedanken an ihren bevorstehenden letzten Kuss wurde ihr übel.

Sie zog ihre Hand unter dem Kissen hervor, schon sie unter das Laken und über ihre nackte Taille hinweg, bis sie auf Mitchells Mitte ruhte. Sie berührte ihn, um Kraft zu sammeln. Mehr als alles andere wollte sie sich von ihm ohne Drama verabschieden. Es würde keinen Fangirl-Auftritt geben. Sie würde nicht weinen. So sehr ihre Augen auch brannten und ihre Hände zitterten, sie würde in seinem Beisein keine Träne vergießen.

Sie griff nach seinen Finger und erschrak über das Aufstöhnen. Ein Stöhnen, das vor ihr erklang, nicht hinter ihr. Sie riss ihre Augen auf. Sie folgte der Erhebung unter dem Laken neben ihr, über den tätowierten Arm auf der Decke, bis zu den dunklen stacheligen Haares eines Mannes, der mit dem Gesicht nach unten auf dem Kissen lag.

Ein Quietschen entfuhr ihrer Kehle.

„Blake", sie flüsterte und schluckte, um die Trockenheit in ihrem Mund zu lindern.

Er stöhnte wieder. „Was?" Seine Stimme kam dumpf aus dem Kissen.

„Deine Hand liegt auf meinem Oberschenkel." Sie rührte sich keinen einzigen Zentimeter und sprach leise, um Mitchell nicht aufzuwecken.

„Mmm."

„Blake", flehte sie. Seine Berührung löste ein Kribbeln aus und sie hyperventilierte. „Ich bin nackt und deine Hand liegt auf meinem Oberschenkel."

Er neigte seinen Kopf, sah sie kurz mit seinem schiefen Grinsen an und zog seine Hand weg. „Tut mir leid, hatte ich nicht bemerkt." Sein Tonfall und die glänzenden Augen verrieten genau das Gegenteil. Nachdem er sich gestreckt und auf den Rücken gedreht hatte, verschränkte er seine komplett tätowierten Arme hinter seinem Kopf.

Sie zog angesichts seiner Arroganz eine Augenbraue hoch, konnte sich aber nicht wirklich aufregen. Blake war nett zu ihr gewesen. Ab uns zu ein wenig frech, aber dennoch bekräftigten er und der hinter ihr liegende Mann beide den Eindruck, dass das andere Geschlecht nicht der Feind war. Wenn Mitchell perfekt war, dann war Blake die Person, die ihr gezeigt hatte, dass Freundlichkeit und Vertrauen existierten.

„Was machst du hier?" Sie hauchte die Frage. Sie redete sich ein, dass das von dem Schock herrührte, mit einem unliebsamen Gast im Bett aufgewacht zu sein. Das Ziehen in ihren Brustwarzen erzählte eine ganz andere Geschichte. Nicht, dass Blake sie reizte. Er hatte die schönsten dunkelbraunen Augen, die sie je gesehen hatte, aber er war eben nicht Mitchell, der sie wie ein Puzzleteil ergänzte.

Er hielt seine Augen geschlossen. „Ryan und Julie haben mein Bett genommen ... auch wenn sie damit nicht wirklich was anfangen konnten. Und Mason und Sean haben zu viel getrunken und liegen ohnmächtig auf der Couch und dem Boden. Ich hatte keinen Schlafplatz."

„Und deine Hand auf meinem Oberschenkel?"

Sein Grinsen wurde breiter und er öffnete ein Auge, um einen Blick auf sie werfen. „Ich kuschel im Schlaf."

Kopfschüttelnd konzentrierte sie sich auf seine Arme. Sie folgte den komplizierten Mustern, die seine Haut von den Handgelenken bis zu den Schultern überzogen und bekam Herzflattern, als ihr langsam klar wurde:

Sie konnte sehen.

Es gab noch immer unscharfe Stellen, Umrisse, die mit anderen verschmolzen, aber über Nacht hatte sich ihr Sehvermögen so weit verbessert, dass sie kleinere Details erkennen konnte. Wenn Mitchell nicht schlafen würde, dann würde sie ihr Gesicht jetzt einen Zentimeter vor seinem ablegen und ihm für immer in die Augen starren.

Als ob er ihre Gedanken lesen könnte, stöhnte er hinter ihr leise auf und die Matratze wackelte, als er sich anders hinlegte. Er hatte sich an ihren Rücken geschmiegt, seine Erektion stieß gegen ihren Hintern, sein Arm schlang sich um ihre Taille und blieb auf ihrem Bauch liegen. Er drückte sich ein, zweimal aufreizend an sie und wurde dann wieder träge.

Sie schwieg, bis sie seinen Atem tief und gleichmäßig

in ihrem Nacken spürte. Als sie sicher war, dass er wieder eingeschlafen war, richtete sie ihren Blick wieder auf Blake, der sie jetzt durchdringend ansah.

„Du magst ihn."

Sie holte einmal tief Luft und zog das Laken bis zum Schlüsselbein hoch, um sich Zeit zu geben, ruhig zu antworten. „Ja." Es gab keinen Grund, das weiter auszuführen. Sie wusste nicht, was ihre Gefühle für Mitchell bedeuteten. Sie wusste nur, dass ihr Herz überlief – und zwar wegen ihm.

„Habt ihr zwei besprochen, was passiert, wenn wir aufbrechen?"

Seine Stimme war tonlos und sie hasste die ungewohnte Ernsthaftigkeit. Er lächelte auch nicht mehr, der Humor war völlig aus seinem Gesicht gewichen. Die Veränderung in ihm verunsicherte sie. Sie bereite sich innerlich auf die Rede des guten Freundes vor, der sie bitten würde, ohne Drama zu gehen. Oder ihr erklären würde, dass ihre Zeit mit Mitchell nur eine kleine Affäre darstellte.

Sie konzentrierte sich auf das weiße Hotellaken und malte mit den Fingern Kringel auf die Baumwolle. „Nein." Sie zuckte leicht mit den Schultern. „Er erwähnte, dass er mich vielleicht anrufen will. Aber abgesehen davon haben wir noch nichts besprochen."

Ihr Herzschlag beschleunigte sich, während sie seine Antwort abwartete. Als sie kam, konnte sie seine leisen Worte kaum hören. „Er mag dich."

Sie sah ihm ins Gesicht, musste seinen Ausdruck sehen. Was sie erblickte, machte ihr das Herz schwer. In seinen Augen lag ein seelischer Schmerz, der ihrer eigenen sehr ähnlich war. Sie hatte nicht erwartet, dass er die Hoffnungen aussprechen würde, die sie unter Verschluss hielt. Sie war davon ausgegangen, dass er sie sanft enttäuschen würde.

„Lass ihn nicht gehen, Alana“, bat er sie inständig. „Er will dich genauso sehr, wie du ihn willst. Lass nicht zu, dass seine Karriere und das ganze Drumherum zum unüberwindbaren Hindernis werden.“

Erleichterung, Hoffnung und ein Glücksgefühl überwältigten sie. Seine Karriere selbst hatte ihr nicht wirklich Angst bereitet, sondern eher das Gefühl gegeben, dass sie nicht in derselben Liga spielten. Sie lag schweigend da und malte sich aus, wie ihre Zukunft aussehen würde, wenn sie tatsächlich zusammen kämen.

Er wäre sehr viel unterwegs, was schwer zu ertragen wäre, denn sie wollte jede Sekunde des Tages mit ihm verbringen. Aber ihr Leben schien sich zu entwickeln. Es gab so viele Dinge, die sie tun wollte und sie war sich sicher, dass die aufregende Aussicht, ihr Leben endlich in die Hand zu nehmen, die Einsamkeit etwas lindern würde. Sie war noch nie jemand gewesen, der sich gerne abhängig machte. Obwohl sie isoliert aufgewachsen war, hatte sie ihre eigene Karriere vorangetrieben und verdiente damit Geld.

Getrennt zu sein könnte ihnen Zeit zum Kennenlernen auch jenseits der Lust geben, die sie derzeit bei jeder Gelegenheit im Bett landen ließ.

„Werde ich nicht.“ Sie lächelte und Blake erwiderte die Geste, indem er leicht seine Lippen verzog. „Ich mag ihn auch.“

Mitchell atmete tief ein und presste sich erneut an sie, wobei seine Erektion zwischen ihre Pobacken rutschte. Er stöhnte auf und sie errötete, während ihr Blick weiterhin auf Blake gerichtet war. Sie hielt das Laken fest und versicherte sich, dass der Stoff ihre Busen bedeckte, der nun vor Wollust kribbelte.

„Meine Güte“, murmelte Blake und wandte seinen Blick an die Decke.

Mitchell bewegte sich ruckartig, wobei seine Hand hart

auf ihren Bauch drückte. Dann hatte er sich auf einem Ellbogen abgestützt und warf Blake über ihre Schulter hinweg einen finsteren Blick zu. „Was zum Teufel machst du hier?“

Blake rubbelte mit seinen Händen über sein Gesicht und stöhnte. „Mich quälen.“

Sie drehte sich zu Mitchell um und schmiegte sich an seinen warmen Körper, legte ihre Hände um seinen Hals und zog ihn zurück auf das Kissen. „Er wusste nicht, wo er sonst schlafen sollte.“ Sie küsste ihn sanft auf die Lippen.

Dann lehnte sie sich zurück und sah aufmerksam sein Gesicht an, verinnerlichte die Dinge, die sie bislang nicht richtig hatte sehen können. Die dunklen Bartstoppeln, das wild fallende, sexy Haar, das Schatten auf sein Gesicht warf, der sinnliche Mund, an dem ihr Blick hängen blieb und den sie ganzen Tag hier im Bett kosten wollte.

Oh Mann. Sie hatte ohne ihr Augenlicht ganz schön viel verpasst. Ihre Erinnerungen waren ihm nicht gerecht geworden. Kein bisschen.

Mitchell zog eine Augenbraue hoch und grinste sie an. „Das hast du ernsthaft geglaubt?“

Sie runzelte die Stirn und blickte über ihre Schulter zu Blake, der jetzt vor sich hinkicherte.

„Schatz, das ist nicht das erste Mal, dass er diesen Spruch gebracht hat.“ Mitchell platzierte einen Kuss auf ihr Dekolleté, aber die Empfindung verblasste rasch, da sie sich umdrehtc, um Blake anzusehen.

„Das war nur ein Spruch?“ Sie schlug ihm auf die Brust und fand Gefallen an dem knallenden Geräusch, das dabei entstand.

Sein Lachen steigerte sich, bis er sich die Rippen hielt.

„Hat er auch die Entschuldigung benutzt, dass er im Schlaf schmust?“

„Kuschelt“, knurrte sie und versuchte, ernst zu bleiben.

Sie zog ihre Füße an und brachte sich in Position, um ihn anzuvisieren.

Mitchell begann zu kichern, während Blake so laut lachte, dass sie kaum denken konnte. Vorsichtig, um ihm nicht weh zu tun, stellte sie ihre Füße sanft gegen die seidigen Boxershorts an Blakes Hüfte und schob mit all ihrer Kraft.

Seine Arme flogen in die Luft und er fiel aus dem Bett, landete mit einem dumpfen Knall auf dem Boden. Der Aufschlag unterbrach sein Lachen nicht eine Sekunde. Er lachte nur noch mehr.

Als Mitchell sich an ihrem Rücken rieb und sie an seine massive Erektion erinnerte, wand sie sich vor Lust. „Du kannst es ihm heimzahlen", flüsterte er ihr ins Ohr.

Sein warmer Atem jagte einen Schauer über ihren Rücken und sie schluckte, bevor sie antwortete. „Ach ja? Wie mache ich das?"

Seine Hand glitt über ihre Taille, über ihre Hüfte und seine Finger ertasteten ihren Kitzler. Sie rang nach Luft und schloss die Augen, als er seinen Unterleib an sie presste.

„Zeig ihm etwas, das er nicht haben kann."

Seine Andeutung verschlug ihr den Atem. Was er damit meinte, war eindeutig. Sie öffnete ihre Augen und sah Blake auf dem Boden knien; sein hungriger Blick ließ ihren Körper erzittern und löste gleichzeitig Angst und Aufregung aus.

„Alana ist zu nett, um mich zu quälen, nicht wahr, Alana?" In Blakes Stimme lag ein Anflug von Erregung, etwas, dass sie zum ersten Mal von ihm hörte. Ja, er hatte gelegentlich mit ihr geflirtet, aber das hier war etwas anderes. Das war pur und animalisch und spannend.

Sie schluckte ihre Nervosität runter und versuchte, ihre wirren Gedanken zu sortieren.

„Alana ist vielleicht zu nett, um dich zu quälen, aber ich werde sie auf keinen Fall teilen."

Blake richtete seine Aufmerksamkeit auf Mitchell und sah ihn fragend an. „Das heißt, du wirst sie lediglich vor meinen Augen vögeln?"

Alana unterdrückte ein Wimmern. Die Vorstellung, Mitchell tief in sich zu spüren, während Blake den intimen Akt beobachtete, erhöhte die Feuchtigkeit zwischen ihren Schenkeln. Sie wollte niemanden außer Mitchell, doch bei dem Gedanken an Publikum bekam sie am ganzen Körper Gänsehaut.

„Die Entscheidung liegt bei Allie."

Diesmal hielt sie das Wimmern nicht zurück.

Blake starrte sie an, während Mitchell seine Finger zwischen ihre Schamlippen schob und ihre Pforte mit aufreizenden Auf- und Abbewegungen marterte. Er presste seinen Schwanz härter an ihren Hintern und sie bog ihren Rücken durch, noch immer das Laken vor ihre Brust haltend.

„Was gibt das hier, Süße?" Blake stand auf und kniete sich auf das Bett, während seine Erektion seine Boxershorts ausbeulte. „Wirst du meine hübsche kleine Exhibitionistin sein?"

Konnte sie? Seine Hand kam näher, um ein paar Haarsträhnen aus ihrem Gesicht zu streichen. Sie schauderte und ihr ganzer Körper fing bei der flüchtigen Berührung Feuer. Mitchell biss sanft in die sensible Kuhle an ihrem Halsansatz, und sie seufzte ihr Einverständnis.

Sie vertraute ihm und darum auch Blake, aber vor allem hatte sie Vertrauen in ihr eigenes Urteil. Sie würden sie nicht unter Druck setzen. Darum ging es um Leben – neue Dinge auszuprobieren und herauszufinden, was einem gefiel und was nicht. So, wie Mitchell ihre Seele zum Klingen brachte, bezweifelte sie, dass sie Blakes Anwesenheit überhaupt wahrnehmen würde.

Sie nickte, um es zu bestätigen. Mitchell belohnte sie, indem er hart an ihrem Hals saugte und zwei Finger tief in ihrer Muschi versenkte. Sie umklammerte das Laken, biss sich auf die Unterlippe und ließ ihre Augenlider zufallen.

„Bist du sicher, Schatz?", flüsterte er ihr an ihrem Ohr. „Du musst nicht. Ich werde so oder so nicht zulassen, dass er dich anfasst, aber du entscheidest, ob er bleibt oder geht."

Sie öffnete die Augen und sah Blake an. Der Ausdruck, mit dem er auf sie herab schaute, kam Anbetung gleich. Da war weder Übermut, noch Überlegenheit oder Arroganz. Nur pures Verlangen, Leidenschaft und Lust. Unter anderen Umständen hätte sein Anblick ein Lächeln hervorgerufen: Jetzt aber war sie überreizt und lüstern.

„Ja", hauchte sie.

Blake rutschte auf Knien näher.

„Ich will", stöhnte sie.

Von Mitchell kam ein dumpfes Knurren, gedämpft von ihrem Haar. Der animalische Ton schickte Stromstöße durch ihre Adern. Sein Körper entfernte sich; sie hörte, wie die Schublade des Nachttischs aufging, das Rascheln der Verpackung und spürte das Zucken, als er sich das Kondom überstreifte. Wenige Augenblicke später war er wieder da und sein muskulöser Oberkörper drückte sich in ihren Rücken.

Blake legte sich neben sie, sein Blick auf ihr Gesicht gerichtet, während Mitchells Hand über ihren Hintern hinweg zwischen ihre Beine glitt und ihre Muschi von hinten streichelte. Er drang mit seinen Fingern absichtlich langsam in ihr Geschlecht ein, bewegte sie rein und raus, während seine Schwanzspitze dort anpochte, wo seine Finger bereits verweilten. Sie dehnte sich, um ihn in sich aufzunehmen und der leise Schmerz fühlte sich besser an, als sie erwartet hatte, scharf und süß. Ihre Vagina hielt seine Finger fest und sie rieb ihren Hintern hart an seinem

Becken. Ihr Rücken drückte sich durch, als Blakes Finger näher kamen und sich auf die Hand legten, mit der sie das Laken umklammerte.

„Ich möchte dich ansehen."

Sie schüttelte panisch den Kopf, während ihre Erregung die Oberhand gewann. Sie war noch nicht bereit, sich seinen Blicken preiszugeben. Ein Teil von ihr war noch zu sehr im Hier und Jetzt verankert, obwohl die Ekstase schon einen Großteil ihres Bewusstseins vernebelt hatte. Sie würde es erst zulassen können, wenn sie sich voll und ganz ihren Empfindungen hingegeben hatte.

„In Ordnung." Er nickte, zog seine Hand zurück und führte sie an den Bund seiner Boxershorts. Er drehte sich auf den Rücken, hob seinen Hintern und entfernt das einzige Stück Stoff, das seinen durchtrainierten Körper noch verhüllte. Sie achtete nicht darauf, wo das Kleidungsstück landete. Ihre Augen waren auf seine Erektion fixiert. Sie musste blinzeln, als sie deren Umfang und Länge sah. Wieder und wieder. Ihre Muschi reagierte instinktiv und umklammerte Mitchells Finger stärker.

Beeindruckend.

„Freu dich nicht zu sehr, mein Schatz." Mitchell liebkoste ihren Hals. „Du gehörst mir."

Sie nickte und wimmerte leise, als er ihren Kitzler streichelte.

Erst als sie im Geiste Blakes Ständer mit dem von Mitchell verglich, fiel ihr auf, dass sie ihren Geliebten bislang nicht nackt gesehen hatte. Bisher hatte sie ihn nur angefasst, was durchaus vielversprechend gewesen war.

Da sie ihn unbedingt ansehen musste, drehte sie Blake den Rücken zu und schlang ihre Arme um Mitchells Taille. Auch wenn sie bedauerte, dass er dadurch von ihrem empfindlichsten Körperteil getrennt wurde, sehnte sie sich mehr nach dem Anblick seiner Lippen und seinem sexy fallenden Haar. „Es war schrecklich, dich nicht sehen zu können." Sie sah ihm ins Gesicht und genoss seinen durchdringenden Blick.

„Kannst du besser sehen?"

Sie nickte. „Fast wieder normal."

Er küsste ihr Kinn und zog sie an sich, bis sich ihre Körper von den Zehen bis zur Brust berührten. Sie kuschelte sich an ihn und ihre Nippel richteten sich durch die Reibung auf.

„Du bist nicht enttäuscht?"

Sie lehnte sich zurück und nahm seinen Gesichtsausdruck unter die Lupe. Das leichte Kräuseln seiner Lippen erweckte den Eindruck, dass er scherzte, doch seine Augen verrieten eine bislang unbemerkte Unsicherheit. „Was meinst du damit, ob ich enttäuscht bin?"

Sein Blick wanderte kurz zu Blake, bevor er wieder zu ihr zurückkehrte und sich seine Lippen ihrem Ohr näherten. „Von mir."

Seine Verletzlichkeit gab ihr einen Stich ins Herz. „Nein." Sie streichelte seine Wange und lächelte. „Du bist perfekt. Der schönste Mann, den ich je gesehen habe."

Es war die Wahrheit. Sie war nie zuvor so vernarrt gewesen. Nicht einmal als Teenager, als sie zum ersten Mal für eine Boygroup geschwärmt hatte. Mitchell Davies hatte ihr Herz gestohlen und sie glaubte nicht, dass sie es jemals zurück haben wollte.

Blake räusperte sich. „Abgesehen von mir, meint sie."

Ihr Lächeln wurde breiter und auch Mitchell musste grinsten. Sie ignorierte Blake und küsste Mitchells glatte Brust, streichelte mit ihren Fingern über seinen Arm, seine Taille und umfasste seine Erregung. Er atmete zischend ein und stieß in ihre Hand. Er fuhr fort, sich in ihrer Hand hin und her zu bewegen und jeder Stoß brachte ihn näher an den Punkt, an dem sie ihn haben wollte.

„Ich will dich." Er legte eine Hand an ihren Hinterkopf.

„Ich bin hier. Nimm mich."

Noch ehe sie den Satz beendet hatte, lag er auf ihr und die Schwere seines Körpers machte sie schwach. Er stieß zwischen ihre Schenkel und sein dicker Schwanz glitt zur Pforte ihres Geschlechts. Immer und immer wieder bewegte sich seine Erektion aufreizend durch ihre Säfte, bis er endlich sein Becken neigte und in sie eindrang.

Das Gefühl sandte Schockwellen durch ihren ganzen Körper, sie schnappte nach Luft und wölbte ihren Rücken, gab sich ganz seiner Lust hin. Als Blake neben ihnen aufstöhnte, sah sie zu ihm rüber, wobei ihre Aufmerksamkeit sofort von seiner Erektion gefangen genommen wurde, die er mit seiner Hand bearbeitete. Er bewegte sie träge und bedächtig auf und ab. Ihre Augen wanderten über seine tätowierte Brust zu seinem Gesicht, das entschlossen und angespannt war, während Mitchell sie unermüdlich vögelte.

Blakes Augen lagen nicht auf ihrem Gesicht. Sie waren auf einen tiefergelegenen Punkt gerichtet, dort, wo ihr Busen an Mitchells Brust gequetscht war. Sie zog weder das Laken hoch, noch empfand sie Scham oder Verlegenheit. Stattdessen wandte sie sich Mitchell zu und umklammerte seine Taille mit ihren Beinen, damit er tiefer in sie eindringen konnte; das Laken glitt noch weiter von ihrem Körper.

Er küsste ihre Schulter, während er zustieß, und legte seine Lippen an ihr Ohr. „Wurdest du schon mal von hinten genommen?" Er sprach sehr leise, zu leise, als dass Blake ihn hätte hören können.

Bei der Vorstellung, auf dem Bauch zu liegen, während er tief in ihre Vagina sank, schloss sie die Augen und schüttelte den Kopf. Nein. Die Missionarsstellung war alles, was sie mit ihren bisherigen Liebhabern erlebt hatte; und diese Erfahrungen wirkten steril im Vergleich dazu, wie er sie in der gleichen Position verwöhnt hatte.

„Lass mich der Erste sein." Er bedeckte ihre Schulter mit Küssen, jeder Lippendruck gefolgt von einem Stoß seines Beckens. „Ich möchte dir Dinge zeigen, die du noch nicht kennst."

Ihre Hände umfingen seinen Hals und hielten ihn fest. „Ja."

Er fuhr fort, sie zu lieben und stieß unermüdlich zu. Das harte Pochen ihres bevorstehenden Höhepunkts erfasste ihre Vagina; sie ließ ihn los und fragte sich, wann er sie umdrehen und so nehmen würde, wie er gesagt hatte.

„Mitchell." Sie klammerte sich am Kopfteil des Betts fest, um sich zu erden. „Ich bin bald soweit."

„Oh, Gott", murmelte Blake; sie drehte den Kopf und sah, wie er die Wurzel seines Schwanzes fest umgriff. Seine Augen schlossen sich. Sein Atem kam tief und gleichmäßig.

Mitchell glitt aus ihr heraus und kniete sich hin, wobei er das Laken mitnahm. Für einen Moment war sie von Kopf bis Fuß entblößt. Aber anstatt angesichts der Blicke von zwei leidenschaftlichen Männern vor Scham im Boden zu versinken, bewunderte sie Mitchells perfekten Körper und die gewaltige Größe seines Ständers, bevor er sie an der Hüfte packte und auf den Bauch drehte.

Sie wartete auf seine Anweisung, sollte sie sich auf alle viere aufstützen? Er sagte kein Wort. Er legte sich auf sie, wobei sie sein Gewicht kaum spürte, als er sich auf seine Unterarme aufstützte und wieder in sie eindrang.

„Verdammt, Allie. Du fühlst dich gut an."

Sie konnte nicht sprechen. Sie brauchte ihre ganze Konzentration, um ihren Höhepunkt zu unterdrücken. In der neuen Position drang er tiefer in sie ein, was ihre Lust noch steigerte. Als sein Arm ihre Hüfte streifte, während seine Finger ihren Kitzler fanden, musste sie sich auf die Lippe beißen, um die Kontrolle zu behalten.

Es waren zu viele Sinneseindrücke auf einmal: Ihre Brustwarzen auf dem Laken, sein Mund an ihrem Hals, seine Finger an ihrem Kitzler, sein Schwanz in ihrer Muschi. Sie keuchte, schnappte nach Luft und stütze sich auf ihre Ellbogen.

Blake stöhnte auf. „Oh, Jesus, Maria und Josef, das sind besten Brüste, die ich in meinem ganzen Leben gesehen habe.“

Alana warf ihren Kopf nach hinten, ihre offenen Haare flogen über ihre Schultern und ohne Zweifel auch in Mitchells Gesicht. Er knurrte in ihr Ohr, rammte sie hart und brachte sie sofort wieder an den Rand des Höhepunkts.

Blakes Blick spießte sie auf, wobei sein Fokus auf ihren Augen lag und nicht auf dem weiblichen Teil ihrer Anatomie, den er ganz offensichtlich genoss. Auf seiner Stirn bildeten sich Schweißperlen und seine zusammengezogen Augenbrauen verrieten seine Anspannung. „Du musst sie mich berühren lassen.“

„Nein“, knurrte Mitchell und unterstrich seine Weigerung mit einem harten Stoß in ihre Muschi.

Blake warf seinen Kopf zurück auf das Kissen und fuhr sich grob durch sein stacheliges Haar. „Komm schon. Nur einmal anfassen. Oder schmecken lassen. Irgendwas musst du mir geben.“

Alana keuchte weiterhin, ihre Lungen kämpften mit dem Gewicht, dass sie fest auf die Matratze drückte. Mitchells Finger bewegten sich von ihrem Kitzler zu ihrer Pforte und drangen ebenfalls in sie ein. Sie war so herrlich ausgefüllt, dass sie ihr Gesicht in die Kissen drücken und ihren Atem anhalten musste, um nicht laut aufzuschreien.

Der zusätzliche Druck verflüchtigte sich und Mitchell lehnte sich gegen ihre Schulter, während er sich zu Blake hinüber beugte.

„Das ist alles, was du bekommst.“

Sie hob ihren Kopf vom Kissen und sah zu Blake rüber. Der Anblick gab ihr den Rest. Er lag mit geschlossenen Augen da und holte sich einen runter, während er von Mitchells Fingern ihre Säfte leckte und stöhnte. Die Wände ihre Vagina begannen sich zusammenzuziehen und zu krampfen und sie konnte ihren Blick dennoch nicht abwenden. So etwas hatte sie noch nie gesehen.

Personifizierte Ekstase.

„Ich komme", stöhnte sie und ließ ihr Gesicht wieder zurück ins weiche Kissen sinken.

Beide Männer fluchten.

Mitchell positionierte sich wieder über ihr, seine Stöße im Gleichtakt mit den Zuckungen ihres Geschlechts. Wenige Augenblicke später stöhnte er auf, tief und brutal, und folgte ihr ins Nirwana des Orgasmus.

Als ihr Höhepunkt langsam abebbte und seine Bewegungen langsamer wurden, sackte sie aufs Bett zurück. Mitchell rollte von ihr runter und seine erschlaffende Erektion glitt aus ihrem Körper. Sie fühlte, wie das Bett auf Blakes Seite Bett nachgab und sich dann wieder aufrichtete, aber sie hatte nicht genug Kraft, um nachzusehen, was er machte.

„Du bist unglaublich." Mitchell küsste ihre Schulter.

„Oh, Mist", kam Blakes Fluch von der anderen Seite des Raums; Mitchell und Alana drehten sich um, um ihn anzusehen. „Wir müssen in dreißig Minuten im Studio sein." Er kam nackt zurück zum Bett, völlig ungeniert.

„*Scheiße.*" Mitchell drückte einen harten Kuss auf ihre Schulter und rutschte aus dem Bett. „Wir müssen die anderen wecken." Er warf ihr das am Ende des Betts liegende Laken zu und lächelte. „Du solltest dich vielleicht zudecken, bevor ich die Tür aufmache."

Sie griff nach dem Stoff und zog ihn über ihre Brüste, während sie sich aufsetzte.

Die Muskeln in Mitchells sexy Hintern spannten sich

bei jedem Schritt an, als er zur Tür ging und sie aufriss. Alana konnte nicht sehen, was er auf der anderen Seite vorfand, aber er fluchte und knallte die Tür wieder zu.

„Sind sie wach?" fragte Blake.

„Ja." Mitchell nickte mit weit aufgerissenen Augen. „Und ich bin mir ziemlich sicher, dass Julie gerade einen Blick auf meinen Johannes geworfen hat."

<h1 style="text-align:center">Kapitel Vierzehn</h1>

Es WAR NICHT die Art von Abschied gewesen, den sich Mitch für den Morgen erhofft hatte. Nachdem sie hektisch geduscht und gefrühstückt hatten, schleifte Leah ihn und Blake aus dem Zimmer. Er hatte Alana nur ein schnelles Küsschen auf die Lippen drücken und ihre Handynummer in sein Handy eingeben können, bevor er abhauen musste.

Sie hatten immer noch vor, sich zwischen seinen Werbeterminen zu treffen. Er wollte nicht, dass sie allein zu den Bowens ging. Außerdem fühlte er sich leer, als sie auf einmal nicht mehr an seiner Seite war, nach all der Zeit, die sie miteinander verbracht hatten.

„Ich nehme an, du wirst es mit einer Fernbeziehung versuchen." Blake, der ihm gegenüber auf einem Sofa saß, sah ihn fragend an. Alle fünf saßen um einen kleinen Couchtisch herum. Mason, Ryan und Blake auf einem Dreisitzer, Mitch und Sean auf dem anderen, während sie darauf warteten, dass die TV-Moderatorin auf der anderen Seite des Sets mit ihrem Kram fertig wurde.

Mitch machte Kiefergymnastik und schüttelte den Kopf. „Da liegst du falsch." Seine Meinung hatte sich seit seiner letzten Auseinandersetzung mit Blake nicht geändert. Nicht einmal fantastischer Sex ... wirklich fantastischer Sex könnte daran etwas ändern. Alana begann ein neues Leben. Sie brauchte Stabilität – etwas, dass er bei seinem Zeitplan nicht bieten konnte. Ganz davon zu abgesehen, wie unendlich kompliziert eine feste Beziehung bei seinem Job werden konnte. Er wollte das, was sie gemeinsam erlebt hatten, nicht kaputtmachen. Es war besser, es jetzt zu beenden, bevor sie sich in Ryan und Julie verwandelten.

„Was zur Hölle, Mitch? Es ist offensichtlich, dass du das Mädchen liebst. Warum kannst du nicht mal deinen Arsch hochkriegen und es wenigstens versuchen?"

Mitch sah ihn wütend an. „Kümmer dich um deinen eigenen Mist."

Sein Freund lächelte ihn boshaft an. „Ich mache es gerade zu meinem eigenen Mist."

„Nur weil du ein neugieriger Bastard bist, bedeutet es nicht, dass du es zu deiner Sache machen kannst", knurrte er, während er sich bemühte, nicht laut zu werden, weil sich Studiomitarbeiter schon umdrehten, um rauszufinden was los war.

Blake sah ihn ebenfalls so finster an, das seine dunkelbraunen Augen schwarz wirkten. „Glaubst du etwa, deine beschissene, miese Stimmung wird uns allen nicht auf den Keks gehen, sobald wir Richmond verlassen?" Er runzelte die Stirn. „Wenn du dich jetzt von Alana trennst, kann ich dir jetzt schon versprechen, dass ich dir eins mit dem Hammer überziehen werde, noch bevor wie New York erreichen."

„Jungs, beruhigt euch", murmelte Mason von seinem Platz neben Ryan.

Mitch zeigte Blake den Mittelfinger und bekräftigte die Geste mit einem poppenden Geräusch.

„Sehr reif, wirklich." Blake verdrehte die Augen.

„Du denkst, ich will sie verlassen?" Er sprang auf, was Blake ihm nachmachte.

„Jungs", warnte Mason.

„Ich denke, dass du ein Weichei bist und dich zusammenreißen must. Entscheid dich doch zur Abwechslung mal für den steinigen Weg. Keiner hat gesagt, dass das Leben einfach ist."

Mitch sah in höhnisch an. „Als ob du irgendetwas über steinige Wege wüsstest."

Blake richtete sich auf und seine Augen blitzten, diesmal nicht vor Wut, sondern vor Kummer. „Ich weiß genug." Seine Nasenflügel bebten. „Was ist mit Alana und dem, was sie will? Willst du ihr einfach das Herz brechen und sie dann vergessen?"

Der Gedanke schnürte Mitchells Herz zusammen und die Enge wurde mit jedem Atemzug unerträglicher. „Sie weiß nicht, was sie will." Er ging um den Couchtisch herum und baute sich direkt vor Blake auf. „Das ist ihr erster Ausflug ins reale Leben. Sie ist verknallt, nicht mehr." Er hatte sich über Nacht von dieser Wahrheit überzeugt ... als er jede Minute wach lag und den blumigen Duft ihrer Haare eingeatmet hatte.

„Sie liebt dich, Vollidiot", stieß Blake aufgebracht hervor.

Er schluckte die aufsteigende Galle hinunter. Nein. Alana war noch nie einer Beziehung gewesen; sie hatte keine Ahnung, was Liebe war. Er war sich selbst nicht ganz sicher. Er wusste nur, dass seine Gefühle für sie dieser Emotion sehr nahe kamen, so nah, wie noch nie in seinem Leben. Offenbar aber nicht nah genug, um sesshaft werden zu wollen.

„Ja, ich bin mir sicher, dass sie für den nächsten Mann, der ihr Aufmerksamkeit schenkt, genauso empfinden wird". Die harschen Worte hatten einen bitteren Nachgeschmack und die Intensität seiner Selbstverachtung tat ihm körperlich weh. Es gab zu viele Gründe, um einen klaren Schnitt zu machen und mit seinem Leben wie gehabt fortzufahren. Er wollte nicht wie Ryan enden – bitter und voller Groll wegen seiner Ehe.

„Hört auf", zischte Leah von der anderen Seite der Studiobühne.

Er blickte aus den Augenwinkeln zu ihr hinüber und ignorierte die von ihr ausstrahlende Missbilligung. Sie deutete mit ihrem Kopf in Richtung einer der Kameras und schüttelte denselben angewidert.

Super. Ein weiterer beschissener PR-Albtraum.

Er setzte sich wieder hin und starrte die Kameralinse böse an, in der Hoffnung, dass der Mann hinter der Maschine aufhören würde, ihn aufzunehmen. Er hatte kein Glück.

„Gut gemacht, Kumpel."

Er sah rot und musste sich mit aller Kraft zurückhalten, um seinem besten Freund keine reinzuhauen. Er ballte seine Faust, biss sich auf die Zunge und knirschte mit den Zähnen. Auch wenn er in seinem Leben noch nie jemanden geschlagen hatte, war Blake verdammt kurz davor, mit seiner Faust Bekanntschaft zu machen.

Mitch hatte keine andere Wahl, als harte Entscheidungen zu treffen, damit Alana es nicht tun musste. Er traf diese Entscheidungen, damit sie eine bessere Zukunft hatte. Um ihren Kummer zu ersparen.

Und diese Entscheidungen taten ihm in der Seele weh. Warum verstand Blake das nicht?

Kate hatte es selbst sagte – Alana fing gerade erst an, zu leben. Sie würden sich danach sehnen, andere Männer kennenzulernen, andere heiße Abenteuer zu erleben. Der Druck, nicht gut genug für sie zu sein, wäre zu groß. Sein Job sorgte schon für genug Beklemmung. Er brauchte keine weiteren.

Nein, es war das Beste für sie beide, einen klaren

Schnitt zu machen. Sein Lebensstil ließ keinen Raum für Beziehungen. Die Trennungen, willige Frauen und Paparazzi machten sie immer wieder kaputt.

Sie saßen beide schweigend da, während die anderen Männer sich miteinander unterhielten, bis der weibliche Interviewer auf die Bühne trat. Im mittleren Alter, gekleidet in einen Hosenanzug und mit einer dicken Schicht Make-up im Gesicht, schaute sie zwischen Blake und Mitch hin und her, als ob sie sich einen Plan zurechtlegte.

Er wünschte, er müsste diesen Scheiß nicht machen. Er lebte nur für die Musik. Nicht für die nie enden wollenden Fragen, die nichts mit ihren Liedern zu tun hatten. Mit wem sie vögelten und wo sie ihre Freizeit verbrachten, sollte nicht zur Diskussion stehen.

Die Frau stellte sich vor, Sarah oder Sally oder so ähnlich. Es war ihm egal. Er blendete aus, was sie über den Ablauf erzählte und dachte an Alana und daran, wie er sich verabschieden würde, ohne ihr das Herz zu brechen. Um ihn herum unterhielten sie sich. Mason redete wie üblich am meisten. Dann wurde es unangenehm still.

„Mitchell?"

Er hob seinen Blick vom Couchtisch und richtete ihn auf die Frau, die um seine Aufmerksamkeit bat. „Ja?"

„Ich sagte gerade, dass ich vorhin ein Gespräch zwischen Ihnen und Blake mitbekommen habe. Ich wollte fragen – und ich bin mir sicher, Ihre weiblichen Fans wollen es ebenso erfahren – wer ist die mysteriöse Frau, mit der Sie in letzter Zeit gesehen wurden? Zuerst gab es diesen Zeitungsartikel und dann die Erwähnung im Radio. Sind sie offiziell vergeben?"

Mitch fühlte sich wie, nein war, das Kaninchen vor der Schlange. Sein Gehirn war zwar noch da, in einem sich viel zu klein anfühlenden Schädel, aber ihm kam kein einziger hilfreicher Gedanke in den Sinn. „Ähh..."

Er warf einen Blick auf Blake, der ein überlegenes Grinsen im Gesicht hatte, dann auf Mason, dessen Stirnrunzeln sich vertiefte, dann wieder auf die Moderatorin. „Nein, überhaupt nicht. Meine Fans wissen, dass ich mich nie wirklich binden werde. Es liegt mir nicht und Beziehungen in der Musikindustrie halten heutzutage in den seltensten Fällen. Ich habe einfach nur Spaß.“

Sie nickte ernsthaft mit dem Kopf. „Ja, die Nachrichten sind immer voll Promi-Trennungen. Aber Ryan ist doch glücklich verheiratet. Macht Ihnen seine Beziehung keine Hoffnung darauf, sich auch eines Tages häuslich niederzulassen?“

Er unterdrückte ein Schnauben und Sean räusperte sich neben ihm. Zuerst einmal hätte er ihre gerne erklärt, dass „glücklich verheiratet“ ein Oxymoron war und Ryans „Beziehung“ mit Eheglück wenig zu tun hatte. Stattdessen lächelte er sie träge an. „Ryans Ehe hat uns alle auf unterschiedliche Weise beeinflusst. Aber seine *Beziehung* zu Julie ist *immer* in meinem Hinterkopf, wenn ich mit einer Frau zusammen bin, an der mir etwas liegt. Es ist schwer, sich mit unserem Lebensstil zu arrangieren und die Versuchung lauert nicht nur um die Ecke, sondern sie ist in unseren Garderoben, im Tourbus und sogar in den Suiten unseres Hotels.“ Er zuckte mit den Achseln. „Ich habe für die Band viel aufgegeben. Das haben wir alle. Und eine feste Beziehung ist eine Ablenkung, die ich nicht brauchen kann.“ Er sah aus den Augenwinkeln, wie Blake ärgerlich den Kopf schüttelte. „Zumindest nicht im Moment“, schob er hinterher.

„Ablenkung, was ein Schwachsinn“, warf Blake ein.

Mitch atmete durch die Nase und spürte die Wut an seiner Schläfe pochen, als er sich zu Blake umdrehte. Er warf ihm einen tödlichen Blick zu. Einer der sagte, das-hast-du-jetzt-nicht-gesagt und du-hältst-jetzt-besser-die-

Klappe, all das, indem er einmal die Augen zusammenkniff.

Das Studio verstummte, bis Sean anfing, in einem kaum hörbaren Ton „Dah Dah Dah, Dahhhh" zu flüstern.

Sarah oder Sally, oder wie auch immer sie hieß, räusperte sich. „Was meinen Sie damit, Blake?"

Mitchs Nasenflügel bebten und er schüttete unmerklich den Kopf. Wenn das Schwein irgendetwas über Alana erzählte, würde er sein blaues und schmerzhaftes Wunder erleben, sobald sie allein waren.

Blake rieb träge an seinem Kinn. Sein Brustkorb hob sich, als er einen tiefen Atemzug machte und er seine Aufmerksamkeit auf die Frau richtete. „Ich habe Mitchs Wortwahl kommentiert." Er ließ das für ihn typische verruchte Lächeln aufblitzen. „Unterwegs sein ist hart. Das Essen ist scheiße. Im Tourbus zu pennen und von einem Hotel zum nächsten zu ziehen, kann ätzend sein. Ich könnte mir nicht besseres vorstellen, als zu wissen, dass jemand, den man – Blake wandte seinen Blick wieder auf Mitch – liebt, Zuhause auf einen wartet. Ich würde die Ablenkung der Einsamkeit immer vorziehen."

„Ohh." Die angeblich professionelle Frühstücksfernsehen-Moderatorin schmolz dahin und ertrank in Mitleid.

„Es ist nicht alles schlecht." Blake sah sie grinsend wieder an. „Es gibt eine Menge netter Damen da draußen." Er zwinkerte ihr zu und Mitch verdrehte die Augen. „Ich denke einfach, es ist an der Zeit, dass sich mein Freund Mitch zusammenreißt und es mal ausprobiert.""

„Sie sind also auf der Suche nach einer Beziehung?" Sie hob eine Augenbraue und saß gebannt auf der Stuhlkante.

Mitch hielt den Atem an, sein Herz überschlug sich und er wartete darauf, sich völlig ausgeliefert zu fühlen. Diese Scheiße machte ihn fertig.

„Nicht unbedingt auf der Suche, aber wenn ich

jemanden fände, der mich glücklich macht, würde ich das nicht wegwerfen.“

Mitch lehnt sich zurück und seufzte erleichtert auf, als sie ihren Fokus auf Mason und einige der erotischen Texte aus ihrem kommenden Album richtete. Die Stimmen begann wieder zu verblassen und er ließ seinen eigenen Gedanken freien Lauf, darauf konzentriert, seine Atmung in den Griff zu kriegen. Er hasste diese verdammten Interviews. Er hasste das Grauen, das ihn unwillkürlich überkam, wenn ihm eine Frage gestellt wurde. Blake wusste das; und trotzdem konnte sein Freund einfach nicht den Mund halten.

Bei Liveauftritten strotze er vor Selbstbewusstsein. Die Bühne war sein Zuhause. Seine Gitarre wie ein Körperteil. Die Songs ein Teil seiner Seele. Nichts, das ihn runter zog.

Orte wie dieser waren anders. Die Atmosphäre war steril. Die Fragen aufdringlich.

Es wurde wieder still und die grellen Lichter, die auf seiner Netzhaut wehtaten, gingen aus; übrig blieb die zurückhaltendere Studiobeleuchtung.

„Danke für alles, Jungs.“ Die Frau stand auf und die fünf Männer taten es ihr gleich.

Er fischte das Handy aus der Gesäßtasche seiner Jeans und machte es an. Er hatte Alana versprochen, sie anzurufen, sobald das Interview vorbei war und, verdammt noch mal, er musste sie jetzt sehen. Er verließ die Bühne und begann, in seinen Kontakte nach ihrer Nummer zu suchen. Abgesehen davon, dass er mit ihr zu sprechen wollte, musste er auch weg von Blake. Seine Geduld war am Ende und wenn sein Freund nochmals versuchte, ihn zu drängen, würde er sich wehren und dem Arsch bei der Gelegenheit die Nase brechen.

„Ich dachte, du magst sie“, sagte Sean hinter ihm.

Mitch stieß einen ungeduldigen Seufzer aus und bahnte sich hinter den Kameras seinen Weg zum Bühnenausgang, wo ihre Bodyguards warteten. „Ich mag sie, aber wie ich schon sagte, ich kann die Ablenkung derzeit nicht gebrauchen. Keiner von uns kann das. Es fällt mir schwer genug, mich auf den ganzen Werbekram zu konzentrieren, auch ohne nonstop über eine Frau nachzudenken.“

Sean klopfte ihm auf die Schulter. „Ernsthaft, wenn wir das nächste Mal einkaufen gehen, musst du dir Tampons besorgen. Du klingst langsam wie ein Mädchen.“

„Und trotzdem habe noch immer einen größeren Schwanz als du.“ Er schüttelte Seans Hand ab und drückte in seinem Telefonverzeichnis auf Alanas Namen.

Sean schmunzelte. „Triffst du dich mit ihr?“

Er legte das Telefon an sein Ohr, wartete auf das Verbindungszeichen und drehte sich zu Sean um. Es war bereits früher Nachmittag und er hatte eigentlich gedacht, dass sie eher fertig sein würden. Er hoffte, dass sie auf ihn gewartet hatte.

„Was geht dich das an?“

„Kein Grund, aggressiv zu werden, mein Herzblatt. Ich dachte, dass du vielleicht Verstärkung brauchst. Ich kann mitkommen und dir helfen, wenn sie sich zum durchgeknallten Fangirl entwickelt.“

„Wird sie nicht.“ Da war er sich ganz sicher. Sie neigte nicht dazu, irrational zu sein. Er drückte die Tür auf, blinzelte in die grelle Mittagssonne und ging über die Hintertreppe in Richtung des wartenden Wagens. Auf der anderen Seite des Maschendrahtzauns standen kreischende Fans, die seinen Namen riefen. Ihre Aufregung wuchs, als Sean ihm nach draußen folgte.

Er blieb stehen, als sie dran ging, und beim Klang ihrer Stimme zog sich sein Herz zusammen.

„Hey, Allie. Das Interview ist vorbei. Hast du die Bowens angerufen?“

„Ja, habe ich. Ich stehe jetzt gerade vor ihrem Haus.“

Sein Herz pochte schneller und er hasste sich dafür. Er

machte sich so verdammt viele Sorgen um sie. „Du hattest gesagt, dass du auf mich wartest. Wo bist du?“

„Es ist alles in Ordnung. Kate und ich haben heute Morgen Nachforschungen angestellt. Herr Bowen ist ein pensionierter Anwalt, war bei einer der größten Kanzleien Richmonds. Ich habe wegen seiner Aufrichtigkeit keine Bedenken mehr. Ich wäre nicht hier, wenn ich mich nicht sicher fühlte.“

„Gib mir die Adresse und ich komme direkt dorthin.“

Mit einem Seufzer gab sie ihm die Details durch, die er laut wiederholte, in der Hoffnung, dass Sean sich erinnern würde. „OK, ich bin auf dem Weg.“

Sie verabschiedeten sich und er beendete das Gespräch.

„Kannst du mir sagen, wo ich hin muss?“

„Sehe ich aus wie jemand, der das Straßenverzeichnis auswendig kann?“

Mitch machte seinem Ärger Luft und drehte Sean den Rücken zu. Das Auto hatte mit Sicherheit ein Navi. Er ging aufrecht weiter und öffnete die Fahrertür des Mietwagens.

„Ich kann dir trotzdem helfen“, fügte Sean über das Dach des Autos hinweg zu. „Es ist demselben Stadtteil, in dem Masons Eltern wohnen. Ich kenn zwar die Straßennamen nicht, aber ich weiß, wie man hinkommt.“

Mitch untersuchte den Bildschirm in der Mitte des Armaturenbretts und betrachtete dann Scan. Er brauchte niemanden, der seine Hand hielt; andererseits würde Seans Anwesenheit dafür sorgen, dass er sich an seinen Plan hielt: eine klaren Schnitt zu machen. Nichts half einem Mann mehr, sich zusammenzureißen, als von einem Freund beobachtet zu werden.

„Na gut. Komm mit. Aber du wartest im Auto.“

Kapitel Fünfzehn

ALANA SAß auf dem Sofa der Bowens und tank Kaffee aus feinem Porzellan.

Sie hatte schon fast ein Schleudertrauma vom neugierigen Herumschauen. Anfangs hatte sie ein verfallenes Haus erwartet, bewohnt von einem Paar, das sie um ihr nicht existierendes Vermögen betrügen wollte. Die Realität war von ihren Vorstellungen weit entfernt. Sie besaßen eine makellos saubere, zweistöckige Villa mit extravaganter Einrichtung.

Aber sie hatte sich vorbereitet. Nachdem sie sich vormittags von Mitchell verabschiedet hatte, war sie mit Kate zurück nach Hause gefahren, um ein wenig zu recherchieren.

Als erstes hatte Alana einen Termin bei der Optikerin ausgemacht, den die Sprechstundenhilfe netterweise schon für eine Stunde später angesetzt hatte. Danach rief sie die Bowens an, die sie überredeten, direkt nach dem Arztbesuch vorbeizukommen, damit Kate nicht zweimal fahren musste.

Es blieb also nicht viel Zeit, um im Leben der Bowens herumzuschnüffeln. Kate hatte im Internet gesucht und war schließlich auf ein Foto von Herrn Bowen auf der Webseite der Kanzlei Channing, Slater & Bowen gestoßen. Alana hatte nicht damit gerechnet, dass er ein wohlhabender, gut ausgebildeter Mann war. Als sie sich das erste Mal begegneten, hatte sie nicht sehen können, ob er schlecht gekleidet gewesen war. Dank des World Wide Webs fand sie heraus, dass er ein ehemaliger Strafverteidiger war, der mit seiner Frau und zwei Maltesern in einem wohlhabenden Viertel lebte.

„Gibt es etwas, worüber du reden möchtest, Alana?"

Frau Bowen behandelte sie mit vorsichtiger Zurückhaltung, wahrte Abstand, stellte nicht zu viele Fragen und hielt immer nur kurz Blickkontakt. Ihr sanftes Lächeln und liebenswürdiger Blick trugen zu ihrem einnehmenden freundlichen Wesen bei.

Alana lachte kurz höhnisch auf. „Ich will alles wissen – woher kennen Sie meine Mutter? Kannte sie Ihren Sohn vor dem ... Vorfall? Und wie ist er gestorben?"

Frau Bowens Mund blieb offen stehen und sie wandte sich mit weit aufgerissenen Augen ihrem Mann zu, der ein sehr nachdenkliches Gesicht machte.

Hatte sie etwas Falsches gesagt? Das Ehepaar starrte sich für eine kleine Ewigkeit an und kommunizierte auf eine Weise, die Alana nicht entschlüsseln konnte. Wahrscheinlich hatte sie der Tod des Sohnes – ihres Vaters – schwer getroffen. Vielleicht wollten sie nicht an die Taten ihres Sohnes erinnert werden oder darüber reden.

„Es gibt viele Dinge, über die wir uns unterhalten müssen." Herr Bowen richtete seine Aufmerksamkeit wieder auf sie und lächelte ernst. Er rutschte in seinem Lehnstuhl weiter nach vorne, beugte sich zu ihr und faltete seine Hände in seinem Schoß. „Das Meiste davon wird für uns alle schwer sein ... aber, mein Kind, dein Vater ist nicht tot. Chris lebt und wohnt hier in Richmond."

Ihre Lungen schienen sich zusammenzuziehen und sie

bekam keine Luft mehr. Sie krallte ihre Fingernägel in das weiche Ledersofa und schluckte wieder und wieder, versuchte, den Schmerz zu lindern. „Nein." Das Wort kam heiser aus ihrer Kehle. Sie schüttelte den Kopf. „Nein." Sie weigerte sich zu glauben, dass ihre Mutter sie derartig belügen würde. Das war undenkbar. Es wäre unverzeihlich.

Es musste ein Fehler sein.

Herr Bowens hellblaue Augen wurden grau. „Es tut mir leid, dass du in die Irre geführt wurdest, Alana. Deine Mutter hat durch die Handlungen unseres Sohnes ein tiefes psychisches Trauma erlitten, weshalb sie auch die Stadt verlassen hat. Aber er lebt. Wenn es stimmt, was er mir erzählt, hat er für deine Mutter vor langer Zeit ein großes Grundstück gekauft und ihr Geld für deine Erziehung geschickt."

Ihre Augen brannten und sie blinzelte die Tränen weg. Ihr ganzes Leben war eine Lüge. Man hatte sie glauben gemacht, dass sie keine Familie, keine Großeltern, keinen Vater hatte. Was die Bowens sagten, widersprach allem, was man ihr als Kind erzählt hatte.

„Hat er sie vergewaltigt?" Ihre Stimme versagte. Sie wurden von ihren Gefühlen überwältigt. Die Panik, Verzweiflung und Hoffnungslosigkeit, als sie erkannte, dass ihre Mutter sie nicht nur schützen wollte, sondern unter psychischen Problemen litt, von denen sie nichts wusste, waren unerträglich.

Alles war erfunden.

Gelogen.

Ihre gesamte Existenz war eine einziges Lügengebäude.

Frau Bowen schniefte und betupfte ihre Nase mit einem Taschentuch aus weißer Spitze.

„Das entspricht leider der Wahrheit." Herr Bowen starrte auf eine Stelle auf dem cremefarbenen Teppich. „Chris und Susan begannen in der High School, miteinander auszugehen. Sie verbrachte einen Großteil ihrer Jugend hier, zum Lernen und Spielen im Pool. Sie waren unzertrennlich." Er warf ihr einen kurzen Blick zu; in seinen Augen standen Tränen und er richtete seinen Blick wieder auf den Boden. „Wir hatten nicht bemerkt, dass er anfing, mit Drogen zu experimentieren, bis eines Nachts die Polizei vor unserer Haustür stand. Sie waren auf der Party eines Freundes gewesen. Chris hatte getrunken und auch einige Valiumtabletten aus meiner Hausapotheke entwendet. Die Drogen zusammen mit dem Alkohol veränderten seine Wahrnehmung und Emotionen."

Alanas Kopf nickte wie von selbst. Sie fühlte sich leer, völlig empfindungslos; da war nur noch ein großes, klaffendes Loch, wo sich bis eben ihr Herz befunden hatte. Ihr Geist, ihre Seele, ihre Gefühle, alles war wie taub.

„Deiner Mutter waren seine Stimmungsschwankungen aufgefallen und sie wollte nach Hause. Auf der Fahrt zurück zum Haus ihrer Eltern –"

Sie hielt abwehrend ihre Hände hoch, wollte nichts mehr hören. Sie wollte sich verkriechen, verschwinden und so lange wegbleiben, bis sich dieser Albtraum verflüchtigte. Aber sie konnte sich nicht bewegen, konnte noch nicht einmal ihre Hand herunternehmen.

„Wenn du Fragen hast –"

Alana schüttelte vehement den Kopf. Sie hatte nichts. Es gab kein verdammtes Ding mehr, an dem sie sich festhalten konnte. Ihre Arme zitterten und ihr Blickfeld verschwamm; als es an der Tür läutete, erschrak sie so sehr, dass sie fast würgen musste.

Sie blieben alle für einige lange, laute Herzschläge regungslos sitzen, bis sich Frau Bowen von ihrem Platz erhob und aus dem Zimmer ging. Als sie zurückkam, war Mitchell an ihrer Seite, sein aufgewühlter Blick auf Alanas Gesicht gerichtet.

Sie stand auf und warf sich auf wackeligen Beinen in

seine rettenden Arme, dankbar für seine Stärke und seinen Schutz.

„Was ist los?“, flüsterte er in ihr Haar, während er ihren Körper an seine Brust drückte. „Du zitterst.“

Sie schüttelte den Kopf, war unfähig zu sprechen. Sie legte ihre Handflächen auf seine Brustmuskulatur und schloss die Augen.

„Es tut mir leid, dass ich dir Kummer bereit habe, Alana.“

Sie löste sich aus Mitchells Umarmung, warf einen Blick auf Herrn Bowen und antwortete mit einem Nicken. „Ich – ich weiß.“

Mitchell hob sanft ihr Kinn hoch und sie blickte ihn wieder an. Er betrachtete eingehend ihre Gesichtszüge und seine Augen sahen sie fragend an, während er sie einem sanften Griff am Oberarm hielt. „Allie, rede mit mir. Was ist passiert?“

Sie schluckte den Kloß in ihrem Hals herunter und zuckte wegen des auftretenden Schmerzes zusammen. „M-ein Papa.“ Sie schüttelte ihren Kopf, atmete tief ein. ‚Papa‘ war das falsche Wort. ‚Papa‘ implizierte, dass eine vertraute Verbindung existierte, etwas, das sie nie gehabt hatte und mit diesem Mann nie haben würde. „Mein Vater. Der Mann, der meine Mutter vergewaltigt hat, lebt.“

Seine Augen weiteten sich und er wich zurück, als ob er einen Schlag abbekommen hatte. „Du bist …“

Sie hatte den Angriff bislang nicht erwähnt. Sie hatte sich geschämt, zuzugeben, wie sie gezeugt worden war. Jeder Tag ihres Lebens rief das traumatische Ereignis wach. Jedes Mal, wenn sie in die Augen ihrer Mutter blickte, konnte sie den Schmerz der Erinnerung aufflackern sehen.

„Ich bin entstanden, als ein Mann meine Mutter verge-waltigt hat.“ Sie schaute ihm in die Augen und wartete darauf, dass er sie angewidert ansah, dass es ihm dämmern würde, dass die Hälfte ihrer DNA von jemandem stammte, der zu solch einer grässlichen Tat fähig war.

Er runzelte die Stirn, fasste sie härter am Arm und blinzelte einmal, zweimal, dreimal, um den Schock aus seinen Augen zu vertreiben. Er zog sie in seine Arme, drückte sie fest an sich und küsste sie entschlossen auf den Kopf.

„Es tut mir leid." Er nahm sie fester in den Arm. „Allie, es tut mir so leid."

Eine heiße Träne lief über ihre Wange. Sie lehnte sich an ihn und nahm alles, was er verkörperte: die Wärme, die Unterstützung, den Schutz. Er gab ihr wortlos all das, was sie brauchte.

Die Türklingel schellte erneut, ein dumpfes Läuten, dass das Schweigen wie ein Schuss zerriss. Frau Bowen warf ihnen einen entschuldigenden Blick zu und verließ das Zimmer.

Alana schälte sich aus Mitchells Umarmung und trat zurück. „Ich muss hier raus."

Er nickte und ließ seine Arme fallen. Sie drehte sich zu Herrn Bowen um, der nun am Ende des Sofas stand.

„Es tut mir leid, aber ich muss jetzt gehen."

Er quittierte das mit einem Nicken. „Ich verstehe das. Es tut mir leid, der Überbringer von ... so unerfreulichen Nachrichten gewesen zu sein."

Sein trauriges Lächeln und der unruhige Blick waren Ausdruck seines Bedauerns. Er war ein fürsorglicher Mann, der Karriere gemacht hatte. Sie konnte nur ahnen, welche Auswirkungen die Tat ihres Vaters auf das perfekte Leben seiner Eltern gehabt haben musste.

„Es ist nicht Ihre Schuld. Es scheint, ich wurde mein ganzes Leben lang angelogen."

Mitchell nahm ihre Hand, verflocht seine Finger mit ihren und führte sie aus dem Zimmer in die Eingangshalle. Frau Bowen sprach leise flüsternd mit einem Mann mittleren Alters. Ihr Ton war beunruhigt und ihr Blick panisch, als er zurück auf Alana fiel.

Worte waren überflüssig. Ihr Bauchgefühl sagte ihr, dass der Fremde in dem teuren Maßanzug, der ihr den Rücken zudrehte, etwas mit ihr zu tun hatte. War er ein Onkel, ein Cousin, ein Schulfreund ihrer Mutter? Sie senkte ihren Blick auf den Marmorboden, als die Zeit sich plötzlich zu verlangsamen schien. Mit jedem Schritt in Richtung Tür schlug ihr Puls schneller; ihre Nervosität stieg und ihr wurde schlecht.

Als sich Mitchells Hand auf ihren Rücken legte, bemerkte sie, dass sie stehengeblieben war. Obwohl sie bereits weiche Knie hatte, blickte sie über ihre Schulter und betrachtete aufmerksam den Mann, der jetzt sie jetzt anstarrte.

Er hatte ein schmales Gesicht und sein dunkelbraunes Haar hatten eine ähnliche Farbe wie ihr eigenes. Aber die Augen räumten jeden Zweifel aus. Die hellgrünen Augen waren ein Abbild derer, die ihr jeden Tag aus dem Spiegel entgegen blickten.

Mitchell stellte sich vor sie und versperrte ihr die Sicht. Sie wusste nicht, ob er ihren nahenden Zusammenbruch spürte oder ahnte, dass sie dabei war, ihren Verstand zu verlieren. Mit jedem benommenen Blinzeln entglitt ihr die Realität ein wenig mehr. Sie fühlte sich betäubt, so, als würde sie neben sich stehen und die Szene von außen beobachten.

„Wir müssen gehen, mein Schatz." Er zeigte mit der Hand auf die Tür.

„Alana." Der Unbekannte sprach ihren Name mit Ehrfurcht aus. Es war nur ein Wort. Ein Wort, das ihre Welt aus den Angeln hob. Danach war sie sich sicher. Kein Zweifel.

Dieser Mann war ihr Vater.

~

Mitch hielt seinen Blick starr auf den Mann gerichtet, der die Ursache für die spürbare Feindseligkeit im Eingangsbereich war. Frau Bowen schien am Rande eines Zusammenbruchs, ihre Haut wirkte klamm und die Hand, die sie entsetzt zum Mund führte, zitterte. Er spürte, dass ihr Mann hinter ihm stand und dessen Anspannung wegen des unerwarteten Besuchs.

Sorgen machte ihm allerdings Alana. Sie war fast apathisch, ihre Augen blinzelten ins Leere, ihre Lippen bewegten sich tonlos.

Er trat zur Tür, seine Hand immer noch auf ihrem Rücken, und ergriff entschlossen den Türknauf.

„Warte." Die Stimme des Mannes versagte und Mitch warf einen Blick über seine Schulter und sah, dass sich das Arschloch näherte.

„Keinen Schritt weiter", knurrte er und fühlte, wie Alanas steif wurde, als sie vorwärts stolperte.

„Sie ist meine Tochter."

Mitch merkte, wie das Blut in seinen Adern zu kochen begann. Er drehte sich um, zog seine Schultern zurück und trat dicht an den Mann heran. „Sie wird Ihre Fahrkarte zur Bewusstlosigkeit, wenn Sie es wagen, sie anzufassen."

„Mitchell." Alana Flehen wirkte wie eine Leine, an der sie ihn zurückzog.

Er warf ihm einen stechenden Blick zu und seine Nasenflügel bebten vor Wut. Ihr Vater mochte unschuldig aussehen mit seinen reuevollen Augen und seinem eleganten Anzug, aber das war Mitch scheißegal. Ein Mann, der jemanden vergewaltigte, war ein Mann, der es nicht verdient hatte zu leben.

„Lass uns gehen", sagte er zu Alana, seinen Blick noch immer auf den vor ihm stehenden Mann fixiert.

Ihre Absätze klackten auf den Fliesen; als er das

Knarren der Tür vernahm und wusste, dass sie das Haus verlassen hatte, folgte er ihr die Vordertreppe hinunter.

Die frische Luft und das helle Sonnenlicht ließen ihn augenblicklich klarer sehen und denken. Das hier hatte nichts mit seiner Realität zu tun. Er reagierte allergisch auf Familiendramen. Es erinnerte ihn an Ryan und seine miserable Ehe.

„Nein." Ihr Vater drängte sich an Mitch vorbei und rempelte seine Schulter an, als er versuchte, Alana aufzuhalten. Er griff nach ihrem Ellenbogen und sie wandte sich erschrocken um.

Mitch brannte die Sicherung durch – es war vorbei mit seiner Beherrschung. Er war wie ferngesteuert, überlegte nicht. Er handelte und schlug dem Mann mit der Faust ins Gesicht. Der Schmerz trat unmittelbar ein, schoss scharf und heiß durch seine Knöchel in seine Finger und dann durch seinen ganzen Arm.

Alana schrie. Eine Autotür schlug zu, dann ein andere. Herr und Frau Bowen stürzten herbei, um ihrem Sohn auf die Beine zu helfen. Und Mitch stand regungslos da. Unfähig, zu verstehen, was gerade geschehen war.

Seans Gesicht tauchte vor ihm auf, stellte Fragen, die er nicht hörte, sagte Worte, die er nicht verstand. Seine Augen suchten Alana in dem ganzen Chaos. Sie entfernte sich von ihm, blickte schockiert oder vielleicht auch angeekelt über ihre Schulter, während Kate sie wegführte.

Die Stimmen der Bowens drangen nicht durch das Rauschen in seinem Kopf. Sean ergriff seine Schultern und schüttelte ihn. Das ältere Ehepaar half ihrem Sohn auf die Füße, wobei sie den Blickkontakt mit ihm vermieden und zog sich eilig ins Haus zurück.

„Mitch." Sean griff seine Schultern und schüttelte ihn. „*Mitch*. Sie rufen wahrscheinlich die Polizei, Kumpel. Wir müssen hier weg."

Er blinzelte und versuchte, den Nebel zu entfernen.

Wohin waren alle verschwunden? Was hatte er getan? Als eine Autotür zuschlug, holte ihn das Geräusch zurück in die Realität. „Scheiße. Alana." Er schüttelte Seans Hand ab ging mit großen Schritten den Weg runter, wobei er immer schneller wurde. „Beeil dich."

„Ich versuche bereits seit fünf Minuten, dich zum Aufbruch zu bewegen, Schwachkopf." Seans Schritte erklangen dumpf hinter ihm. „Warum hast du es auf einmal so eilig?"

Er konzentrierte sich auf Alana und den gequälten Gesichtsausdruck, der ihn aus dem Beifahrerfenster von Kates rotem Kleinwagen mitten ins Mark traf. Er bat sie lautlos stehenzubleiben und hielt seine Hände hoch. Anstatt sein Flehen zu erhören, schaute sie weg und rammte ihm ein Messer direkt ins Herz.

„Verdammte Scheiße." Er hatte nicht schreien wollen. Er konnte nicht anders. Sein ganzer Körper tat ihm weh, seine Brust, seine Lungen, seine Arme, bis hin zu den Fingern. Von den pulsierenden Schmerzen in den Fingern seiner rechten Hand ganz zu schweigen. „Beeil dich, Sean."

Er rannte zu seinem Mietwagen und öffnete die Fahrertür, nachdem Sean die Zentralverrieglung entsperrt hatte.

„Wozu die verdammte Hektik?", fragte Sean, während er auf den Beifahrersitz rutschte und die Tür zuknallte.

„Ich habe keine Ahnung, wo Kate wohnt. Wenn Alana zu sauer ist, um anzuhalten und sich meine Entschuldigung anzuhören, ist sie wahrscheinlich auch zu sauer, um ans Telefon zu gehen, bevor wir abfliegen."

Kates Auto fuhr in dem Moment vorbei, als Mitch sich anschnallte und den Wagen anließ. Bevor er ausparkte, zog er sein Handy aus der Tasche und warf es Sean zu. „Ruf sie an. Wenn sie dran geht, frag, wo sie hinfahren."

„Klasse. Ich wollte schon immer deine Sekretärin spielen.“

Er fuhr los und folgte Kate mit quietschenden Reifen. Als sie um die Ecke bog, war er bereits direkt hinter, musste aber wegen des dichten Verkehrs anhalten. Ein blaues Auto, grünes Auto, ein weißer LKW. Er beschleunigt rasant, weil das kleine rote Auto vor ihnen kaum noch zu sehen war.

„Sie antwortet nicht.“ Sean gab ihm das Telefon zurück.

„Versuch es weiter.“

„Ich glaube nicht, dass sie drangehen wird. Sie sah ziemlich sauer aus, als du dem Alten eine verpasst hast.“

Mitch stieß das Telefon zurück. „Versuch. Es. Noch.Einmal.“

„Von mir aus ... wer war der Kerl eigentlich?“ Sean wählte erneut.

Mitch seufzte, es schwang Bedauern mit. „Ihr Vater.“ Er stieg noch mehr aufs Gas.

Gelächter füllte das Auto. „Das ist krass.“

„Ja, total krass, wenn man bedenkt, dass ich meine Hand dabei ruiniert habe.“ Er bewegte seine Finger und zuckte zusammen, als der Schmerz wie Tausende kleine Stiche durch seine Hand fuhr. „Warum hast du mir nie gesagt, das es so irre wehtut, wenn man jemanden schlägt?“

„Weil du eh immer so zimperlich warst, aus Angst, dass ein Fingernagel abbrechen könnte. Wenn ich auch nur geahnt hätte, dass du jemanden verprügeln willst, hätte ich dir geraten auf die Magengegend zu zielen, damit du dir nicht die Hand verletzt. Viel Glück dabei, die Werbetour mit geschwollenen Knöcheln zu absolvieren, Idiot.“

Sean klammerte sich an die Armlehne der Beifahrertür, als Mitch ohne abzubremsen eine scharfe Kurve nahm.

„Wie fühlt es sich an?“

„So, als wären die Klingen von Wolverine in meine Haut eingebettet.“

„Ja“, kicherte Sean. „Das klingt vertraut … und vielleicht solltest du etwas langsamer fahren.“

Verdammt. Wo zum Teufel war das rote Auto geblieben? Er hing in der Vorstadt fest und es gab nur zwei Fahrspuren. Warum konnte er nicht auf der Autobahn Speed Racer spielen?

Er zog auf die Gegenfahrbahn und sofort wieder zurück, als einen entgegenkommenden Transporter sah.

„Verdammteheiligescheiße. Du wirst mich umbringen“, jammerte Sean, der sich mit seiner freien Hand am Armaturenbrett festhielt. „Ich bin zu hübsch, um zu sterben. Ich bin viel zu hübsch.“

„Versuchst du immer noch, sie anzurufen?“ Mitch warf ihm einen ungläubigen Blick zu.

„Ich kann meine Finger nicht mehr benutzen. Sie sind vor Angst erstarrt.“

Mitch schüttelte den Kopf, griff das Lenkrad mit seiner geschwollenen Hand und entriss ihm mit der anderen das Telefon.

„Oh, zur Hölle, nein.“ Sean erhob seine Stimme und holte sich das Handy zurück. „Du fährst auch ohne zusätzliche Ablenkung schon mies genug.“

„Jetzt wähl schon – oh, Scheiße.“ Er bemerkte zu spät, dass Kates Auto in die Straße eingebogen war, an der er gerade vorbeifuhr. Er reagierte, ohne nachzudenken oder zu zögern. Er riss das Lenkrad nach links und rammte beim Abbiegen fast ein parkendes Auto.

„Ich werde dir so dermaßen in den Arsch treten, sobald wir aus dem Auto aussteigen“, murmelte Sean, dessen Aufmerksamkeit nun den unscharfen Konturen der Autos galt, an denen sie vorbeirasten.

Mitch schloss die Lücke zwischen ihnen und Kate. Er stieß einen Seufzer der Erleichterung aus, als sie ein paar

Minuten später in die Einfahrt eines kleinen Backsteinhauses einbog. Er folgte ihr und blieb nur wenige Zentimeter hinter Kates Auto in der Auffahrt stehen.

Oh, Mist. Was sollte er nun tun?

Die Beklommenheit schnürte seine Kehle zu. Es war pure Ironie, dass er wie ein Irrer hatte rasen müssen, nur um etwas zu tun, was er eigentlich verabscheute. Er war nur hier, um sich zu verabschieden; und jetzt war er sich nicht sicher, ob sie ihm überhaupt zuhören würde, nachdem er ihrem Vater seine Faust ins Gesicht gerammt hatte.

„Scheiß drauf."

Er zog den Schlüssel aus dem Zündschloss und löste seinen Sicherheitsgurt. Das war es. Das letzte Mal, dass er Allie sehen würde. Ein unerwarteter Schmerz explodierte an seinem Hinterkopf und er kippte nach vorne, wobei er sich am Lenkrad festklammerte. „Hurenso—"

„Wenn ich kein Mitleid mit dir hätte, hättest du dir mehr als nur eine Ohrfeige eingehandelt."

Mitch starrte Sean wütend an, aber sein Blick wurde sanfter, als er die Schweißperlen auf die Stirn seines Freundes bemerkte. Er atmete tief ein und stieß einen Seufzer aus. „Wünsch mir Glück."

„Viel Glück, Kumpel." In Seans Blick lag Mitgefühl. „Alana scheint eine echt tolle Frau zu sein. Bist du sicher, dass du es beenden willst?"

Alana stieg aus dem Auto und ihre langen braunen Haare hingen über ihre Schultern, während sie sich langsam zu ihm umdrehte.

Nein, er wollte seine Verbindung mit ihr nicht lösen. Er wollte hierbleiben und war bereit, wirklich alles zu tun, damit sie ihm verzieh. „Oh, Mist, was mache ich eigentlich?", flüsterte er zu sich selbst. Sie war so schön. Ihre vollen Lippen, ihre Grübchen, ihre leuchtenden Augen und makellose Haut. Sie war mutig und liebevoll und vertrauensvoll und fürsorglich, und ... Himmel noch mal, er musste sich in den Griff bekommen.

Sie lebten in verschiedenen Welten. Ihr Leben stand erst am Anfang. Seines bestand aus Drama, Lügen und frivolem Sex.

„Nein. Ich muss das durchziehen." Er öffnete seine Autotür und beim Aussteigen brach ihm das Herz.

Alana hob ihr Kinn, spazierte um die Front des Autos herum und ließ ihre Finger über die Motorhaube gleiten. Sie brauchte ein paar Augenblicke, um sich zu sammeln und die Tränen runterzuschlucken. Ihr Leben hatte sich in den letzten Tagen rasant verändert. Sie hatte sich von einer Raupe in einen Schmetterling verwandelt, aber sie hatte noch nicht gelernt, ihre Flügel zu benutzen.

Die reale Welt war hart. Zuerst die Gewalt von Mitchells Leibwächter, dann die unzähligen Lügen ihrer Mutter, gefolgt von mehr Gewalt des Mannes, dem sie begonnen hatte, zu vertrauen. Die Tiefschläge hatten ihre Gefühlswelt erschüttert, aber die Höhen waren besser, als sie es sich jemals hätte träumen lassen. Wenn sie nur den Schwindel überwinden könnte, der das ständige Hin und Her von Ekstase und Angst begleitete.

„Es tut mir leid."

Sie hob ihren Blick vom Zementboden der Einfahrt zu seinen wunderschönen braunen Augen. Mitchell stand vor ihr, die Hände in den Taschen, sein Gesicht kummervoll. Sie versuchte zu lächeln, um ihm zu zeigen, das alles in Ordnung war, aber ihre Augen fingen sofort an zu brennen.

„Ich verstehe nicht, was mit mir passiert ist, Allie. Ich hab einfach die Kontrolle verloren."

Das machte ihr am meisten Angst. Sie hatte sich nicht

vorstellen können, dass Mitchell zu Gewalt neigte. Nach zwei gemeinsamen Tagen hatte sie gedacht, dass sie ihn kannte. Zwei Tage, in denen sie noch nicht einmal in der Lage gewesen war, ihn oder seinen Gesichtsausdruck zu sehen.

Oh, wie naiv und weltfremd sie doch war.

Sie verstand seine Wut, die dem Wunsch entsprang, sie zu schützen, aber sie konnte die gewalttätige Reaktion nicht entschuldigen. Er warf einen Blick auf seine Hand und kippte sie vor und zurück. Seine Knöchel waren rot und geschwollen und sie verspürte den Drang, ihn zu trösten.

Die ganze Situation war ein einziges Chaos.

„Ich habe noch nie zuvor jemanden geschlagen." Er sprach leise. „Ich ... ich ..." Er schüttelte den Kopf und ließ sich gegen das Auto fallen.

Sie litt mit ihm, aber es tröstete sie auch zu hören, dass gewalttätige Ausbrüche nicht öfter vorkamen. Sie ging die verbleibenden Schritte um die Haube herum und blieb vor ihm stehen.

„Die letzten paar Tage waren aufwühlend." Sie seufzte. „Ich war eine Belastung für dich. Wir hatten nicht viel Schlaf. Du bist mit dem Beginn der Werbetour und der Veröffentlichung des Album beschäftigt ... und du wolltest mich beschützen."

Er blickte sie unter seinen dunklen Wimpern an.

„Ich suche nicht nach Ausreden für dich. Bitte denk das nicht." Sie schüttelte den Kopf. „Ich dulde keine Gewalt. So bin ich erzogen worden und dieser Teil meiner Persönlichkeit wird sich nie ändern. Aber ich kann verstehen, warum du es getan hast." Sie trat nah an ihn heran, um eine Verbindung herzustellen, und nahm die verletzte Hand sanft in ihre Handfläche. „Danke, dass du auf mich aufgepasst hast." Sie fuhr zart mit dem Finger über die geschwollene Haut. „Tut es weh?"

„Wie Sau ... ja, es tut weh." Er schenkte ihr ein trauriges, schiefes Grinsen. Ich glaube eher nicht, dass meine Berufsgenossenschaft für Dummheiten aufkommt."

Ihre Augen weiteten sich. „Du wirst nicht spielen können?" Sie hatte nicht realisiert, was er riskiert hatte, um sie zu beschützen. Seine Karriere konnte auf dem Spiel stehen. Alles wegen ihr.

„Ich weiß es nicht." Er zuckte mit den Achseln. „Ich hoffe, Eis wird helfen."

Er drückte sich von der Motorhaube ab, legte ihr die Arme um die Taille und zog sie an sich. Sie legte ihren Kopf an seine Brust und schlang ihre Arme um ihn.

Er seufzte, lang und laut. „Ich muss los."

Sie hielt ihn fester. Blake hatte ihr gesagt, sie würde um Mitchell kämpfen müssen, aber im Moment war sie zu mutlos, zu gebrochen, um sich für irgendwas zu begeistern.

„Ich denke, es ist besser, wenn ich dich nicht anrufe."

Jetzt war es raus, der Satz, auf den sie gewartet hatte; und obwohl sie sich darauf vorbereitet hatte, riss ihr die Abweisung trotzdem das Herz heraus.

„Ich mag dich, Allie, aber in deinem Leben ist zu viel los und ich fliege ständig von einem Ort zum nächsten. Es macht keinen Sinn, das Unvermeidliche hinauszuzögern."

Sie legte ihre Handflächen auf seine Brust und lehnte sich zurück, um ihm in die Augen zu schauen. „Ich mag dich auch, aber egal, wie viel in meinem Leben passiert, ich werde immer Zeit für dich finden."

Darauf kam es an.

Sich bemühen.

Sich begeistern.

„Wenn dir wirklich etwas an mir liegt, können wir das hinkriegen."

. . .

Er runzelte die Stirn und brach den Augenkontakt ab, richtete seinen Blick auf den grünen Rasen hinter ihr.

„Ich bin eine unabhängiger Mensch", fuhr sie fort, als er nicht antwortete. „Ich kann mit Trennungen umgehen. Ich möchte nur die Chance, herauszufinden, ob zwischen uns mehr sein könnte."

Seinen Adamsapfel zitterte und er ließ seine Arme von ihrer Taille sinken. „Ich bin nicht das, was du jetzt brauchst."

Sie zuckte zusammen und versuchte, es nicht persönlich zu nehmen, dass er meinte zu wissen, was sie brauchte. „Wovor hast du Angst?", flüsterte sie und neigte ihren Kopf in seine Blickrichtung.

„Ich habe keine Angst", schnaufte er und ging einen Schritt zurück.

„Warum schiebst du mich dann weg?"

„Weil ich nicht das bin, was du *brauchst*."

Sie wich zurück. „Die Annahme, dass du mich besser kennst als ich selbst, ist beleidigend."

„Du beginnst ein neues Leben, Allie. Du brauchst ständige Unterstützung, die ich dir nicht geben kann."

„Hör auf, mir zu sagen, was ich brauche." Sie hob abwehrend ihre Hände; es schnürte ihr die Kehle zu. Es war lächerlich. Sie kannten sich kaum.

„OK, gut." Sie ging rückwärts und schüttelte den Kopf, um den Frust zu verdrängen. „Ich bin nicht so jungfräulich, dass ich nicht kapiere, wenn mich jemand abblitzen lässt."

„Nein, ist es nicht–"

„Mitchell, ich hatte Spaß die letzten Tage und ich danke dir von ganzem Herzen. Es war schön, Zeit mit dir zu verbringen und ich muss zugeben, dass meine Gefühle für dich über Freundschaft weit hinausgehen." Sie blinzelte schneller und schneller, in der Hoffnung, die drohende Sintflut abzuwehren, wenigstens bis er weg war. „Aber ich habe genug von Menschen, die mir sagen, was ich tun soll und versuchen, mein Leben zu gestalten." Ich *weiß*, was ich brauche und noch wichtiger, ich *weiß* was ich will. Ich bin kein Kind, und ich kann meine eigenen Entscheidungen treffen."

Sie hob ihr Gesicht und nahm einen tiefen Atemzug. „Ich wünsche dir alles Gute." Ihre Stimme brach und bevor die ersten Tränen liefen, drehte sie sich um und lief auf das Haus zu.

Ihre Liebe zu ihm brach ihr das Herz; aber sie konnte nicht akzeptieren, dass er dachte zu wissen, was das Richtige für sie war. Er lag falsch und wenn er das nicht einsehen konnte, machte es keinen Sinn, für eine Zukunft zu kämpfen, die zum Scheitern verurteilt war.

Sie würde niemanden mehr erlauben, sie zu beherrschen und zu kontrollieren.

Nie wieder.

Bei jedem Schritt betete sie, dass er verstehen würde, warum sie gehen musste. Warum sie hart bleiben musste. Sie wollte, dass ihm ein Licht aufging, dass er aufwachte und ihren Namen rief.

Sie hörte kein ein einziges geflüstertes Wort. Nicht einmal ein Lebewohl.

Es herrschte Stille, als sie die Haustür öffnete und hinter sich zumachte. Sie lehnte ihren Rücken gegen das dicke Holz, ihr Herzschlag raste, immer noch hoffend, dass er seine Meinung ändern würde.

Sie passten gut zusammen. Selbst mit ihrem begrenzten Erfahrungsschatz wusste sie, dass das stimmte. Warum also bemühte er sich nicht ebenso wie sie darum, dass es klappte? Warum kämpfte er nicht?

Sie schluchzte auf und hielt eine Hand vor ihren Mund, um ein weiteres Schluchzen zu unterdrücken. Vielleicht war es ein weiterer Fall von verzerrter Realität. Vielleicht war das zwischen ihnen gar nicht so perfekt, wie sie es sich einbildete.

Ihre Mutter hatte eine Fantasiewelt aufgebaut, einen Lügennetz mit solcher Raffinesse gesponnen, dass sie alles geglaubt hatte. Was, wenn Alana dasselbe getan hatte? Hatte sie das, was zwischen ihnen war, falsch verstanden?

Eine Autotür schlug zu, gefolgt vom Aufheulen eines Motors. Sie drückte die Hand fester vor den Mund und gab sich der ganzen aufgestauten Verzweiflung der letzten Tage hin, als sie sich auf den Boden sacken ließ.

„Lebwohl, Mitchell.“

Kapitel Sechzehn

„KANN ich mal dein Laptop haben?" Mitch stand mit hochgezogenen Augenbrauen vor Blake und man konnte ihm seine Gefühlslage ansehen. Seit sie Richmond vor über einer Woche verlassen hatten, hatten sie kaum ein Wort gewechselt. Da seine Sozialkompetenz momentan extrem zu wünschen übrig ließ, hatte Mitch den Großteil seiner Freizeit allein verbracht.

„Ahh, ja. Sicher." Blake runzelte die Stirn. „Gib mir zwei Minuten, um meine Chatsitzung zu beenden und es gehört dir."

Mitch setzte sich neben ihn auf das Sofa der Penthouse Suite. „Mit wem chattest du?"

Blake sah in kurz an, bevor er sich wieder seinem Computer zuwandte und wie verrückt auf den Tasten herumtippte. „Mit einem Freund."

Wer's glaubte.

Wenn Mitch nicht bis zum Hals in seiner dramatischen, selbstverachtenden, depressiven Blase stecken würde, hätte er ein paar Fragen gestellt.

„Bitte sehr."

Er ergriff das ausgestreckte Laptop, legte es auf seinen

Oberschenkel und starrte auf den Bildschirm, während sich sein Herz fast überschlug.

„Wozu brauchst du es?“ Blake machte es sich in der Ecke des Sofas bequem, streckte seine Beine aus und legte dann die Füße übereinander.

Mitch räusperte sich und blinzelte weiterhin den Computer an. „Ich dachte … ich surf einfach mal ein bisschen im Internet.“

„Und googelst Alana, meinst du“, fügte Mason aus der Küche hinzu.

Er antwortete nicht. Seine Freunde kannten ihn zu gut.

„Warum rufst du sie nicht an?“ Mason schlenderte zu ihnen hinüber und setzte sich vor ihm auf den Couchtisch.

„Das habe ich schon.“

„Was?“ Blake richtete sich auf. „Wann hast du das getan?“

„Was hat sie gesagt?“, fragte Mason.

Er zuckte mit den Schultern und gab Alanas Name in Google ein. „Ich habe aufgelegt.“

Sie lachten. Arschlöcher.

„Du bist ein Weichei.“ Mason drückte sich vom Tisch ab und ging zurück in die Küche, um sich ein Bier aus dem Kühlschrank zu holen. „Ein schlecht gelauntes Weichei.“

„Ich bin nicht schlecht gelaunt, verdammt“, blaffte Mitch zurück.

„Ähm, erinnerst du dich an das Mädel, das dein Autogramm auf ihren Titten haben wollte? Du hast gesagt, sie solle ihren ‚Schlampenarsch‘ von dir weg bewegen.“ Blake hob fragend die Augenbrauen. „Ich denke, das kann man schlecht gelaunt nennen.“

„Außerdem hatte sie einen guten Vorbau“, ergänzte Mason.

„Ja und? Ich habe keine Lust mehr auf diesen Mist.“ Hatte er nicht. Willige Frauen waren ein Ding der Vergangenheit. Für immer. Er würde nicht wieder versumpfen, nicht nach Allie.

„Gib doch einfach zu, dass du Scheiße gebaut hast; ich bin mir sicher, dass wir dich dann in Ruhe lassen", höhnte Mason.

„Ich bin nicht derjenige, der Scheiße gebaut hat", fauchte er. „Sondern du." Er zeigte mit einem Finger auf Mason. „Und du auch." Er zeigte auf Blake. „Und Ryan und Sean ebenfalls. Es ist ja nicht so, als ob ihr Arschlöcher große Vorbilder wärt. Wer weiß, wenn euer Liebesleben rosig wäre und ich mir auch nur ein kleines bisschen hätte abgucken können, was es braucht, damit eine Beziehung funktioniert, während man gleichzeitig mit einer Horde Groupies umgeht, die mir in den Arsch kriechen, vielleicht hätte ich dann ein wenig Hoffnung gehabt."

Er wartete auf einen dummen Spruch. Wartete und wartete. „Dann hätten wir das ja auch endlich mal geklärt. Und jetzt lasst mich einfach nur in Ruhe."

Seine Google-Suche führte zu einer Seite voller Links, die die Wörter Alana Shelton enthielten. Er klickte auf das erste Ergebnis – *Mein Leben im Fokus, eine fotografische Reise durch meine Augen.* Es wurde ein rosafarbener Bildschirm geladen, der Titel des Blogs war fett gedruckt. Er scrollte nach unten und hielt den Atem an, als er ihr Bild am Bildschirmrand entdeckte. Es war ein Schwarz-Weiß-Foto, aufgenommen auf einer Wiese oder einem Spielplatz. Sie lächelte mit ihren Grübchen in die Kamera, dunkle Haarsträhnen umrahmten ihre schönen Augen.

Warum verblasste seine Sehnsucht nach ihr nicht? Er hatte sich fest darauf verlassen, war jede Nacht mit der Hoffnung ins Bett gegangen, als neuer Mensch aufzuwachen. Aber nein. Das Bedauern, das seit dem Tag ihres Abschieds wie ein Stachel in seiner Brust saß, bohrte sich immer tiefer.

Es musst doch irgendwann mal besser werden.

„Verdammt, sie ist heiß.“

Mitch schubste Blake weg und ignorierte den Kommentar. Er scrollte bis zum ersten Beitrag weiter, der mit ‚Das Leben geht weiter‘ betitelt war. Es gab keine Worte, nur Bilder. Auf einem war Kate in einem Nachtclub zu sehen, in einem roten Glitzerkleid umringt von Männern. Im Hintergrund blitzten bunte Lichter. Menschen tanzten.

Das nächste Bild war von Alana, mit den gleichen Männern. Ihre sinnlichen Kurven steckten in einem engen pinkfarbenen Trägertop, in der Hand hielt sie einen Cocktail. Er konzentrierte sich auf ihre Lippen. Ihre schönen, vollen Lippen; er versuchte, den Mann neben ihr, der den Arm um ihre Taille gelegt hatte und seinen Mund auf ihre Wange drückte, auszublenden.

„Wenn du mein Laptop hinwirfst, *werde* ich dir wehtun.“

Halt die Klappe, Blake.

„Ruf sie an.“ Mason setzte sich wieder auf den Couchtisch und schlürfte sein Bier. „Sobald wir die Werbetour beendet haben, hast du wieder ein paar Wochen Zeit für sie.“

Ein paar Wochen. Mitch sah in höhnisch an. Wochen würden nie genug sein. Er brauchte mehr. Er brauchte für immer. Leider war das keine Option, da er wegen seiner Karriere den Globus umrunden musste.

Er scrollte noch weiter nach unten zu einem früheren Beitrag – *Angeknackst, Nicht Zerbrochen.* Unter der Überschrift war ein weiteres Foto von Alana. Ihre Augen glänzten, eine einzelne Träne lief über ihre Wange und sie sah seitlich in die Kamera. Der Hintergrund war unscharf, und sogar mit vor Kummer verzerrtem Gesicht machte sie ihn noch sprachlos.

„Wow, das geht einem direkt nahe, was?“, murmelte Blake.

Mitch runzelte die Stirn und kräuselte seine Nase, um das unliebsame Prickeln zu vertreiben. Seine Sicht verschwamm und er blinzelte, um wieder klar zu sehen. Das Reuegefühl wuchs und der Stachel sank tiefer. Wie sollte er das überstehen? Er war in Richmond noch nicht mal an Bord des Jets gewesen, als sich schon die ersten Zweifel bemerkbar machten. Ihm war nicht klar gewesen, wie viel ihm ihre gemeinsame Zeit bedeutete. Jedenfalls nicht, bis es zu spät war.

Bevor er kniff, klickte er auf den Link zum letzten Beitrag und platzierte den Cursor in das Kommentarfeld. *Ich vermisse dich, Allie.* Er tippt seinen Namen mit zitternden Händen und drückte auf *Senden*, damit keine Zeit blieb, um über sein Tun nachzudenken.

„Was machst du da?" Blake lehnte sich rüber und rieb seine Schulter. „Oh, nein, nicht wirklich, oder?"

Mitch warf ihm einen verärgerten Blick zu. „Wie bitte? „Ich wollte ihr eine Nachricht schicken und sie wissen lassen, dass ich an sie denke."

„Stalker." Mason schmunzelte. „Anrufen und auflegen, ihr online nachspionieren ... bist du sicher, das du keins ihrer Höschen unter dem Kopfkissen versteckt hast?"

Davon konnte Mitch nur träumen.

„Ich möchte nur wissen, ob es ihr gut geht."

Er musste Kontakt aufnehmen. Vielleicht erlaubte ihm sein Gewissen nicht, das hinter sich zu lassen, weil ihr Abschied so unschön gewesen war. Er hatte ihr nie wehtun wollen. Bei seinen Entscheidungen hatte stets ihr zukünftiges Glück im Mittelpunkt gestanden. Das es so schlecht geendet hatte, war kaum zu ertragen gewesen. Nichts fühlte sich richtig an.

In jenen wenigen Tagen mit Alana war sein Leben

erfüllt gewesen. Zufrieden. Seine gesamte Existenz hatte einen Anflug von Sinn gehabt.

Jetzt ... jetzt war alles egal.

Er hatte keine Lust zu lächeln, er wollte nicht auftreten, er hatte noch nicht einmal die Motivation oder den Wunsch sich zu betrinken und mit Groupies rumzuvögeln.

Er war gebrochen.

Verloren.

Dummerweise hatte er das Einzige weggeworfen, was ihn glücklich machen konnte.

Im Großen und Ganzen hatte Alana es in den letzten zehn Tagen erfolgreich geschafft, sich abzulenken; trotzdem musste sie immer wieder innehalten, atmen und nachdenken.

Das waren die Momente, in denen Mitchell ihre Gedanken besetzte und sich nicht vertreiben ließ.

Der Tag nach seiner Abweisung war der Schlimmste gewesen. Sie war von Kates schriller Stimme geweckt worden, die durch den Flur hallte. Das Frühstücksshow-Interview mit Reckless Beat dröhnte aus dem Fernseher und es bedurfte anscheinend des Schreis einer Furie, um Alana aus dem Schlaf zu reißen.

Sie stolperte noch halb benommen ins Wohnzimmer und hörte, wie er der Welt verkündete, sie sei eine ‚Ablenkung‘. Seine Worte vergrößerten nicht nur die Risse in ihrem Herzen, sie zerstörten es komplett und gaben ihr den Todesstoß; ihr Liebeskummer war nun nicht mehr zu übersehen. Sie war so dumm gewesen, hatte gedacht, dass er einfach Angst davor hatte, sich zu verlieben oder unter Bindungsängsten litt. Jetzt wusste sie Bescheid.

Eine Ablenkung. Herrgott noch mal.

Er machte ihr ein für alle Mal klar, dass sie keinen

Vertrag mit der Wirklichkeit hatte. Sie war also doch die Tochter ihrer Mutter. Zumindest wich nun die lähmende Verzweiflung einer beflügelnden Wut. Sie hätte ihn gern daran erinnert, das sie ihn nie um seine Hilfe gebeten hatte. Er hatte sich aufgedrängt, um ihren Ritter in der Not spielen zu können, nicht anders herum. Nur hatte sie seine Telefonnummer nicht, um ihm ihre Meinung zu geigen. Er hatte bequemerweise ihre gespeichert, ihr seine aber nicht mitgeteilt.

„Starrst du immer noch seine Nachricht an?“ Kate betrat Alanas Zimmer und schaute nach unten auf ihren Computer.

Alana seufzte und las die Zeile erneut. *Ich vermisse dich, Allie.* „Ich kann nicht anders.“ Wut war ihr ständiger Begleiter gewesen. Den Kommentar zu finden hatte alles nur noch schlimmer gemacht und sie aufs Neue zerstört.

Von wegen verdammte Ablenkung und so.

Sie hatte den Blog in der Nacht angefangen, als er Richmond verließ. Sie konnte weder schlafen noch essen, also vergrub sie sich in Arbeit. Ein neuer Blog, ein neues Leben, neue Perspektiven. Leider ruinierte Mitchell auch das.

„Lösch es.“

Alana nickte. Sie sollte es tun, aber in Wirklichkeit wollte sie ihr Zimmer mit diesen paar einfachen Worten neu tapezieren. „Ich werde alles entfernen. Den ganzen Blog. Jeden Beitrag.“

„Wie bitte? Auf keinen Fall. Das lasse ich nicht zu.“

„Nein.“ Sie atmete tief ein, um Kraft zu sammeln. „Ich muss das machen. Ich habe den Blog angefangen, um über ihn hinweg zu kommen; und es hat auch für eine Weile geklappt, aber jedes Mal, wenn ich jetzt meine E-Mails nachschaue, frage ich mich, ob er eine neue Nachricht hinterlassen hat. Und jedes Mal, wenn ich einen anderen Beitrag schreibe, frage ich mich, ob er ihn lesen wird.“ Sie wandte sich Kate zu und setzte ein trauriges Lächeln auf. „Ich muss das ganze verdammte Ding löschen."

Kate zuckte zusammen. „Das ist doof." Sie kam näher und platzierte ihren Hintern auf Alanas Schreibtisch, um sie anzusehen. „Warum schreibst du nicht einen Beitrag darüber, warum Sexspielzeuge besser sind als jeder Mann? Oder als ein ganz bestimmter Typ. Ich kann dir den Kaninchen-Vibrator kaufen, den ich dir als Trennungsgeschenk versprochen habe, und du schreibst eine Bewertung. Erzähl der Welt, dass nur das beste medizinische Silikon besser ist als der berühmte Mitchell Da –"

Das Haustelefon klingelte und Kate rutschte vom Tisch. „Wir reden in ein paar Sekunden weiter."

Alana seufzte und starrte wieder auf die Worte. *Ich vermisse dich, Allie.* Sie vermisste ihn auch.

Nach einem tiefen Atemzug klickte sie auf die Systemsteuerung ihres Blogs und wählte die Registerkarte ‚Einstellungen'. Kate hatte netterweise aufgehört, die Musik von Reckless Beat zu spielen und ihre Erinnerungsstücke weggeräumt. Das Mindeste, was Alana tun konnte, war die Ablenkungen abzustellen, für die sie selbst verantwortlich war. Es waren sowieso nur ein paar Beiträge. Nichts, was sie nicht replizieren konnte, sobald ihre Erinnerungen an Mitchell verblasst waren.

Sie bewegte den Maus-Cursor zur Schaltfläche ‚Blog Löschen' und verharrte.

„Alana?"

Sie blickte über ihre Schulter auf Kate, die in der Tür stand. Sie sah beunruhigt aus und war blass.

„Was ist los?" Sie stand auf, stolperte mit zitternden Beinen vorwärts und nahm den ausgestreckten Telefonhörer an.

„Hier spricht Patty aus dem Frauenhaus deiner Mutter. Es gab einen Unfall."

Kapitel Siebzehn

ALANA STÜRMTE IN DAS KRANKENHAUS, ihre Haare wirr, ihre Kleidung von der Reise zerknittert und zog ihren Koffer hinter sich her. Sie hatte am Morgen nach dem Anruf den ersten Flug von Richmond genommen und nach neunzig Minuten Aufenthalt in Chicago war es weiter nach Colorado Springs gegangen.

Sie hatte noch nicht mit ihrer Mutter gesprochen. Patty war ihre einzige Quelle und nicht gerade auskunftsfreudig gewesen. Es gab einen Vorfall auf dem Traktor. Einen Sturz. Alana kannte keine Details und sie war nicht sicher, ob es am Hang ihrer Mutter lag, Schuldgefühle und Drama hervorrufen zu wollen oder daran, dass Patty ärgerlich war, weil Alana nicht nach Hause zurückgekehrt war.

Sie wusste lediglich, dass die Verletzungen nicht lebensbedrohlich waren. Das Hauptanliegen war die Angst ihrer Mutter, an ein Bett gefesselt und dem männlichen Krankenhauspersonal ausgeliefert zu sein.

„Ich bin hier, um meine Mutter zu besuchen." Sie beugte sich über die brusthohe Rezeption und schenkte der Dame auf der anderen Seite ein halbherziges Lächeln. „Susan Shelton."

Es dauerte eine halbe Ewigkeit, ehe sie eine Zimmernummer und eine Wegbeschreibung zu den Aufzügen erhalten hatte. Danach hatte sie es mit einem Mal gar nicht mehr so eilig. Sie ließ sich viel Zeit, um den Flur hinunter zu gehen. Sie bereitete sich darauf vor, die traurigen Überreste ihrer Beziehung zu sezieren und darum zu kämpfen, in diesem Trümmerhaufen ein paar erhaltenswerte Erinnerungen zu finden.

Das letzte Mal hatte sie mit ihrer Mutter an dem Tag gesprochen, als die Bowens in ihr Leben getreten waren. Seitdem war es ihr unmöglich gewesen, ihre Telefonnummer zu wählen. Sie war nicht bereit gewesen, der Wahrheit ins Gesicht zu sehen. Und sie weigerte sich, Anrufe aus Colorado entgegenzunehmen – von Patty, ihrer Mutter oder einer der zahlreichen Frauen, die das Frauenhaus ihre Heimat nannten.

Jetzt hatte sie keine andere Wahl.

Die offene Tür zum Zimmer ihrer Mutter tauchte bedrohlich vor ihr auf. Sobald sie die Schwelle überschritt, würde die Verwüstung unvermeidlich sein. Tränen und harte Wahrheiten auch. Sie waren jetzt andere Menschen. Zumindest Alana. Und, es war komisch, aber die paar Tage mit Mitchell hatten ihr Kraft gegeben. Sie fühlte sich jetzt wirklich wie eine Frau. Nicht nur in sexueller Hinsicht. Sie hatte das Gefühl, nun ein Teil der Welt der Erwachsenen zu sein. Sie war stark. Stärker als je zuvor. Aber vielleicht nicht stark genug, um sich für immer von ihrer Mutter zu verabschieden.

Sie ging langsam näher heran, sah das Bett, die zugedeckten Füße, die Beine, den Oberkörper. Dann endlich das vertraute Gesicht. Sie blieb wie angewurzelt stehen, als sie die Frau erblickte, die sie geboren, geliebt und die ihr dennoch auch so viel Kummer bereitet hatte, dass es für ein ganzes Leben reichte.

„Alana."

Ihr Herz setzte aus, als sich ihre Blicke trafen.

Sie liebte diese Frau, liebte sie so sehr, dass der Betrug sie zehnmal mehr verletzte. „Hallo, Mama.“ Sie trat über die Schwelle und stellte ihren Koffer hinter der Tür ab. „Wie geht es dir?“

„Viel besser, jetzt, wo du hier bist.“

Alana entwich ein hämisches Lachen. Sie wollte klarstellen, dass das wohlige Gefühl nur vorübergehend sein würde. Sie hatten eine Menge zu besprechen und nichts davon war angenehm.

„Was ist passiert?“

„Ich bin vom Traktor gefallen.“ Ihre Mutter schaute auf die Schlinge, die ihren eingegipsten Arm teilweise verhüllte. „Es war wirklich dumm. Ich war unkonzentriert und habe mir deshalb eine gebrochene Speiche und drei gebrochene Rippen eingehandelt.“

„Ich denke, du hast Glück gehabt.“ Alana zog einen Plastikstuhl quer durch den Raum und stellte ihn neben das Bett. „Ich wusste nicht, was mich erwartet. Patty hat mir am Telefon kaum etwas erzählt.“

„Wir waren alle ein wenig erschöpft, als es passiert ist. Sie musste mich schon überreden, ins Auto einzusteigen und mich hier her zu fahren, weil ich es vorgezogen hätte, meine Hausärztin anzurufen und mich von ihr untersuchen zu lassen.“ Ihre Mutter rutschte unbehaglich im Bett herum. „Ich mag die Ärzte hier nicht, Alana. Es sind Männer.“

„Viele Ärzte sind männlich, Mama.“

„Sie haben mich grundlos ruhiggestellt.“

„Grundlos?“ Alana sah sie fragend an. „Patty hat mir erzählt, dass du dich den männlichen Angestellten gegenüber aggressiv verhalten hast.“

„Es sind Angstzustände. *Leichte* Angstzustände. Es war sicherlich nicht so schlimm, dass sie mich außer Gefecht setzen mussten. Wer weiß, was sie mit mir machen, wenn ich schlafe?“

Alana seufzte und starrte aus dem Fenster. So würde ihr Leben aussehen, wenn sie in Monument blieb. Sie würden für alle Zeiten versuchen, die Paranoia ihrer Mutter zu lindern. Jedes Mal, wenn im Frauenhaus Neuankömmlinge von ihrem Horror und ihrer Trauer berichteten, würde Susan Shelton das zum Anlass nehmen, weiter an ihrem eigenen Schmerz festzuhalten.

Es wäre ein ständiger Kreislauf.

„Ich bin sicher, dass sie nichts Schlimmes tun.“

„Ich wünschte, ich hätte dein Vertrauen.“

Es war kein Vertrauen. Es war ihr einfach egal. Sie hatte nichts mehr zu geben. Jegliche Empathie hatte sich in Luft aufgelöst, als die Wahrheit ans Licht kam. Ja, sie sollte sich mehr Gedanken über den Gesundheitszustand ihrer Mutter machen. Sie sollte sich mit Patty zusammensetzen und dafür sorgen, das im Frauenhaus alles in Ordnung war; aber sie war lediglich daran interessiert, die Tausenden drängenden Fragen loszuwerden.

„Wann haben sie dir das letzte Mal ein Beruhigungsmittel gegeben?“ Sie wandte ihren Blick wieder auf das Bett und konzentrierte sich auf die Bettdecke, Blickkontakt herzustellen war unmöglich.

„Gestern Abend.“

„Ich bin sicher, dass sie es dir gegeben haben, damit du besser schlafen kannst.“ Alana wäre nicht überrascht, wenn es wegen des körperlichen Angriffs auf das Personal geschehen war. Die verbalen Attacken waren bestimmt schon schlimm genug. „Was ist mit Schmerzmittel? Geben sie dir was, damit du dich besser fühlst?“

„Jedenfalls nichts, was mich schläfrig macht, dafür habe ich gesorgt.“ Ihre Mutter lächelte erfreut, in ihren Augen lag Wärme: Sie nahm an, Alana fragte, weil sie sich Sorgen machte. „Glaub mir, die Verletzungen sind nicht allzu ernst.“

„Bist du sicher?“ Auch wenn sie sich schämte, die Fragen aus einem anderen Grund als Besorgnis zu stellen, war es ihr nicht unangenehm genug, um diesen Gedankengang aufzugeben. Wenn der Unfall nicht passiert wäre, wäre Alana nicht hier. Sie wären noch immer entfremdet. Sie hatte keine Pläne gehabt, in der nahen Zukunft nach Monument zu reisen. Es war ihr nicht einmal in den Sinn gekommen, ihre Mutter anzurufen und zu versuchen, sich auszusprechen.

„Es gibt keinen Grund für diese Inquisition, Schatz. Mir geht es gut.“

Schatz.

Ihr Herz wurde schwer. Mitchell war die letzte Person, die sie so genannt hatte und die Zärtlichkeit klang aus seinem Mund so viel süßer. Sie vermisste ihn noch immer, dachte jeden Abend vor dem Einschlafen an ihn.

„Es gibt tatsächlich einen Grund.“ Alana öffnete ihre Handtasche und zog eine Flasche heraus, die sie am Flughafen gekauft hatte. „Tequila oder Kaffee?“

Ein zutiefst ungläubiger Blick traf sie. „Du weißt, dass ich nicht trinke.“

„In Anbetracht des bevorstehenden Gesprächs solltest du vielleicht damit anfangen.“ Alana stellte in Ruhe ihre Tasche auf den Boden, legte den Alkohol in ihren Schoß und starrte ihre Mutter ausdruckslos an. „Willst du anfangen, oder soll ich?“

Die Mutter schüttelte den Kopf. „Nein.“ Sie zuckte zusammen und setzte sich im Bett anders hin. „Nicht hier. Nicht heute.“ Sie blickte sich um, hinter ihr war der Alarmknopf für das Schwesternzimmer. „Ich weiß, worüber du reden willst, aber ich bin jetzt zu müde.“

Zu müde und offenbar sogar bereit, einen männlichen Krankenpfleger zu rufen, um die Situation zu beenden.

„Vielleicht hilft die Erschöpfung dabei, die Wahrheit aus dir herauszubekommen." Sie versteckte ihren Kummer hinter einem Lächeln. Es war schwer genug, die Lügen zu akzeptieren. Es war schlimmer zu sehen, wie unwillig sie war, sich zu entschuldigen oder es ihr wenigstens zu erklären.

Ihre Mutter schüttelte immer noch den Kopf. „Siehst du nicht, dass ich Schmerzen habe?"

Alana war die Enttäuschung anzusehen. Ihre Perspektive hatte sich in nur wenigen Tagen geändert. Ihr ganzes Leben ebenfalls. Ihre Beziehung war von einem Egoismus geprägt, den sie bisher nie bemerkt hatte. Er war immer dagewesen, unterschwellig. Er war ihr nur nie aufgefallen, weil die Frau, die sie großgezogen hatten, ihren Narzissmus stets mit etwas kaschierte, das Mitgefühl erregte.

„Siehst du nicht, dass *ich* Schmerzen habe?", flüsterte sie zurück.

Der Raum wurde still. Auf dem Flur hallten Schritte, Summer piepten, Patienten riefen nach Schwestern – und mittendrin lag ihre Mutter einfach nur da, stur.

„Tja, ich denke, ich werde meine Sachen aus dem Frauenhaus abholen und mich wieder auf den Weg machen." Es war keine Drohung. Es war eine Verurteilung. Sie konnte unmöglich an den Ort zurückkehren, an dem sie aufgewachsen war. Nicht dauerhaft. Sie hatte damit gerechnet, ihre Mutter zu unterstützen, solange sie sich erholte, während sie ihr Leben in Kisten packte und den Umzug nach Richmond organisierte. Aber sie konnte keine Hilfe anbieten, wenn sie im Gegenzug keine Informationen erhielt.

Die Frau, die aus Tatsachen Fiktion gemacht hatte, musste ihr entgegenkommen.

Irgendwie.

„Alana, sei vernünftig."

Das war es? Das war alles, was sie bereit war zu sagen?

„Hör auf, meinen Namen als Waffe einzusetzen."
Verdammt noch mal. Sie hob ihre Tasche vom Boden auf und
stand auf. „Auf meinen Schultern lastet keine Schuld. Ich
bin frei. Auch wenn mir deine Lügen das Herz gebrochen
haben, kann ich mit erhobenem Kopf aus diesem Raum
gehen. Was man von dir nicht sagen kann."

Sie ging ruhig und gelassen zur Tür. Sie hatte bereits
Tage damit verbracht, sich in düsteren Farben auszumalen,
wie diese Diskussion enden würde. Das Ergebnis scho-
ckierte sie keineswegs. Sie war einfach nur benommen.

Es war Zeit, sich um andere Dinge zu kümmern.

Ihr eigenes Leben zu leben.

Zu lächeln, wenn ihr danach war.

„Warte."

Alana blieb in der Tür stehen.

„Es tut mir leid. Ich hatte nicht vor, dir die Wahrheit
für immer vorzuenthalten. Es ist einfach so passiert." In
der Stimme ihrer Mutter schwang tiefes Bedauern mit.
„Bitte, Alana, versuch, meine Perspektive zu verstehen."

Sie wirbelte herum. „Das habe versucht, seit ich die
Bowens getroffen habe. Ich konnte nicht aufhören, darüber
nachzudenken, was geschehen müsste, um die Entscheidungen zu treffen, die du getroffen hast. Ich verstehe, dass
es schwierig war. Dass du mich vor Kummer beschützen
wolltest. Aber dann traf ich meinen Vater."

Ihre Mutter sah sie mit offenem Mund an.

„Ja, Mama. Stell dir meine Überraschung vor, als ich in
die Augen eines Mannes starrte, den ich für tot hielt. Er
hat genau die gleichen Augen wie ich."

Eine einsame Träne lief über die Wange ihrer Mutter,
gefolgt von vielen weiteren.

„Hör auf zu weinen", sagte Alana mit heiserer Stimme.
„Du hast kein Recht, deshalb Tränen zu vergießen. Nicht
mehr. Du hattest 27 Jahre Zeit, um mich auf diesen

Moment vorzubereiten – und trotzdem war ich allein. Ich hatte niemanden.“

Niemanden außer Mitchell.

Ihre Mutter nickte, zeigte endlich Einsicht. „Es tut mir leid.“ Sie begann zu schluchzen. „Es tut mir so leid.“

Eine unsichtbare Kraft schob Alana zurück ins Zimmer, verlangte, dass sie Trost spendete. Stattdessen streckte sie ihren Rücken durch und ignorierte sie. Sie stand da und beobachtete, wie sich ihre Mutter Tränen mit der Armschlinge abwischte. Sie tat nichts, um es ihr leichter zu machen.

„Ich wusste einfach nicht, wie ich damit fertig werden sollte.“ Das Schluchzen wurde lauter. „Ich weiß nicht, wie ich darüber wegkommen soll.“

„Du wirst es lernen.“ Alana machte einen tiefen Atemzug. „Du wirst es lernen, oder ich komme nie wieder zurück ins Frauenhaus. Du brauchst Hilfe, Mama. Und wenn du dir keine holst, kann ich an deinem Leben nicht mehr teilnehmen.“

„Du weißt nicht, wie es ist. Du weißt nicht, was ich durchgemacht habe.“

„Nein.“ Alana lächelte traurig und schüttelte den Kopf. „Ich habe keine Ahnung. Ich weiß nur, wie das ist, was du mir zugemutet hast. Ein ganzes Leben in Abgeschiedenheit zu verbringen. Abgeschirmt zu sein, nicht nur von Männern, sondern von Liebe –“

„Du warst immer von Frauen umgeben, die dich geliebt haben.“

Sie neigte ihren Kopf. „Ja. Aber ich habe nie erfahren, wie es ist, verliebt zu sein oder Liebeskummer zu haben. Ich hatte noch nie jemanden, der zu mir gehörte. Keinen Vater oder Großeltern. Ich hatte nur dich und du hast mich immer nur angelogen.“

„Ich habe dir alles gegeben, was ich hatte.“

„Nein, das hast du nicht. Die Wahrheit hätte dich nichts gekostet.“

Ihre Mutter schniefte. „Du verstehst nicht –“

„Erklär es mir“. Ihre Stimme wurde lauter. Sie konnte es nicht verhindern. Egal, wie laut sie wurde, es war, als würde sie gegen eine Wand reden. „Erklär mir, warum du mich mein ganzes Leben lang angelogen hast.“

„Es war zu schwer, der Wahrheit ins Gesicht zu sehen.“ Ein tiefer Seufzer erfüllte den Raum. „Ich weiß, dass ich nicht normal bin, Alana; aber in der Welt, die ich geschaffen habe, fühlte ich mich sicher. In unserem gemeinsamen Leben hatte ich keine Angst.“

„Die Welt, die du aufgebaut hast, war nicht real Mama, kannst du das nicht sehen?“

„Ich sehe es jetzt.“

Warum reichte das nicht? Der Schmerz ließ nicht nach. Kein Verständnis. „Wie ich schon sagte, du musst dir Hilfe suchen.“

Sie hatten die wichtigen Dinge nur oberflächlich angesprochen. Die vielen Lügen all die Jahre über mussten ausgeräumt werden. Aber heute würde sie nicht herausfinden können. Ihre Mutter wollte Mitleid und sie brauchte Zeit, um zu verstehen, dass sie das von ihrer Tochter nicht mehr bekommen würde.

„Ich hoffe, du wirst schnell wieder gesund.“ Sie drehte sich um und blickte den Flur hinunter. „Ich werde Zuhause auf dich warten, wenn du entlassen wirst.

„*Nein*. Alana. Geh nicht.“

Sie blickte über ihre Schulter, wusste nicht, was sie sagen sollte.

Dass ihre Mutter nicht wollte, dass sie ging, löste einen kleinen Anflug von Erleichterung aus. Sie wollte nicht als Einzige darum kämpfen, dass die Dinge besser wurden. Sie hatte diesen Kampf in Bezug auf Mitchell verloren. Sie wollte nicht noch einmal eine solche Niederlage erleben, schon gar nicht hinsichtlich einer Frau, die sie trotz ihrer Fehler lieben würde.

„Lass mich nicht allein." Ihre Mutter streckte ihren gesunden Arm aus. „Ich hyperventiliere jedes Mal, wenn der Pfleger kommt, um nach mir zu sehen. Sie wollen mich bestimmt wieder ruhigstellen. Du musst ihnen sagen, dass ich nach Hause gehen kann."

An die Stelle von Alanas Erleichterung trat Zorn. Sie wollte zwar keine Niederlage einstecken, aber sie würde sich auch nicht wie ein Fußabstreifer behandeln lassen.

„Du musst dich deinen Ängsten stellen, Mama." Sie schluckte die aufsteigenden Schuldgefühle runter. Sie würde ihnen keinen Raum mehr geben. Weder heute. Noch in Zukunft. Sie packte den Griff ihres Koffers und ging auf die Tür zu. „Jetzt ist eine gute Zeit, damit anzufangen."

Kapitel Achtzehn

Mitch rieb sich die Augenlider, versuchte, die Anspannung wegzumassieren. Sein Leben war die Hölle. Aber nicht nur ein Zustand entsetzlicher Qualen von unvorstellbarem Ausmaß, sondern eine dermaßen seelenlose, stimmungsverändernde, beschissene Wirklichkeit, dass er sich mit den Händen den Brustkorb aufreißen und sein eigenes Herz mit einem stumpfen Messer herausschneiden wollte.

„Wir sind fast Zuhause." Blake, der neben Mitch auf dem Ledersofa des Jets saß, sprach leise.

Zuhause. Er verspottete sich innerlich. Bei dem Gedanken, in seine leere Wohnung in Manhattan zu kommen, graute es ihm. Er wusste nicht mehr, wo Zuhause war. Sollte das nicht dort sein, wo sein Herz war? Er hatte es unbeabsichtigt Alana gegeben, bevor er Richmond verlassen hatte ... und hatte das Scheißding nicht wiedergekriegt.

„Ich will nicht nach Hause."

Blake sagte kein Wort.

Mitch machte seine Augen auf und drehte den Kopf zur Seite; es überraschte ihn nicht, dass sein Freund ihn mit einem regungslosen Gesichtsausdruck beobachtete.

„Ich werde mit Mason nach Richmond fahren."

Blake nickte langsam. „Willst du Gesellschaft? Ich habe keine Pläne für unsere Auszeit."

Mitch knuffte die Schulter seines Freunds – die männliche, wortlose Art, danke zu sagen. „Meinst du, du hältst es noch ein paar Tage mit mir aus?"

„Ich habe meine tägliche Dosis Rache schon gehabt. Ich habe jeden Abend die Hoteltoiletten mit deiner Zahnbürste saubergemacht."

Mitch lachte laut auf und stupste ihn noch mal, diesmal härter.

„Also, was hast du vor?"

Er atmete langsam aus. „Ich werde zu Kates Haus fahren und dort solange warten, bis ich bekomme, was ich will." Er würde in ihrem Vorgarten zelten und Groupies mit einem Stock vertreiben, wenn es sein musste.

„Und das ist?"

„Alana." Er hauchte ihren Name, schloss die Augen und gab sich ganz dem Gefühl hin, ihr verfallen zu sein. „Sie ist alles, was ich will."

„In dem Fall sollten wir zu ihr fahren."

Zwei Stunden später bogen sie in Kates Einfahrt ein. Mitch öffnete die Beifahrertür und stieg aus, bevor das Auto zum Stehen kam. Es war schon dunkel und die Straßen waren ruhig. Die Lichter im Haus waren zwar an, aber 23 Uhr war trotzdem spät für einen unangekündigten Besuch.

Er nahm die Treppen zur Veranda in einem Schritt und klopfte laut an die Tür. Sein Herz klopfte, pochte und hämmerte in seinem Brustkorb. Er konnte es nicht erwarten, sie zu sehen, auch auf die Gefahr hin, dass sie wenig begeistert sein würde. Er würde geduldig sein. Sie hatte eine ausführliche Entschuldigung verdient; und wenn seine Worte nicht ausreichten, würde er eben mehr Zeit aufwenden, um sie von seiner Aufrichtigkeit zu überzeugen.

Schritte hallten auf dem Fußboden des Flurs und er blickte über seine Schulter, wo Blake im Auto saß, den Arm aus dem Fensterrahmen der Fahrerseite gelehnt. „Es kommt jemand.“

Blake hielt einen Daumen nach oben und drehte die Musik auf, um Mitch subtil wissen zu lassen, dass er ihr Gespräch nicht belauschen würde. Wobei es Mitch egal war. Er würde seine Gefühle für Alana nicht länger verbergen.

Die Türschlösser klickten beim Aufschließen und die schwere Holztür öffnete sich mit einem Knarren. Das helle Licht aus dem Flur blendete ihn und er blinzelte, um zu erkennen, wer vor ihm stand.

„Mitch?“

„Hey, Kate.“ Er wischte seine feuchten Handflächen auf seiner schwarzen Jeans ab. „Wie geht es dir?“ Die Antwort interessierte ihn nicht im Geringsten. Das beklemmende Gefühl im Brustbereich wurde jede Sekunde größer.

„Gut.“ Sie sah ihn prüfend an.

„Kann ich mit Alana sprechen?“ Er blickte an ihr vorbei, in der Hoffnung, einen Blick auf lange braune Haare und grüne Augen zu erhaschen.

„Ähm ... nein, tut mit leid ... kannst du nicht.“ Bei ihrer zögerlichen Antwort gingen in seinem Kopf Alarmglocken an, gefolgt von einer aufkeimenden Panik.

„Ist sie mit einem Mann unterwegs?“ Der Gedanke an sie allein mit einem anderen Mann rief Übelkeit hervor. „Ich kann morgen wiederkommen ... oder auf sie warten.“ Ja, er könnte an der Haustür warten, auf sie und den unvermeidbaren Kuss. Das wäre genial.

„Nein. Sie ist überhaupt nicht hier.“ Sein Magen

drehte sich um. „Sie ist nach Hause gefahren." Es war, als ob ihn jemand bei vollem Bewusstsein kastrierte.

„Warum? Ich dachte, sie wollte ein neues Leben beginnen? „Ich dachte, sie war hier glücklich?"

Kate zog ihre Augenbrauen hoch und er bemerkte erst jetzt ihren ablehnenden Gesichtsausdruck.

„Wenn du sie angerufen hättest, hätte sie es dir vielleicht erzählt."

Das hatte er verdient. „Kommt sie zurück?"

Ihre Stirnfalten wurden tiefer und sie verschränkte ihre Arme über der Brust; durch die Geste schoben sich ihre Brüste nach oben und er versuchte, nicht hinzusehen. „Es steht mir nicht zu, darüber zu reden − und selbst, wenn es anders wäre, würde ich dir sicher nicht dabei helfen, sie auf anderem Weg zu kontaktieren. Du. Hast. Ihre. Nummer." Sie unterstrich jedes Wort mit einem Kopfnicken.

„Habe verstanden. Du verachtest mich und willst nicht, dass ich wieder mit ihr zusammenkomme." Er schüttelte niedergeschlagen den Kopf und machte in Richtung der Verandatreppe kehrt.

„Warte." Ihrer Aufforderung klang nicht wirklich überzeugt und er erwog, sich einfach nicht umzudrehen. „Ich hasse dich nicht."

Er drehte sich auf der Stelle um und lächelte entschuldigend. „Ich wollte ihr nicht wehtun."

„Tja, hast du aber. Sehr. Und diese Scheiße ist nicht mit deinem berühmten Lächeln oder einem Blogkommentar aus vier Wörtern aus der Welt zu schaffen."

Er zuckte zusammen. Mit jedem Tag, der ohne eine Antwort von Alana verstrich, hatte er diese dumme Nachricht mehr bereut.

„Was du jetzt brauchst, sind Knieschoner, um vor ihr im Dreck zu kriechen, und teuren Schmuck. Sehr teuer, Mitchell Davies."

Er schmunzelte und legte seinen Kopf zur Seite. „Zur Kenntnis genommen ... heißt das, du gibst mir ihre Adresse?“

„Niemals.“

～

Alana lag auf ihrem Bett und starrte auf die weiße abblätternde Farbe an ihrer Decke. Eine totale Erschöpfung machte sich breit, jeder Muskel tat weh und sie war in einer melancholischen Stimmung. Ein Klopfen an der Tür riss sie aus ihrem Selbstmitleid und sie wischte rasch die vereinzelte Träne weg, die über ihre Wange lief.

„Hallo, Mama.“

Ihre Mutter lächelte traurig und schlenderte in den Raum. „Alles gepackt?“

Alana nickte. „Jedenfalls das Meiste.“

Sie hatte nicht vorgehabt, so lange hierzubleiben. Der Vertrauensbruch war noch lange nicht verarbeitet. Und doch hatte sich ihre Mutter in den letzten Tagen um Wiedergutmachung bemüht. Sie gab bei ihren Gesprächen immer wieder ein Stück Wahrheit preis, genug jedenfalls, dass Alana länger geblieben war als geplant. „Was macht der Arm?“

Ihre Mutter hob das eingegipste Handgelenk an und zuckte vor Schmerzen kurz zusammen. „Tut nicht so weh wie mein Brustkorb.“

Es gab noch Themen, die Tabu waren. Ihre Mutter weigerte sich, mit ihr über die Dinge zu reden, die sie von den Bowens erfahren hatte. Weder bestätige noch dementierte sie, dass ihr Vater das Grundstück gekauft hatte, auf dem sie derzeit lebten, oder dass er gewissenhaft Geld geschickt hatte.

Aber sie hatte ihr das Trauma jener Nacht erklärt, dass sie dachte, das Richtige zu tun, obwohl sie nun wusste, dass es falsch gewesen war. Sie hatte begonnen, ihre in Scherben liegende Beziehung zu kitten, eine neue Brücke zu bauen, in der Hoffnung, dass sie eines Tages wieder belastbar sein würde.

„Ich schätze, mein Karma hat mich endlich eingeholt." Ihre Mutter lachte höhnisch und setzte sich an das Ende ihres Betts.

„Nein", sagte sie leise und wurde von Mitleid überwältigt. Die emotionalen Narben ihrer Mutter waren schon immer für jeden sichtbar gewesen, der sie gut genug kannte. Warum hatte Alana nicht bemerkt Alana, wie tief die Wunden waren? „Ich glaube überhaupt nicht, dass es so ist."

In den letzten Tagen hatten sie zusammen eine Million Tränen vergossen, unzählige Erinnerungen aufgearbeitet und waren letztendlich gestärkt daraus hervorgegangen. Ihre Mutter brauchte Hilfe und hatte versprochen, eine Therapie zu machen. Der Schritt in die richtige Richtung konnte nicht für eine von Lügen geprägte Kindheit entschädigen, aber es war ein Anfang.

„Ich kann dich nicht zum Bleiben überreden?"

„Es tut mir leid." Alana schüttelte den Kopf. Das war nicht mehr ihr Zuhause. Jedes Mal, wenn sie auf ihre Vergangenheit zurückblickte und an die Täuschung dachte, spürte sie einen Stich in der Seele. Sie konnte verstehen, warum ihre Mutter versucht hatte, die Vergangenheit umzuschreiben, aber sie würde Zeit und Raum brauchen, um ihr zu vergeben. „Ich möchte die Bowens kennenlernen und vielleicht auch meinem Vater richtig vorgestellt werden."

Ihre Mutter wich schockiert zurück, brachte dann aber ihren Gesichtsausdruck unter Kontrolle und starrte auf den Teppichboden. Sie atmete gequält aus, hob ihren Blick, setzte zum Sprechen an und konzentrierte sich dann doch wieder auf den Teppich.

Die Stille dauerte an und Alana ließ ihrer Mutter Zeit, um sich eine Antwort zurechtzulegen.

„Ich ...“ Ihre Mutter schluckte schwer. „Ich weiß, du verstehst meine Ängste nicht und musst dein eigenes Leben führen. Ich mache mir nur Sorgen um dich. Ich kann nicht schlafen, wenn du nicht hier bist. Ich kann nicht denken. Ich habe Angst, dass du die gleichen Fehler machen wirst wie ich. Ich habe panische Angst, dass ein Mann meinem kleinen Mädchen wehtun wird.“

Alana rutschte auf dem Bett nach vorn, nahm die gesunde Hand ihre Mutter und drückte sie fest. „Ich weiß, dass du Angst hast. Du bist meine Mutter, es deine Aufgabe, dir Sorgen um mich zu machen. Aber ich bin kein Kind mehr. Ich muss mir mein eigenes Leben aufbauen und meine eigene Zukunft gestalten.“

Ihre Mutter sah mit glasigen Augen auf.

„Ich möchte mich verlieben, heiraten und Kinder haben. Ich würde gerne in einer Stadt arbeiten und mein eigenes Studio haben. Es gibt so viele Dinge, die ich will, und ich hatte bisher nicht wirklich die Gelegenheit dazu.“

Ihrer Mutter liefen Tränen übers Gesicht, als sie nickte. „Ich möchte nur, dass du glücklich bist.“

„Das werde ich sein. Ich hab auch Angst und mein Herz wurde bereits von einem Mann gebrochen, ob du's glaubst oder nicht.“ Sie zuckte mit den Schultern. „Liebeskummer zu haben ist besser, als gar nichts zu fühlen.“

Ihre Mutter richtete sich auf und runzelte die Stirn. „Der Musiker hat dir das Herz gebrochen?“

„Ein bisschen“, log sie.

Ein schrilles Klingeln kündigte einen eingehenden Anruf an. Sie schnappte sich das Handy von ihrem Kissen und lehnte die Verbindung ab, ohne zu schauen, wer anrief. „Vielleicht könntest du mich in Richmond besuchen kommen.“

Alle Farbe wich aus dem Gesicht ihrer Mutter und sie

wurde leichenblass. „Ich ... das wird schwer für mich, Alana ... wenn du versprichst, geduldig mit mir sein, verspreche ich, dass ich es versuchen werde.“

„Mehr will ich auch nicht.“

Sie sahen sich schweigend an, bis ihre Mutter ihre Hand sanft streichelte und sich erhob. „Ich lasse dich fertig packen bevor ich anfange, hemmungslos zu heulen.“

„Klingt gut.“ Es war bereits nach neun und ihr Körper würde nicht viel länger durchhalten; sie brauchte Schlaf.

Ihre Mutter ging langsam zur Tür und blieb im Flur stehen. „Ich weiß, ich habe gesagt, dass ich versuchen werde mich zu ändern und ich verspreche, mein Bestes zu geben. Denk bitte trotzdem dran, dass ein Großteil der Frauen hier noch empfindlich ist. Du musst mir versprechen, dass die Männer mit dem Umzugswagen nicht in die Nähe des Haupthauses kommen.“

Alana nickte. „Ich habe bereits ausgemacht, sie am Eingang des Grundstücks zu treffen. Ich werde sie selbst begleiten.“ Außerdem hatte sie den Bewohnerinnen des Frauenhauses mitgeteilt, dass am nächsten Morgen Männer auf das Grundstück kommen würden. Da ihr privates kleines Haus ein paar Hundert Meter vom Haupthaus entfernt lag, sollte niemand gestört werden.

„Oh, gut.“ Erleichterung entspannte die Gesichtszüge ihrer Mutter. „Ich sehe dich dann beim Frühstück.“

„Ja, ich werde früh auf sein.“ Hoffentlich, nachdem sich ihr Körper vom Ziehen, Schieben und Einpacken der vergangenen drei Tage erholt hatte.

In dem Moment, als ihre Mutter winkte und im Flur verschwand, machte sich ihr Telefon mit einem weiteren eingehenden Gespräch bemerkbar. Alana nahm das Handy in die Hand und warf einen Blick auf den Bildschirm – *unterdrückte Nummer*. Jemand mit einer Privatnummer rief sie abends nach neun Uhr an? Allein der Gedanke, jetzt mit irgendjemandem zu sprechen, erschöpfte sie noch mehr; sie lehnte den Anruf zum zweiten Mal ab.

Sie wollte in den nächsten vierundzwanzig Stunden ihre restlichen Sachen packen und sich von den Frauen verabschieden, die sie als ihre Familie ansah. Sie schaltete ihr Handy auf lautlos, legte sich zurück auf die Matratze und kämpfte darum, ihre Augen offen zu halten. Der Rest der Welt konnte warten.

Alana wachte vor Sonnenaufgang auf. Wie versprochen, frühstückte sie mit ihrer Mutter, die unruhig am Tisch saß. Man konnte ihr die Angst wegen der Männer auf dem Grundstück ansehen und kein Trost der Welt würde ihre Nerven beruhigen.

Kurz vor dem Mittagessen traf Alana den Umzugswagen am Eingangstor und leitete ihn mit dem Auto ihrer Mutter den Kiesweg hinunter. Die Männer waren groß und massig, mit den durchtrainiertesten Armen in ganz Colorado und Manieren, die ihrer Mutter gefallen hätten, wenn sie aus ihrem Versteck gekommen wäre, um Hallo zu sagen. Die Interaktion mit dem anderen Geschlecht würde den Frauen gut tun. Alana hatte nicht Psychologie studiert, aber sich von Männern komplett abzuschotten konnte nicht gesund sein. Na ja, zumindest nicht für so lange, wie es ihre Mutter getan hatte.

„Ist alles in Ordnung bei Ihnen?"

Sie unterbrach das Putzen der Spüle, um zu sehen, was los war und sah einen der Umzugshelfer stirnrunzelnd an der Haustür stehen. Sie folgte seinem Blick und entdeckte ihre Mutter, die aufrecht und mit erhobenem Kinn draußen vor der Fliegengittertür stand.

„Mama?"

Ihre Mutter sah Alana kurz an bevor sie wieder den Mann anstarrte, der mit einer Kiste in den Händen mitten im Raum stand.

„Entschuldigung", murmelte Alana leise. „Sie ist nicht

an ... Fremde gewöhnt." Sie stieß sich von der Arbeitsplatte ab und lief aus dem Haus, wobei die Tür mit einem Knall zufiel. „Was ist los?"

„Ich –" Ihre Mutter konzentrierte sich auf das Innere des Hauses. „Ähm ... Kate hat auf dem Festnetz angerufen."

Alana versperrte ihr die Sicht und verlangte ihre Aufmerksamkeit. „Und?"

Sie legte eine Hand auf die Schulter ihrer Mutter, um sie in den Vorgarten zu lenken. Ihre Mutter ignorierte sie, beugte sich vor und streckte die Hand nach etwas aus, das an der Wand lehnte.

Eine Waffe?

„Du hast eine verdammte Waffe mitgebracht?"

Das Gewehr lag in der gesunden Hand ihrer Mutter. „Ich habe das Recht, mich zu schützen."

„Himmel." Alana zerrte ihre Mutter vom Haus weg und versuchte, sie möglichst weit von den Männer zu entfernen.

„Ich wollte dir erzählen, dass Kate angerufen hat. Sie sagte, sie hat gestern Abend versucht, dich zu erwischen und dass du sie zurückrufen sollst."

Alana Blick wanderte von dem Gewehr zur ernsten Miene ihrer Mutter und dann wieder zurück zur Waffe. Ein bewaffneter Kurier wäre nicht wirklich notwendig gewesen, um diese Botschaft zu überbringen. „O ... K ..."

Die Tür ihres Häuschens quietschte und beide Männer trugen Kisten heraus. Aus den Augenwinkeln beobachtete sie, wie ihre Mutter das Gewehr fester umklammerte und bekam Angst, das gleich ein Unglück passieren würde.

„Mama, du musst zurück zum Haus gehen. Hier ist alles in Ordnung. Ich werde Kate später anrufen."

Die Mutter nickte ruckartig, ihr Blick weiter auf die Männer gerichtet, bis sie sich auf der Stelle umdrehte und zum Haupthaus zurück spazierte.

Es war bereits Nachmittag, als die Möbelpacker mit ihren Habseligkeiten losfuhren und sie setzte sich auf die staubigen Dielen, um ein Sandwich zu essen, dass sie sich früher gemacht hatte.

„Oh, Mist." Sie staubte ihre Hände ab und humpelte in die Küche; ihre Muskeln schmerzten, als sie das Handy von der Arbeitsplatte nahm. Sie hatte vergessen, den Klingelton wieder einzuschalten und sah auf dem Display, das sie acht verpasste Anrufe hatte. Die Anruferliste zeigte, dass drei der Anrufe von Kate stammten und fünf von einer unterdrückten Nummer. Sie hielt ihren Finger über das Symbol, um Kates zurückzurufen, aber der Klang von hysterischem Geschrei in der Ferne veranlasste sie, das Telefon fallen zu lassen und zur Tür zu stürmen.

Die zuschlagende Außentür ließ sie erschrocken zusammenfahren. Sie lief von ihrem Haus in Richtung Haupthaus, wo ein ihr unbekanntes weißes Auto in der Einfahrt parkte. Ihre Mutter stand auf der Veranda, das Gewehr angelegt und schussbereit. Sie zielte auf das Fahrzeug und die beiden Männer, die seitlich daneben standen.

„Verlassen Sie mein Grundstück." Die Stimme ihrer Mutter klang schrill, sie war außer sich.

Als sie anfing zu rennen, fiel Alanas Blick zurück auf die Männer und ihr wurde bei jedem Schritt schlechter.

Oh. Gott.

Mitchell.

Kapitel Neunzehn

MITCH HOB seine Hände über den Kopf. „Frau Shelton?"

Alana zu finden war eine größere Aktion gewesen. Mitch hatte das große Glück, ihre Piloten noch zu erwischen, bevor sie Richmond verließen und sie zu überreden, gleich am nächsten Morgen nach Colorado Springs zu fliegen. Leah war so nett gewesen, seinen mitternächtlichen Anruf entgegenzunehmen und dabei zu helfen, das Frauenhaus ausfindig zu machen.

Nun waren sie hier, unwillkommen, und blickten in den Lauf eines Gewehrs. Er hätte das Schild *Männer haben keinen Zutritt*, das am Zaun bei der Einfahrt angebracht war, ernster nehmen sollen.

„Verlassen Sie mein Eigentum", jammerte die Frau und ihre Stimme zitterte aufgebracht.

„Heilige. Scheiße", raunte Blake von der anderen Seite der Motorhaube. „Ich glaub, das ist der Moment, indem ich meinen Hut nehme und schleunigst verschwinde."

„Bitte, ich muss Alana sehen."

„Ich werde es nicht noch mal sagen, Freundchen." Ihre Stimme wurde lauter.

Es war nicht so, dass sie unerwartet aufgetaucht waren.

Mitch hatte ein paar Minuten zuvor mit ihr telefoniert. Nachdem er die Nummer auf dem Eingangsschild gelesen hatte, rief er an und bat um Erlaubnis, das Grundstück zu betreten. Nicht das es darauf ankam. Er hatte keine Absicht, ein Nein zu akzeptieren. Er wusste, was das für ein Ort war, er wusste, er kam dem Teufel gleich, der an der Himmelspforte anklopfte, aber er musste Alana sehen. Er konnte jetzt nicht umkehren.

„Bitte, gnädige Frau." Blake ging mit erhobenen Armen um die Motorhaube herum, seine Tätowierungen glänzten in der Sonne. „Wir sind den ganzen Weg von New York hergekommen. Wir wollen nur ein paar Minuten mit ihr reden."

Sie blickte Blake verächtlich an. Mitch wusste genau, was sie sah: einen Ganoven mit Tattoos, stacheligen Haaren und ausgefransten Jeans. Irgendwo im Hintergrund knallte eine Tür, gefolgt von Schritten auf knirschendem Kies. Die Frau blickte nach rechts, dann zurück zu Blake, der immer noch näherkam.

„Halt", schrie sie.

Er machte einen weiteren Schritt. „Tut mir leid, ich bin –"

Ein hohler Knall zischte durch die Luft und Mitch duckte sich. Vor ihm stolperte Blake und umklammerte dabei mit seinen Händen fest seine Hüfte. Mitch packte ihn an den Schultern, bevor er hin fiel und stabilisierte ihn.

„Sie hat auf mich geschossen." Blake schaute auf seine zitternden Hände.

Oh, Mist. In was hatte Mitch seinen Freund da reingezogen? Das Adrenalin beschleunigte seinen Puls und machte seinen Kopf frei. Lauter werdende Schritte hallten hinter ihnen und Mitch schützte Blake mit seinem Körper, bevor er über seine Schulter schaute.

Alana.

Sie rannte auf ihn zu, ihr braunes Haar flog wild um

ihre Schultern, ihre Augen aufgerissen, der Mund offen. Er starrte ihr entgegen und der Schock ließ seine Eier noch weiter schrumpfen. Sie warf ihm einen flüchtigen Blick zu, bevor sie zur Veranda starrte, wo ihre Mutter sich ihre Rippen hielt.

„Mama, *geh rein*", schrie sie, als sie ihn erreichte und wegschubste. „Hol Patty. Sofort."

„E-es ist nur eine Schrotkugel. Es ist k-kein scharfes Gewehr", antwortete ihre Mutter. Man konnte die Angst in ihrer Stimme hören.

Blake rutschte auf den Boden, sein Rücken an den Autoreifen gelehnt.

Alana fiel auf die Knie. „Lass mich sehen." Sie zog sein Hemd hoch und atmete scharf aus, als sie das Blut sah. Sie riss den Kopf in Richtung ihrer Mutter herum, die immer noch mit gesenkter Waffe auf der Veranda wartete. „Mag sein, dass es kein *echtes* Gewehr ist, aber du hast eine *echte* Verletzung verursacht. Jetzt hol Patty." Sie wandte sich wieder zu Blake. „Es tut mir so leid."

Mitch zog sich zurück und ließ seinen Schuldgefühlen freien Lauf. Sein Schädel pochte und seine Sicht verschwamm, als er seitwärts stolperte. Er legte eine Hand auf das kühle Metall des Autos und atmete tief durch. Eine rote Flüssigkeit bedeckte Blakes Unterleib und Alanas Hände. Nicht viel, aber gerade genug, dass ihm schwindlig wurde.

„Es ist nur ein Kratzer", hörte er Alana flüstern.

Er schaute auf sie herab und sah, dass sie ihn fragend anstarrte. „Was macht ihr hier?"

Die Haustür knallte zu und Mitch trat zur Seite, als sich eine Frau mit rostroten Haaren und einem Erste-Hilfe-Kit neben Alana hinkniete. „Hallo. Ich bin Patty."

Blake wich zurück, sein Blick wanderte von Alana zu der anderen Frau. „Mir geht's gut, wirklich." Er hielt seine Hände hoch. „Es ist ein Kratzer."

„Seien Sie nicht albern." Patty öffnete ihr Erste-Hilfe-Kit und zog ein Paar Handschuhe an.

„Es ist in Ordnung, Blake. Patty ist Krankenschwester. Sie arbeitet hier." Alana drückte seine Schulter und er ließ sich mit einem tiefen Atemzug zurückfallen.

„Warum bringen wir Sie nicht einfach ins Haus, damit ich einen Blick auf Sie werfen kann?" Patty packte seinen Ellbogen.

„Ähm." Sein Blick ging von Patty, zu Alana, zu Mitch und zurück zu Alana. „Nichts für ungut, aber deine Mutter ist echt total irre. „Ich würde lieber hier draußen bleiben, wenn das OK ist."

Alana verzog das Gesicht, als die Krankenschwester kicherte.

„Ein großer tätowierter Kerl wie Sie fürchtet sich vor einer zierlichen Dame mit einem gebrochenen Arm und einem Luftgewehr?" Patty zog ihre Augenbrauen hoch und stand auf. „Kommen Sie." Sie streckte ihm ihre Hand hin. „Ich werde Sie beschützen."

Blake richtete sich mühsam auf und stöhnte. „Ich hoffe es, denn diese Schrotkugeln tun schweinisch weh."

Alana blieb mit dem Rücken zu Mitch stehen und schaute Patty und Blake hinterher, als sie die Treppen zum Haupthaus hinaufstiegen und das Haus betraten. Ihr Rücken war steif, ihre Schultern angespannt.

„Tut mir leid, Allie."

Ihr Kinn hob sich und sie seufzte auf. „Was machst du hier?"

„Ich musste dich sehen. Ich musste mich entschuldigen."

Schweigen.

Er bewegte sich auf sie zu, bis er direkt hinter ihr stand und legte seine Hände auf ihre Schultern. Sie schauderte bei seiner Berührung und er wusste nicht, ob er sie loslassen oder seinen Griff verstärken sollte. „Es tut mir leid."

Sie machte einen Schritt vorwärts und schüttelte seine Hände ab. „Ich sehe mal besser nach Blake." Sie ging zum Haus und rasch die Treppe zur Veranda hoch.

„Allie."

Sie hielt inne, die offene Fliegengittertür in der Hand und blickte über ihre Schulter. Ihre Augen waren glasig und ihre Lippen fest zusammengepresst.

Er wünschte, er könnte ihren Kummer einfach wegküssen. „Versprichst du mir, dass du mir später eine Chance gibst, dir alles zu erklären?"

Sie senkte ihren Blick und schüttelte den Kopf. „Es gibt keinen Grund dazu. Du hast deine Position in der Frühstücks-Show eindeutig dargelegt." Sie hob ihr Gesicht. „Ich bin niemandes Ablenkung, Mitchell. Ich denke, du solltest besser gehen."

Alana schritt den Korridor hinunter zum Erste-Hilfe-Raum und schüttelte ihre Hände, um den Bann loszuwerden, mit dem Mitchell sie belegte. Er ging ihr unter die Haut, war in ihrem Herzen, vernebelte ihren Verstand. Es nahm ihr die Luft. Rief Übelkeit hervor. Ihr Mund wurde trocken und ihre Augen fingen an zu brennen.

Warum tauchte er plötzlich aus dem Nichts heraus auf, ohne vorher wenigstens anzurufen? Sie hatte sich danach gesehnt, seine Stimme zu hören oder wenigstens eine SMS zu erhalten. Aus Freundschaft oder Liebe, es wäre egal gewesen. Jetzt war einfach zu viel Zeit vergangen. Sie verdiente einen Mann, der Zeit für sie hatte, unabhängig davon, ob er da oder verreist war. Ein Mann, der sie von ganzem Herzen lieben und ihr Treue versprechen würde, wenn sie wochenlang getrennt wären. Nicht jemand, der auftauchte, wenn er ein paar Stunden Zeit hatte.

Sie setzte ein Lächeln auf und betrat den kleinen Raum, wo Patty Blake auf einer Krankenhausbahre festgesetzt hatte. Er saß aufrecht, von der Hüfte aufwärts nackt, alle Kunstwerke auf seinem Körper sichtbar. Sie bewunderte die schön geformten Muskeln und konzentrierte sich auf die Bilder, die seine Haut überzogen. Als ihr Blick sein Gesicht erreichte, starrten sie seine Augen an, in denen ein lautloses Flehen lag.

„Wie geht es dem Patienten?"

Patty lachte spöttisch. „Für jemanden, der über und über tätowiert ist, ist er ganz schon schreckhaft, wenn es um Nadeln geht."

„Wenn ich davon ausginge, dass Ihr Rumgestocher am Ende ein cooles Bild ergibt, hätte ich vielleicht nichts dagegen", murmelte er.

„Meinen besten Scotch hat er auch abgelehnt. Der Weichling wollte nicht mal einen Schluck Mut."

Alana heuchelte Entsetzen. ‚Patty, wenn Mama herausfindet, dass du Schnaps bunkerst, wird sie ausrasten.'

„Dann verquatsch dich mal nicht, mein Mädchen. Es ist mein Geheimvorrat, den ich in meinem Schrank einschließe. Kein Grund, deine Mama noch mehr aufzuregen. Und ich kann mich nicht daran erinnern, dass du dich beschwert hättest, als ich dich als Teenager zum ersten Mal Alkohol probieren ließ."

Alana schmunzelte und schüttelte den Kopf, bevor sie sich dem Patienten zuwandte. „Soll ich deine Hand halten, Blake?"

„Ich bin sicher, dass du mich mit etwas Besserem als Händchenhalten ablenken könntest, Süße." Er zwinkerte und zuckte Sekunden später zusammen und schnappte nach Luft. „Heilige Sch-Sch-Schrotflinte. Ich glaube, Sie haben mir gerade in die Niere gestochen."

„Tut mir leid, meine Hand ist abgerutscht", sagte Patty schnippisch.

„Geh bitte sanft mit ihm um." Alana zog den Stuhl vom Schreibtisch in der Ecke zur Bahre, um sich dort hinzusetzen. „Unter der harten Schale sitzt ein ganz weicher Kern."

Blake schenkte ihr ein liebevolles Lächeln und griff nach ihrer Hand. „Hast du mit Mitch gesprochen?"

Sie schüttelte den Kopf und kontrollierte ihre Mimik; tat so, als würde sich beim Klang von Mitchells Namen nicht ihr Herz zusammenkrampfen.

„Hast du vor, mit ihm zu sprechen?"

„Blake." Sie ließ ihre Schultern sinken und warf ihm einen flehenden Blick zu. Sie konnte nicht darüber reden. Vielleicht konnte sie später, wenn dieser ganze Irrsinn vorbei war, wieder einen klaren Gedanken fassen. Aber nicht jetzt. Nicht, wenn sie Kisten umziehen und sich um ihre Mutter kümmern musste – und dazu noch so nervös war, dass sie kaum sprechen konnte.

Er verstand die Andeutung und wechselte das Thema, blieb bei belanglosen Dingen wie dem Wetter. Als Patty seine Wunde fertig verbunden hatte, schnappte er sich sein neben ihm liegendes Hemd und rutschte blitzartig von der Bahre.

„Lass uns schnell verschwinden, bevor deine Mutter ihre Messerschublade aufmacht." Er nahm ihre Hand, zog sie durch seine Armbeuge und führte sie aus dem Zimmer.

Alana seufzte und bereitete sich innerlich auf die zwei unangenehmen Gespräche vor, die ihr bevorstanden.

Das Einfachere zuerst.

„Wirst du sie anzeigen?"

Er schaute auf sie hinunter, als sie den Flur entlang schlenderten. „Deine Mutter?" Er schüttelte den Kopf mit einem Stirnrunzeln. „Nein. Das schiebe ich gern Mitch in die Schuhe. Hätte ich gewusst, dass sie ihn davor gewarnt hatte, auf das Grundstück zu fahren, hätte ich an der Autobahn gewartet.“

Alana blieb stehen und er machte noch einen weiteren Schritt, bevor auch er anhielt. Ihre Hand fiel von seinem Arm zurück an ihre Seite. „Mitch hat mit ihr gesprochen, bevor ihr hier angekommen seid?“

„Ja. Er hat seit gestern Abend versucht, dich zu erreichen. Zuerst sind wir zu Kates Haus gefahren, aber sie hat ihm lediglich erzählt, dass du wieder in Colorado bist. Dann hat er alle Leute angerufen, bei denen er was gut hat, um dich zu finden. Bevor wir auf des Grundstück gefahren sind, hat er mit deiner Mutter telefoniert.“

„Was hat sie gesagt?“

„Etwas in der Art von ‚Sie sind hier nicht willkommen, weil Sie meiner Tochter das Herz gebrochen haben. Und wenn sie mit Ihnen sprechen wollte, hätte sie Ihre Anrufe angenommen‘.“

„Ich habe seine Anrufe nicht absichtlich ignoriert“, murmelte sie. „Mein Handy war auf lautlos gestellt.“ Sie richtete ihren Blick auf Blake, der sie mit seinen tief-braunen Augen durchdringend ansah. „Ich wäre wahr-scheinlich auch nicht drangegangen.“

Er nickte. „Ja, das haben wir uns auch gedacht. Mitch hatte aber nicht vor, aufzugeben.“

Sie runzelte die Stirn. „Warum?“

„Das habe dir bereits vor Wochen gesagt, bevor wir Richmond verlassen haben. Er mag dich. Ich habe dich davor gewarnt, dass er dich wegstoßen würde und du hast nicht um ihn gekämpft.“

Sie stützte ihre Hände auf ihren Hüften ab und machte ein finsteres Gesicht. „Er denkt, er weiß, was gut für mich ist. Er hat versucht mir zu erklären, was ich brauche und was nicht. Ich habe zu viel Selbstachtung, als dass ich jemals mit so einem Mann zusammen sein wollte, egal, wie sehr ich ihn lie-mag.“

Blake sah sie fragend an. „Und was glaubst du, warum er diese Dinge gesagt hat?“

„Weil er ein Idiot ist.“ Ihr Herz setzte kurz aus. Sie musste glauben, dass er ein chauvinistisches Schwein war. Andernfalls würde sie am Ende noch auf den Knien kriechen und ihn bitten, ihrer Beziehung doch noch eine Chance zu geben.

„Nein, Süße. Er hat es gesagt, weil er wusste, dass du ihn dann kampflos gehen lassen würdest. Und für den Fall, dass du es nicht weißt: Die Zeit wir zusammen verbracht haben –“

Als sie verwirrt die Stirn in Falten legte, wackelte er mit seinen Augenbrauen. „Ohh ... das.“ Er meinte die Zeit, als sie *alle* drei zusammen waren. Ihre Wangen röteten sich, als sie daran dachte.

„– Mitch hat das vorher noch nie getan. Diese beschützende eifersüchtige Nummer, meine ich. Er schätzt dich sehr, Alana. Ich habe ihn noch nie so erlebt.“

„Ich verstehe es nicht. Warum wollte er überhaupt, dass ich ihn gehen lasse?“

Blake trat an sie heran und ergriff ihre Hand. „Ich bin nicht die Person, die du das fragen musst.“ Er zerrte sie in seine Richtung. „Komm schon. Wir gehen ihn suchen.“

Sie folgte ihm wie betäubt, ihre Gedanken kreisten um Möglichkeiten, die ihr ein Lächeln ins Gesicht zauberten. Mitchell war wegen ihr hier. Er war quer durch das ganze Land geflogen – wegen ihr. Sie bogen um die Ecke zur Eingangshalle und fanden ihre Mutter, die neben der Tür auf und ab ging. Ihr Blick traf erst sie und wanderte dann hinunter zu ihren verschränkten Händen. Ihr Gesicht wurde bleich und ihre Hände zitterten, als sie sich damit den Mund zuhielt. „Ich entschuldige mich.“

Alana wurde aus Dankbarkeit warm ums Herz. Sie hatte nicht damit gerechnet, dass ihre Mutter ohne die

Androhung einer Klage für ihren gefährlichen Fehler Abbitte leisten würde.

„I-ich weiß nicht, was passiert ist ... ich habe nur ... es war zu viel ... ich wollte nicht ... ich ... ich −" Sie begann zu schluchzen, tiefe Seufzer, die ihren Brustkorb beben ließen und von den Wänden hallten.

Alana ließ Blakes Hand lost und umarmte ihre Mutter. Sie wurde zum Fels in der Brandung, blieb stark, während Tränen ihr weißes Top durchtränkten. „Du brauchst Hilfe."

Ihre Mutter nickte an ihrer Schulter. „Ich weiß. Ich habe angefangen, mich zu informieren, nachdem ich aus dem Krankenhaus entlassen wurde. Ich habe vor, einen Therapeuten aufzusuchen. Es geht schon zu lange so. Ich kann so nicht weitermachen." Sie drückte Alana fest. „Wird er mich anzeigen?"

Alana warf einen Blick auf Blake, der seinen Kopf schüttelte. „Nein, Mama. Er wird dich nicht anzeigen."

„Liebst du ihn?"

„Was?" Alana lehnte sich zurück. „Nein. Das ist *Blake*, nicht Mitchell."

„Sie haben auf den falschen Kerl geschossen." Blake kicherte und zuckte zusammen, wobei er sich an seine Seite fasste.

Ihre Mutter machte sich aus Alanas Umarmung frei und trat vor Blake. „Ich hoffe, dass Sie meine Entschuldigung annehmen können."

„Kein Problem." Er lächelte und breitete seine Arme aus.

Ihre Mutter blickte ihn mit weit aufgerissenen Augen an. Alana hielt den Atem an und wartete darauf, dass sich die Männerhasserin umdrehen und wegrennen würde. Stattdessen trat sie vor und blieb dann stehen; das Spiel wiederholte sich wieder und wieder, bis sie schließlich in Blakes Armen lag.

„Halte sie nicht zu fest, sie hat gebrochene Rippen.“

Mit der steifen Haltung ihrer Mutter und Blakes unbehaglichem Gesichtsausdruck würden sie keinen Preis für die beste Umarmung der Welt gewinnen, aber für Ihre Mutter bedeuteten die paar Schritte eine lebenslange Reise.

Alana schniefte und schluckte ihre Tränen hinunter.

„Willst du mitmachen, Süße?“

Sie verdrehte die Augen und Blake ließ ihre Mutter langsam los.

„Bist du jetzt bereit, Mitch suchen zu gehen?“ Er streckte seine Hand aus und sie nahm sein Angebot an.

„Ja.“ Die Hoffnung würde sie umbringen, wenn sie nicht bald mit ihm spräche.

Er führte sie durch die Haustür nach draußen und blieb auf der Veranda stehen. Mitchell stand an sein Auto gelehnt, die Füße überkreuz, und starrte auf seine Schuhe. Er blickte nach oben, als die Tür zuknallte, und runzelte die Stirn, als er ihre verschlungenen Hände bemerkte.

Blake beugte sich zu ihr rüber und küsste sie zärtlich auf die Schläfe. „Nur zur Sicherheit“, flüsterte er.

Sie musste ein Lachen unterdrücken. „Du bist ein schrecklicher Freund“, schimpfte sie.

„Mach dir keine Sorgen, er wird mir eines Tages dafür danken.“

Sie seufzte und hob seine Hand zum Mund. Sie küsste seine Knöchel und dankte ihm wortlos mit ihren Augen. „Nur zur Sicherheit“, raunte sie und presste dann ihre Lippen zusammen, um nicht loszuheulen.

„Also, lass dich dieses Mal nicht wieder abspeisen. Klammer dich mit deinen zarten Hände an seinem Hals fest, wenn es sein muss. Lass nicht los, bis alle deine Fragen beantwortet sind.“

„Das habe ich vor.“ Sie ließ seine Hand los und

marschierte die Treppe hinunter; mit jedem Schritt wurde
ihr leichter ums Herz.

Sie hielt ihren Blick unverwandt auf Mitchell gerichtet,
sah nicht einmal nach, ob Blake ihr folgte. Ihre Aufmerksamkeit galt voll und ganz dem Mann, dem ihr Herz
gehörte.

Kapitel Zwanzig

MITCH STIEß sich vom Auto ab und wischte seine Hände an seiner Jeans ab. Er wartete, bis Alana vor ihm stehenblieb und blickte in die schönsten hellgrünen Augen, die er je gesehen hatte.

„Wie geht es Blake?"

„Es geht ihm gut." Ihre Stimme war sanft, weich und liebevoll und feminin. „Patty hat ihn mit ein paar Stichen genäht. Er hat Glück, die Schrotkugel hat ihn nur gestreift."

Mitch atmete erleichtert aus. Er fühlte sich schon mies genug, weil er seinen Freund überhaupt mitgeschleppt hatte. Er sollte derjenige sein, der zusammengeflickt wurde ... derjenige, um den sich Alana kümmerte. „Das ist gut."

Er wollte sie berühren, ihre Hand halten, so wie Blake eben.

„Ich werde nicht gehen, Allie. Nicht, bis du mir eine Chance gegeben hast, alles zu erklären." Er versuchte, sie mit seinem Blick zu erweichen. „Ich habe echt was dagegen, Kugeln in den Hintern zu kriegen, aber ich riskiere es."

„OK." Auf ihren Lippen machte der Anflug eines
Lächelns bemerkbar.

„OK?"

Ihr Grinsen wurde breiter. „OK."

„Können wir irgendwo hingehen, wo wir reden
können? Wenn es geht, außerhalb der Schusslinie?"

„Ja, ich wohne dort drüben." Sie blickte über ihre
Schulter und deutete auf ein kleines Backsteinhaus. „Oder
eher, ich habe da gelebt."

Er drehte sich zu Blake auf der Veranda des Haupthauses um und warf ihm die Autoschlüssel zu. „Wir sind
für eine Weile dort drüben." Er zeigte mit Kopf in die
Richtung des Hauses. „Willst du mit dem Auto zurück zur
Autobahn fahren und da auf mich warten?"

Blake nickte. „Kein Problem. Ich fahre nach Monument rein und hol mir einen Kaffee."

„Wohnt ihr in Colorado Springs?", fragte Alana.

Er sah sie einen Augenblick prüfend an und las die
Unsicherheit in ihrem Blick. „Das hängt von dir ab."

Sie zog ihre Augenbrauen hoch. „Dann sollten wir
reden."

Er folgte ihr mit ein paar Schritten Abstand zu ihrem
Häuschen. Wortlos hielt sie die Tür auf und ließ ihm den
Vortritt. Er betrat ein Zimmer, das er für den Wohnbereich
hielt, inklusive einer kleinen angrenzenden Küche. Alles
war kahl, keine Fotos, keine Teppiche, nicht einmal Möbel.
Das einzige, was sich im Zimmer befand, war eine Handtasche auf der Arbeitsfläche.

„Mir ... gefällt, was du aus der Hütte gemacht hast."

Sie kicherte und schlug ihn sanft auf die Brust, als sie
vorbeiging. „Der Umzugswagen –"

Er ergriff ihre Hand und zog sie zurück. Sie schnappte
nach Luft, ließ sich gegen ihn fallen und ihre Körper-
wärme hüllte ihn ein – davon würde er nie genug bekommen. Er hielt ihre Handgelenke an seine Brust gedrückt

und ihre Körper waren an der Taille aneinandergeschmiegt.

„Ich ... die Möbelpacker haben heute morgen meine Sachen geholt." Ihre großen Augen schauten ihn unter dichten dunklen Wimpern an.

„Du ziehst um?"

Sie biss sich auf ihre Unterlippe und nickte. „Nach Richmond."

„Ich nahm an, du seist für immer hierher zurückgekehrt."

„Nein." Das Wort strich über seine Haut. „Mama hatte einen schweren Sturz und als ich herausfand, dass sie im Krankenhaus lag, bin ich sofort nach Hause gekommen." Sie atmete tief ein und langsam wieder aus. „Ich bleibe nicht hier. Ich kann an diesem Ort nicht mehr leben. Er war nie richtig für mich."

„Warst du jemals in New York?"

Sie öffnete ihren Mund, um zu antworten, senkte dann aber ihren Blick auf den Boden. „Warum bist du hier, Mitchell?"

Sein Herz schnürte sich zusammen und klopfte schneller und lauter. „Es war dumm, dich wegzustoßen." Er gab ihr Handgelenk frei und legte seine Hand an ihr Gesicht, damit sie ihn wieder ansah. „Du hattest recht. Ich hatte Angst ... das, was ich für dich empfinde, hat mir eine Heidenangst eingejagt. Die Zeit, die wir zusammen verbracht haben ..." Er atmete tief ein und versuchte, seine Atmung zu kontrollieren; er brauchte jede zusätzliche Sekunde, um seine Nerven zu beruhigen. „So wie du ist keine Frau mehr mit mir umgegangen, seitdem ich ein Teil von Reckless bin. Du warst blind, aber du hast mich besser erkannt, als jeder andere. Dir ging es nicht um meinen Ruhm, mein Geld oder meinen Erfolg. Du bist ..." Er schluckte hart, um den Kloß in seiner Kehle zu beseitigen. Er umfasste auch ihre andere Wange mit seiner Hand und starrte tief in ihre Augen. „Du bist mehr als perfekt. Und ich war ein Narr zu denken, dass ich dich jemals gehen lassen kann."

„Warum hast du es dann getan?", flüsterte sie.

„Es ist nicht einfach, im Rampenlicht zu stehen. Ich dachte, wenn wir uns im Guten trennen, wäre das besser als zu warten, bis du anfängst, dich über mich zu ärgern. Du bist die Erste, die zugab, ein behütetes Leben gehabt haben. Ich wollte deine erste Erfahrung in der großen Welt nicht mit dem Drama belasten, das mit der Band nun einmal einhergeht."

Als ihre Augen feucht wurden, fingen seine eigenen auch an zu brennen. „Ich habe beobachtet, wie unzählige Beziehungen um mich herum gescheitert sind und jedes schmutzige Detail publik gemacht wurde. Ich konnte es nicht ertragen, dich auf diese Weise zu verletzen."

Sie blickte ihn an und in ihren Augen schimmerten Tränen. „Warum hast du deine Meinung geändert?"

„Dich gehen zu lassen, hat mich fast umgebracht. Ich habe deine Blogartikel gesehen. Nach jedem Einzelnen wollte ich meine Verpflichtungen hinschmeißen und zu dir zurückfliegen. Ich habe Tausendmal deine Nummer gewählt, weil ich den Klang deiner Stimme vermisst habe. Ich habe nie aufgehört, an dich zu denken, Allie."

Seine Lippen streiften ihren Mund. Die federleichte Berührung entzündete einen Flächenbrand in seiner Brust. „Ich werde nicht zulassen, dass wir zu einer weiteren Statistik werden." Er legte seine Stirn an ihre. „Ich werde es nicht. Die Zeit, die wir wegen der Arbeit getrennt sein werden, wird qualvoll sein, aber ich habe Ideen, wie man das lindern kann. Ich kann damit umgehen, solange ich weiß, dass ich zu dir nach Hause kommen kann."

Eine einzelne Träne lief über ihre makellose Haut und er beugte sich vor, um sie wegzuküssen. „Du musst dir um meine Ängste keine Gedanken mehr machen. Meine einzige Sorge ist jetzt, dass ich *dich* verschrecken könnte."

Sie umschlang seine Taille, sodass sich ihre Körper von den Oberschenkeln bis zum Bauch berührten. „Ich hatte nie Angst."

„Ja, schon klar. Aber du könntest sie jetzt haben." Er fasste in seine Hosentasche und zog den Weißgoldring heraus, den er vor einer Woche gekauft hatte. Er legte ihn in die Mitte seiner Handfläche und hielt ihn ihr hin.

Sie hielt den Atem an und trat einen Schritt zurück. Ihre Augen waren weit aufgerissen, als sie sich mit ihrer Hand den Mund zuhielt.

„Keine Panik."

Ihr Blick wechselte von dem Ring zu seinem Gesicht.

„Ich mache dir keinen Antrag."

Sie stieß einen tiefen Seufzer aus und ihre Schultern entspannten sich.

„Kein Grund, so erleichtert zu sein, mein Schatz." Er lächelte leise. „Der Ring ist ein Versprechen. Ich wollte dir zeigen, dass ich das mit uns ernst meine."

Sie ließ ihre Hand fallen und lächelte. „Du hast mich erschreckt. Wir kennen uns noch nicht lange und obwohl ich dich liebe, würde mich ein Heiratsantrag –"

Er ergriff ihre Hand und zog sie wieder an sich. „Du liebst mich?" Er sah ihr prüfend ins Gesicht, während sein Herz fast explodierte.

Ihr Lächeln wurde strahlender, brachte die zwei schöne Grübchen zum Vorschein. „Von ganzem Herzen."

Er hob sie am Hintern vom Boden hoch. Sie schrie vor Lachen und legte ihre Beine um seine Mitte.

„Gott, du hast keine Ahnung, wie glücklich mich das macht." Er küsste sie hart, einmal, zweimal und beim dritten Mal fuhr er mit seiner Zunge über ihre Lippen. Er trug sie zur Arbeitsplatte in der Küche, setzte sie darauf ab und hielt ihr den Ring hin. „Sei mit mir zusammen, Allie. Mach mich zum glücklichsten Mann der Welt."

Sie biss sich auf die Lippe und starrte sein Geschenk an. Ihre Hand zitterte, als sie sich damit die Tränen vom Gesicht wischte. „Ich weiß nicht was ich sagen soll."

Er ergriff ihre Hand und streichelte den Ringfinger an ihrer rechten Hand. „Sag, dass du mit mir zusammen sein willst."

Sie nickte und die Tränen liefen unaufhaltsam, während sie ihren Kopf auf und ab bewegte. Er schob den Ring auf ihren Finger und zuckte kurz zusammen, weil er etwas zu groß war.

„Tja, willst du trotzdem mit mir zusammen sein, auch wenn der Ring nicht passt?"

Alana schniefte und lehnte sich vor, um ihn auf den Mund zu küssen. „Ich will ... für immer."

Epilog

ALANA HIELT ihre Kamera hoch und fotografierte die drei Frauen, die sie anlächelten.

„Danke, meine Damen. Ich hoffe, das Konzert hat euch gefallen. Das Foto wird in der nächsten Woche auf die Webseite von Reckless Beat hochgeladen, wenn ihr es anschauen wollt."

Die Frauen hörten ihr kaum zu. Sie waren zu ekstatisch und voller Adrenalin, während sie laut und schnell über die Dinge sprachen, die ihnen an der Show am besten gefallen hatten. Heute Abend war die letzte Nacht ihrer US-Tour. Die Fans waren wild gewesen, das Geschrei hatte auch nach der zweiten Zugabe nicht aufgehört.

Alana drehte sich um und schlenderte zum Personaleingang, der hinter die Bühne führte. Während sie ging, scrollte sie durch die Bilder, die sie mit der Digitalkamera aufgenommen hatte.

Zwei starke Hände umfassten ihre Taille und sie schrie auf, als sie anfingen, zu kitzeln. „Ich habe dich gesucht."

„Hör auf, Mitchell." Sie packte ihre Kamera fest mit einer Hand und schlug ihn mit der anderen. „Die Leute werden dich sehen."

Er hörte auf, sie zu kitzeln und drehte sie um.

„Oh Mann. Wer hat denn diese Verkleidung ausgesucht?“, fragte sie.

Er trug eine lange schwarze Perücke und eine Klappe über dem linken Auge.

„Blake hat gewettet, dass ich es nicht anziehe.“ Er zuckte mit den Achseln. „Das ist eine Sache unter Männern.“

„Natürlich ist es das.“ Sie lächelte und drückte einen sanften Kuss auf seine Lippen.

„Hast du gute Fotos gemacht?“

Er blickte auf ihre Kamera, dann zurück in ihre Augen. In seinem Blick lag Bewunderung und sie musste mit ihren Gefühlen kämpfen, die sie in seinen Armen stets überkamen.

Er hatte ihr geholfen, das klaffende Loch zu stopfen, dass sich nach ihrem Auszug aus dem Frauenhaus aufgetan hatte. Sie wusste, dass sie in Monument keinen Platz mehr hatte; es war nicht mehr ihr Zuhause. Dass sie ihr neuen Leben zusammen mit Mitchell in Angriff genommen hatte, machte es doppelt wertvoll.

„Ich habe einige tolle Bilder von euch auf der Bühne und eine Menge von den Fans, wie sie die Arena verlassen.“ Seit dem Beginn ihrer letzten Tour hatte Mitchell arrangiert, dass sie jedes Wochenende vom Privatjet der Band abgeholt wurde, damit sie Zeit miteinander verbringen konnten.

Wenn er mit dem Bühnenaufbau beschäftigt war, probte oder auf der Bühne stand, nutzte sie die Zeit, um Fotos zu machen. Teilweise fotografierte sie die Städte und viele ihrer besseren Bilder wurden bereits in kleinen feinen Kunstgalerien in Richmond ausgestellt. Andere zeigten die Band und ihre Fans und hatten sofort Mason Interesse geweckt. Er benutzte ihre Bilder als Werbemittel auf ihrer Website und bestand darauf, sie für ihre Dienste bezahlen.

„Du warst heute Abend genial.“

„Mmm?“ Er küsste sie nochmals. „Die Genialität ist noch nicht vorbei, mein Herz. Ich habe vor, dich zurück ins Hotel zu bringen und noch genialer zu sein.“

„Noch genialer? Ist das überhaupt möglich?“ Sie kicherte leise. Sie würde ihn wie verrückt vermissen, wenn er in ein paar Wochen zu ihrer Welttournee aufbrechen würde. Er würde Monate weg sein und seine Liebe nur per Internet oder Telefon teilen können.

„Ich muss ständig an meinen Liebhaberqualitäten arbeiten, sonst könnte meine wunderschöne Freundin auf die Idee kommen, sich anderweitig umzuschauen.“

Sie nickte. „Stimmt.“

Er rächte sich, indem er sie hochhob und wie einen Sack Mehl über seine Schulter legte. Sie schrie und wand sich und umklammert fest ihre Kamera, als er sie an der Taille kitzelte.

„Oh, du brichst mir das Herz. Und gerade jetzt, wo ich so eine besondere Überraschung für dich hatte.“ Er schnalzte mit der Zunge.

„Eine Überraschung?“

Er hörte auf sie zu malträtieren, während er darauf wartete, dass ihr Sicherheitsmann die Personaltür zum Backstagebereich mit den Garderoben öffnete. Nachdem sich die Tür hinter ihnen wieder geschlossen hatte, ging er weiter und ließ die Finger einer Hand auf der Rückseite ihrer Oberschenkel hoch wandern, was eine Hitzewelle in ihrem Unterleib auslöste.

„Wenn die Überraschung kein leerer Geräteraum ist, musst du wirklich aufhören, mich so anzufassen.“

Er löste seinen Griff und ließ sie an seinem Körper entlang hinunter gleiten, bis sie wieder auf ihren eigenen Füßen stand.

„Warum, wenn ich fragen darf?“ Er sah sie mit einem schiefen Grinsen an, drückte sie rückwärts an die Wand des Flurs und stützte sich mit seinen Armen rechts und links von ihr ab.

Sie leckte sich gedankenlos über die Lippen, hörte aber sofort wieder auf, um ihn nicht zu ermutigen. Ohne seine Frage zu beantworten, schlang sie ihre Arme um seinen Hals und schlug ihre Augen nieder. „Was ist meine Überraschung?"

Er schmunzelte und beugte sich nach vorne, um ihr einen schnellen Kuss zu geben. „Komm mit, dann siehst du es."

Er ergriff ihre Hand und führte sie den Gang hinunter zu den Backstageräumen. Der Rest der Band war bereits versammelt und entspannte sich mit einer Bierflasche in der Hand, ausgenommen von Blake und Leah, die Limo tranken. Tony, der auf der Lehne eines Sofas saß, grinste sie an und ein paar von den Bühnentechnikern nickten und lächelten ihr zu.

„Hey, Alana."

„Hey, Mason. Tolle Show."

Das Aushängeschild von Reckless Beat kam auf sie zu. „Ich möchte dir ein Angebot machen."

Sie sah ihn fragend an. Ihr gingen alle möglichen Szenarien durch den Kopf, aber um die Fassung zu bewahren, hielt sie den Mund.

„Wie hältst du von der Idee, unsere offizielle Fotografin zu werden?"

Das Zimmer wurde still, alle warteten auf ihre Antwort.

Alana lächelte und nickte. „Natürlich." Sie drehte sich zu Mitchell um. „Was auch immer ihr wollt, ich mache das gerne."

Sie fühlte sich bereits wie ihre offizielle Fotografin. Soweit möglich, besuchte sie ihre Konzerte und kam sogar mit zu Werbeveranstaltungen, um zusätzliche Schnappschüsse für die Website der Band zu machen.

„Könntest du also in zehn Tagen parat sein, um mit uns auf die Welttournee zu kommen?"

Ihr Blick fiel zurück auf Mason und Mitchell drückte ihre Hand.

„Ihr wollt, dass ich euch auf der Tour begleite?" Sie hatte Schmetterlinge im Bauch.

„Ich will dich immer bei mir haben", flüsterte ihr Mitchell ins Ohr.

Sie wurde von ihren Gefühlen übermannt, es waren zu viele, um sie alle zu benennen. „Ich ..." Eine Weltreise war schon immer ihr Traum gewesen. Und der wurde nun wahr. Und obendrein würde sie dafür auch noch bezahlt werden. Es war unglaublich. „Ich ... ernsthaft? Ihr wollt wirklich, dass ich mitkomme?"

„Na klar", verkündigte Blake vom Sofa.

„Deine Fotos sind großartig", fuhr Mason fort. „Die Fans sind ganz verrückt danach auf der Website und es gibt immer noch die Möglichkeit, die Bilder auf Fanartikel zu drucken und zu verkaufen. Ich habe jede Menge Ideen, über die ich mit dir reden will, nicht nur wegen der Fotos, sondern auch wegen eines Band-Blogs ..."

Alana rieb ihre Brust, um die fast schon schmerzhafte Aufregung zu lockern.

„Außerdem garantiert deine Anwesenheit auch noch, dass wir uns nicht mit einem mies gelaunten Leadgitarristen rumschlagen müssen." Mason richtete seinen Blick auf Mitchell und grinste.

„Ha ha, so witzig", gab Mitchell schnippisch zurück.

Sie blickte sich im Raum um, sie musste sicher sein, dass alle damit einverstanden waren. Als sie ausschließlich in lächelnde Gesichter sah, wurde ihr warm ums Herz. Sie drehte sich zu ihrem Mann um und musste schlucken, als sie seinen glücklichen Gesichtsausdruck sah.

„Bist du sicher, dass du mich dabei haben willst?"

„Schatz, ich will immer mit dir zusammen sein." Er

fuhr durch eine Haarsträhne an ihrer Wange und strich sie hinter ihr Ohr. „Und wenn wir in ein paar Monaten zurückkommen, hoffe ich, dass du bei mir einziehst.“

Sie hatte das Gefühl, dass in ihrem Inneren ein Freudenfeuer brannte, sie war überglücklich. „In Ordnung.“ Sie nickte und schlang ihre Arme um seine Taille.

„,In Ordnung‘, du kommst mit auf Tour, oder ‚in Ordnung‘, du wirst bei mir einziehen?“

„Beides.“ Vor lauter lächeln tat ihr fast das Gesicht weh, als jeder im Raum seine Begeisterung und seinen Zuspruch ausdrückte.

„Und wie wär's, wenn ich dich frage, ob du mich heiraten –“

Alana lehnte sich zurück und hielt ihm mit der Hand den Mund zu. „Mitchell Davies, du wirst es nicht wagen, mir hinter der Bühne in einem Piratenkostüm einen Antrag zu machen.“

„Stilvoll, Kumpel“, rief Sean, der neben Blake auf dem Sofa abhing.

Leah gab missbilligende Geräusche von sich.

Mitchell kicherte und atmete warm in ihre Handfläche. „Ist ja schon gut. Ich werde daran arbeiten.“

Alana ließ ihre Hand fallen und schaute tief in die braunen Augen des Mannes, den sie liebte. „Tu das“, flüsterte sie, „und vielleicht sage ich dann das nächste Mal ja.“

RECKLESS BEAT

- Blinde Verführung
- Leidenschaftliche Sucht
- Gewagtes Wochenende
- Verwehrte Lust

HUNTING HER

- Hunter
- Decker
- Torian

THE VAULT

- Erwacht
- Vereint
- Gnadenlos

Abonniert den Newsletter, um über Eden Summers
nächste deutsche Veröffentlichungen Bescheid zu wissen.

Über die Autorin

Eden Summers ist eine Bestsellerautorin von zeitgenössischen Liebesromanen, die sich durch eine gehörige Portion Knistern und Sarkasmus auszeichnen.

Sie lebt in Australien mit ihrer jungen Familie, die sich durchaus bewusst ist, dass sie langsam aber sicher dem Wahnsinn verfällt.

Eden hat ein Faible für extrem dominante, dunkelhaarige und sarkastische Romanhelden; ihre Heldinnen sind starke Frauen, die ein Gespür dafür haben, wann sie sich auf die Zunge beißen oder mit einem lieblichen Lächeln Rache nehmen sollten.

Weitere Informationen:
www.edensummers.com
eden@edensummers.com

www.ingramcontent.com/pod-product-compliance
Lightning Source LLC
Chambersburg PA
CBHW050802190726
48285CB00005B/1765